KERSTIN GIER

Lügen, die von Herzen kommen

AF204117

Weitere Titel der Autorin:

Männer und andere Katastrophen
Die Braut sagt leider nein
Fisherman's Friend in meiner Koje
Die Laufmasche
Ehebrecher und andere Unschuldslämmer
Lügen, die von Herzen kommen
Ein unmoralisches Sonderangebot
Für jede Lösung ein Problem
Ach, wär ich nur zu Hause geblieben
In Wahrheit wird viel mehr gelogen
Auf der anderen Seite ist das Gras viel grüner

Die Mütter-Mafia-Trilogie:
    1. Die Mütter-Mafia
    2. Die Patin
    3. Gegensätze ziehen sich aus

Das Mütter-Mafia-Buch (Die Kunst, den Alltag zu feiern)

Die Titel sind in der Regel auch als Hörbuch bei Lübbe Audio und als E-Book erhältlich

Über die Autorin:

Kerstin Gier hat als mehr oder weniger arbeitslose Diplompädagogin 1995 mit dem Schreiben von Romanen begonnen. Mit großem Erfolg: Ihr Erstling »Männer und andere Katastrophen« wurde verfilmt, »Ein unmoralisches Sonderangebot« wurde mit dem DELIA-Literaturpreis ausgezeichnet, »Für jede Lösung ein Problem« wurde dank Mundpropaganda ein Bestseller, und die MÜTTER-MAFIA-Trilogie ist inzwischen Kult. Auch alle anderen Romane von Kerstin Gier werden mit enthusiastischen Kritiken von ihren Leserinnen bedacht. Dank ihrer Jugendromane ist ihre Fangemeinde noch größer geworden. Kerstin Gier lebt und schreibt in einem Dorf in der Nähe von Köln.

Kerstin Gier

LÜGEN
DIE VON
HERZEN
KOMMEN

Roman

Lübbe

Vollständige Taschenbuchausgabe

Copyright © 2023 by Autorin und by
Bastei Lübbe AG, Schanzenstraße 6–20, 51063 Köln

Umschlaggestaltung: Kristin Pang
Umschlagmotiv: © Piyapong89/shutterstock.com;
Romanova Ekaterina/shutterstock.com
Satz: hanseatenSatz-bremen, Bremen
Gesetzt aus der ITC Garamond Light
Druck und Verarbeitung: GGP Media GmbH, Pößneck

Printed in Germany
ISBN 978-3-404-18991-5

1   3   5   4   2

Sie finden uns im Internet unter luebbe.de
Bitte beachten Sie auch: lesejury.de

*Für Biggi, weil sie seit 25 Jahren mit mir
durch dick und dünn geht.*

nickname:	fairy33a
Alter:	26
Sternzeichen:	Waage
Beruf:	Journalistin
Familienstand:	ledig
Haarfarbe:	rot
Augenfarbe:	braun-grün
Größe:	1,66 m
Gewicht:	Moment mal!

Bis hierhin hatte ich gewissenhaft die Wahrheit eingetippt, sogar mit einem gewissen naiven Stolz, aber nun
kam ich zur Besinnung. Abgesehen davon, dass ich
mein Gewicht in Ermangelung einer Waage selber nur
schätzen konnte, ging es ja wohl niemanden etwas
an!

Außerdem handelte es sich hier um eine rein beruf-
liche Recherche, nicht um eine Beichte.

»Liebe auf den ersten Klick.« So oder so ähnlich
würde das Special heißen, das in der über-übernächs-
ten Ausgabe von ANNIKA, der Zeitschrift, für die ich arbeitete, erscheinen sollte.

»Finden Sie mir diese Spinner«, hatte unser neuer
Chefredakteur, Adam Birnbaum, gesagt. »Bringen Sie
mir glückliche Paare, die sich beim Chat kennen ge-

lernt haben, erzählen Sie mir herzergreifende Geschichten über den Kick beim Klick. Und vergessen Sie nicht: Sie können nicht über etwas schreiben, was Sie nicht kennen. Also recherchieren Sie mit Fantasie, stürzen Sie sich in die Cyberwelt! Reißen Sie, wenn nötig, selber einen Mann auf!«

Meine Kollegin und Ressortchefin Marianne hatte erfreut gegrinst. »Na ja, es gibt unangenehmere Recherchen«, flüsterte sie mir zu, gerade als Birnbaum mit eisiger Stimme hinzusetzte: »Bis morgen Früh.«

Ein paar von uns hatten murrend Einwände erhoben, und Marianne hatte gewispert: »Der sollte sich lieber nicht gleich an seinem ersten Tag unbeliebt machen.«

Aber Birnbaum war es anscheinend egal, ob wir ihn mochten oder nicht. Schon in seiner Antrittsrede hatte er nicht gerade mit Komplimenten um sich geworfen: »Diese Zeitschrift ist eine Katastrophe«, hatte er gesagt und die letzten fünf Ausgaben von ANNIKA verächtlich auf den Tisch geworfen. »Kein Wunder, dass die Werbekunden ausbleiben, bei dem hirnverbrannten Dreck, den Sie da verzapfen.« Und während wir ihn noch mit schreckgeweiteten Augen angestarrt hatten, war er unverändert deutlich fortgefahren: »Laut Werbung ist unsere ANNIKA jung, trendy und sexy, randvoll mit warmherzigen, brandaktuellen Reportagen. Und was haben Sie daraus gemacht?« Scheinbar wahllos hatte Birnbaum nach einer Nummer gegriffen und gnadenlos aus dem Inhaltsverzeichnis zu zitieren begonnen: »*Zwanzig tolle Tipps, mit denen Sie zehn Jahre jünger aussehen!* Ich muss schon sagen, das ist sehr sinnvoll für eine Zielgruppe zwischen sechzehn und sechsundzwanzig Jahren! Oder hier, der Psychotest: *Sind Sie der Typ für Heimarbeit? Hier finden Sie's heraus.* Oh ja! Das wird die jungen Mädels in Scharen an den Kiosk getrieben haben. Meine Lieblingsreportagen ferner: *Sind Schwule die besseren Eltern? Prominentes Beispiel Patrick Lindner.* Sehr zielgruppenorientiert. Oder hier: *Unterwäsche, die mitdenkt: So mogeln Sie ihre Kilos weg.* Auch nicht schlecht: *Witwe mit dreißig: Es gibt ein Leben nach dem Schmerz.* Und mein absoluter Favorit: *Bandscheibenvorfall: So wurde ich meine Rückenschmerzen los.* Wirklich warmherzig, das muss man Ihnen lassen.«

Ich hätte beinahe gelacht, obwohl Birnbaum nicht ausgesehen hatte wie jemand, der Witze machte. Aber gerade noch rechtzeitig war mir eingefallen, dass man mich zum Ende meiner Volontärzeit mal eine Story mit dem Titel: »Nie wieder Sex. Mit zwanzig ins Kloster« hatte schreiben lassen. In Erinnerung daran harrte dann auch ich wie alle anderen in gedrücktem Schweigen, bis unser neuer Chefredakteur seine Schmährede zu Ende gebracht hatte.

»Ab jetzt wird alles anders«, hatte er abschließend gesagt, nachdem er sich noch mit beißendem Spott über die viel zu teuren aber stinklangweiligen Modestrecken und das spießige Layout ausgelassen hatte, und es hatte weniger wie ein Versprechen als eine Drohung geklungen. »Ab heute wird hier hart gearbeitet, bis Annika wieder hält, was sie verspricht. Jung, sexy, trendy, randvoll mit warmherzigen, herzergreifenden Reportagen. Und dabei so anspruchsvoll, wie ein Nicht-Hochglanz-siebzig-Seiten-Blatt unter diesen Umständen eben sein kann.«

Seinetwegen und wegen seiner jungen, aktuellen,

trendigen und sexy Idee zum Thema »Liebe auf den ersten Klick« saß ich nun hier abends nach elf im Schlafanzug vor dem Computer und ließ mich registrieren, um zum ersten Mal in meinem Leben einen Chatraum zu betreten. Es hatte allein eine halbe Stunde gedauert, bis ich einen Codenamen gefunden hatte. Alle meine Vorschläge waren bereits besetzt. Ganz gleich wie absurd sie auch sein mochten, es gab sie alle schon. Erst als ich auf die Idee kam, unsere Hausnummer hinten anzuhängen, klappte es. Fairy33a, das war ich. Das heißt, das war mein berufliches Inkognito. Daher löschte ich alle bisherigen Angaben zu meiner Person und fing noch mal von vorne an. Fairy33a war keine Journalistin, sondern, hm, sagen wir mal, Musikerin, Cellistin in einem Orchester. Und sie war auch nicht rothaarig, sondern blond, wie sich das für Feen gehört. Und ihre Augen waren blau. Und natürlich war sie größer als ich, schätzungsweise 1 Meter 72. Und was das Gewicht anging: Bei dieser Größe kam Fairy33a auf elfenhafte 55 Kilogramm. Mit anderen Worten: Sie sah aus wie Kate Blanchett als Galadriel in »Herr der Ringe«, natürlich ohne die abstehenden Ohren.

Weiter im Text. Kleidergröße? Selbstverständlich 36. Fairy33a gehörte zu den glücklichen Menschen, die nur eine Kleidergröße haben. Mein wirkliches Ich hingegen hatte vier. Ja, ich hatte das, was man eine Eieruhrfigur nennt – jedenfalls wenn man wohlwollend darüber spricht. Weniger wohlwollend könnte man sagen, ich war ziemlich dick, vor allem am Hintern. Meine Waden waren mit Größe 38 locker zu bekleiden, sie waren erfreulich schwach ausgeprägt, auch die Knie waren eher schlank, ganz anders als die Oberschenkel, die sich von Größe 40 oberhalb des Knies bis zu einer ausgewachsenen 42 ausdehnten, da wo sie in meine Hüften mündeten. Die Hüften waren sehr rund, da musste objektiverweise Größe 44 her, die Taille aber passte wieder in Größe 38. Sicher, da fragt man sich, wie zur Hölle ich Hosen fand, die mir passten?! Nun ja: Das Geheimnis hieß Stretch. Und zwar Stretch in Größe 42. Stretchhosen Größe 40 ließen sich in der Taille problemlos schließen, wenn man sie nur einmal über die Hüften bekommen hatte. Sie schlotterten auch nicht allzu sehr um die Waden, mussten aber im Oberschenkel- und Hüftbereich beweisen, wie dehnungsfähig sie waren. Die meisten Hosen waren dieser Belastung gewachsen, von allzu billiger Ware ließ ich aber vorsichtshalber die Finger. Aber weiter von der Taille aufwärts: Ich bekam eine Bluse Größe 42 über meinem Busen zugeknöpft, allerdings saß sie dann dort ziemlich eng und schlotterte in der Taille. Mein Hals war glücklicherweise lang und schlank, und geschickt angezogen wirkte ich daher lange nicht so dick wie ich war. Ich machte mir darüber allerdings auch herzlich wenig Gedanken.

Fairy33a hatte das glücklicherweise ja auch nicht nötig. Jetzt brauchte ich nur noch ein Motto für sie. Nach längerem Nachdenken wählte ich ein Zitat von Ben Gurion: Nur wer an Wunder glaubt, ist ein Realist. Fertig.

Willkommen in der Welt des Chats, Fairy33a.

Gewissenhaft studierte ich die »Chatiquette« und die reichhaltige Auswahl der Chatrooms. Die Besucherzahl war ungleich verteilt: Es gab zehn Flirtrooms, alle brechend voll, ebenso das Chatcafé, in dem sich sage und schreibe neunundachtzig Personen aufhielten.

Ich mochte derartige Menschenansammlungen in Cafés nicht, es dauerte dann immer ewig, bis die Kellnerin einem die Getränke brachte. In den Themenchatrooms wie Karriere, Computer, Familie, Kochen, Garten, Literatur und Formel 1 herrschte dagegen gähnende Leere, bei Star Wars chattete eine einzige Person mit sich selbst. Fetisch war mit 28 Personen sehr gut besucht, und ich hätte gern gewusst, was man dort so besprach, ebenso wie bei den über siebzig Leuten in den Chatrooms Seitensprung 1 – 10. Aber Seitenspringer und Fetischisten waren wahrscheinlich nicht die Sorte Spinner, die Birnbaum sich für seine herzergreifenden Geschichten vorstellte, und ich hatte keine Sekunde lang vergessen, dass ich rein beruflich hier war. Meine Klientel trieb ihr Unwesen wohl eher in den Räumen Herzklopfen und Romantik.

Da es mittlerweile hart auf Mitternacht zuging, hätte ich mich schleunigst unter die Romantiker mischen und eine herzergreifende Story auftreiben müssen. Aber ich zögerte noch. Ehrlich gesagt, ich hatte Angst. Das war genauso wie auf eine Party zu gehen, auf der man kein Schwein kennt. Ich sah mich schon mutterseelenallein in einer Ecke rumstehen und an einem Glas Rotwein nippen.

In diesem Augenblick blinkte meine Rettung auf: Testchat, stand da. *Sie sind neu im Chat? Dann können Sie hier in aller Ruhe üben.*

Na bitte. Ein Testchat war genau das richtige, um meine Schüchternheit zu überwinden. Ein Mausklick, und das Abenteuer konnte beginnen. Testweise, versteht sich.

23.57 Uhr Fairy33a betritt den Raum.

Hach, was war das aufregend! Ohne Vorwarnung begann mein Herz schneller zu klopfen, als ich meinen
Codenamen auf dem Bildschirm las.

Der Testchat war mäßig besucht, anwesend waren,
laut Liste, Tigger11, RitaS, Sumpfhuhn, Pumuckl08/15,
Boris68 und Soraja2, die eine gepflegte Unterhaltung
miteinander führten. Soraja2 schien auch gerade erst gekommen zu sein.

Pumuckl08/15: Huhu, Soraja, so spät noch
 auf? Sonst biste doch immer schon um
 elf in der Heia.
Soraja2: Ist der Vollmond. *Heul. Dabei
 muss ich morgen ganz früh raus.
 *Doppelt heul.

Inzwischen hatte ich meine wenig fantasievollen, aber
freundlichen Begrüßungsworte eingetippt:

Fairy33a: Hallo, alle zusammen.
RitaS: Versuchs mal mit heißer Milch,
 Soraja. Und einer Wärmflasche für die
 Füße. Das hilft mir immer.
Sumpfhuhn: Ich sach nur: kaltes Bier
 statt warmer Milch.
Pumuckl08/15: Oder wie wärs mal mit
 Hammer auf dein Kopf, Rita. Wirkt
 todsicher auch.
Soraja2: Am besten jetzt sofort.
 *kicher.

Tigger11: Hach was seid ihr wieder alle gemein zu unserer Rita. Gleich geht das Gemecker wieder los. Ihr bösen bö-bösen Kinder.

RitaS *(flüstert)*: Hallo, Fairy. Neu hier? Keine Angst. Die sind gar nicht so ungezogen, wie es auf den ersten Blick scheint.

Wie nett! Jemand sprach mit mir. Dankbar ließ ich meine Finger über die Tastatur sausen.

Fairy33a: Wie macht man denn das mit dem Flüstern, Rita? Du merkst schon, ich bin zum allerersten Mal in einem Chat und habe keine Ahnung von nichts.

Tigger11: Das merkt man wirklich. Hey Leute, Rita flüstert mal wieder!

Soraja2: Wen interessiert Fairys Gelaber überhaupt?

Sumpfhuhn *(schreit)*: Geh doch woanders üben, Pril!

Pumuckl08/15: Ich liebe dich, Soraja.

Fairy33a: Wirklich? Ich interessiere mich nämlich sehr für Liebesgeschichten unter Chattern.

Sumpfhuhn: Kann jemand der Schnalle mal sagen, dass sich keiner für ihr blödes Gelabber interesiert?

RitaS *(flüstert)*: Kümmer dich nicht darum, fairy, die sind immer so.

Du kannst hier trotzdem in aller Ruhe
üben.
Fairy33a: Danke, Rita. Interessiert
wird übrigens mit zwei s geschrieben,
Sumpfhuhn. Und Gelaber nur mit
einem b.
Pumuckl08/15: Halt endlich dein Maul,
Klugscheißerin.
RitaS *(flüstert):* Leg dich lieber nicht
mit denen an, fairy.

Wieso nicht? Verhauen konnte mich ja hier niemand.
Ich klickte RitaS' Persönlichkeitsprofil an. Sie war 55
Jahre alt, von Beruf Grundschullehrerin, und ihr Motto
lautete: »... denn die Freude, die wir schenken, kehrt
ins *eig'ne Herz zurück.*« Wie rührend. Als Nächstes entdeckte ich ein riesengroßes Ohr. Aha. Damit hatte Rita
also das Flüstern bewerkstelligt. Wenn sie mir etwas zu-
flüsterte, konnte niemand sonst es lesen. Genial.

Fairy33a *(flüstert):* Ich hab das Ohr
entdeckt, Rita!
RitaS *(flüstert):* Bravo, fairy. Du
lernst schnell.

Ich war selber stolz auf mich. Das war doch alles gar
nicht so schwer. Ich hatte ein Aha-Erlebnis nach dem
anderen. Übermütig schickte ich Rita noch ein paar
Icons, wofür sie mich ebenfalls lobte, und dann machte
ich mich daran, das Erscheinungsbild meiner geschrie-
benen Worte farblich zu gestalten. Ich entschied mich
für ein helles Rot. Oder doch besser ein leuchtendes

Blau? Das Grün sah auch sehr schön aus. Oder Magenta. Oder Lila. Oder … mein Blick fiel zufällig wieder auf den Bildschirm.

Fairy33a wechselt die Farbe, stand da in Hellrot. Und darunter stand:

```
Fairy33a wechselt die Farbe
Fairy33a wechselt die Farbe
Fairy33a wechselt die Farbe
Fairy33a wechselt die Farbe
Fairy33a wechselt die Farbe
```

in allen Farben des Regenbogens. Vor lauter Peinlichkeit wechselte ich auch die Farbe.

Pumuckl08/15: Haste irgendwelche
  Krämpfe, Fairy?
Sumpfhuhn: Ich hasse Anfänger. Ham von
  nix ne Ahnung aber meckern über unsre
  Rächtschraibunk.
Tigger11: Geh und spül mit Pril, fairy!

Sie hatten Recht: Ich war wirklich ein blutiger Anfänger. Schamrot wollte ich mich schon davonstehlen, als die hilfreiche Rita sich wieder zu Wort meldete, diesmal ohne zu flüstern: »Ich dachte, das ist ein *Testchat. Wenn man irgendwo üben darf, dann doch wohl hier, oder?*«

Da hatte sie allerdings auch wieder Recht! Abgesehen davon hatte ich schon wieder vergessen, dass ich mich hier absolut und vollkommen anonym blamierte. Und das auch nur, weil ich aus beruflichen Gründen dazu gezwungen war.

Fairy33a: Danke, Rita. Und was dich angeht, Sumpfhuhn: du hättest dich besser Krampfhenne genannt! ☺

Ha. Ging doch. Anonym konnte ich richtig fies werden. Sumpfhuhn reagierte entsprechend krampfhennig.

Sumpfhuhn: Hier wird's mir zu voll, ich gehe woanders hin.
Tigger11: Nimm mich mit, Sumpfi.

00.18 Uhr Sumpfhuhn und Tigger11 verlassen den Raum.

Pumuckl08/15: Na denn auch mal tschüß ihr Klugscheißer. Am besten auf Nimmerwiedersehen.

00.19 Uhr Pumuckl08/15 verlässt den Raum.

Nanu! Die waren aber empfindlich. Soraja2 war offensichtlich schon vorher gegangen, und RitaS teilte mir mit, dass sie leider auch gehen müsse, dass es aber nichts mit mir zu tun hätte. Und dass Übung den Meister mache und ich einfach noch weiter üben solle.

Warte!, schrieb ich. Mit wem soll ich denn jetzt üben?

RitaS hat den Raum verlassen, informierte mich der Bildschirm.

So was Blödes. Plötzlich war ich ganz allein auf der Test-Party. Ich fühlte mich noch nicht sicher genug, um in einen richtigen Chatroom zu gehen, und wer weiß? Vielleicht waren Sumpfhuhn und die anderen ja auch schon da. So würde ich nie bis morgen Früh eine Lovestory auftreiben. Ich überlegte gerade, ob ich mich nicht zu dem einsamen Typ im Chatroom Star Wars gesellen sollte, als eine grüne Schrift auf dem Bildschirm erschien.

Boris68: Was ist los, fairy, keine Lust mehr, die Farbe zu wechseln?

Also war ich wohl doch nicht allein. Boris68 hatte bis jetzt nur geschwiegen. Vielleicht war er länger auf dem Klo gewesen.

Fairy33a: Nein. Bin immer noch schamrot. Tut mir Leid, dass ich alle vertrieben habe.
Boris68: Machen wir uns nichts vor: Die haben alle einen an der Waffel.
Fairy33a: Ohne Zweifel. Außer RitaS.
Boris68: Die ganz besonders. Warum treibt sich eine 55-jährige Grundschullehrerin mitten in der Nacht in einem Testchat herum und gibt Chatanfängern Nachhilfeunterricht.
Fairy33a: Warum treibst DU dich mitten in der Nacht in einem Testchat herum?
Boris68: Zum Test natürlich - und du?
Fairy33a: Ich suche eigentlich eine romantische Liebesgeschichte.
Boris68: Du hast sie gefunden. Ich bin wahnsinnig romantisch.

18

Fairy33a: Du hast mich falsch verstanden: Ich suche aus rein beruflichen Gründen.
Boris68: Du bist Cellistin.

Uuups, stimmte ja. Nett, dass er mich daran erinnerte.

Fairy33a: Ja, und blond bin ich auch! Aber es ist so: Ich arbeite nebenher als Journalistin. Und ich soll eine Story über Liebe im Internet ausfindig machen. Weißt du eine?

Boris zögerte ein Weilchen.

Boris68: Nimm dich und mich.
Fairy33a: Aber wir kennen uns doch erst seit fünf Minuten.
Boris68: So fängt es doch immer an.

Aus irgendeinem Grund wurde ich plötzlich ganz unruhig. Ich klickte Boris' Persönlichkeitsprofil an. Männlich, 34 Jahre, Sternzeichen Löwe, mehr nicht. Das waren ziemlich magere Angaben.

Fairy33a: Du hast ja nicht mal ein Motto, Boris.
Boris68: Jetzt oder nie, Babe.
Fairy33a: Und wie soll das gehen?
Boris68: Zuerst chatten wir, dann tauschen wir unsere email-Adressen aus, und wenn wir alle Geheimnisse vonein-

ander wissen, treffen wir uns vorm
Standesamt.

Fairy33a: Das wäre zumindest eine tolle
Story für meinen Chefredakteur. Dummerweise bräuchte ich das Ganze bis
morgen Früh um zehn.

Boris68: Tja, da müssen wir uns eben
ein bisschen beeilen. Soviel ich weiß,
öffnet das Standesamt um acht Uhr.

Während ich über einer schlagfertigen Antwort brütete,
öffnete sich die Zimmertür, und mein Bruder Philipp
fragte: »Hanna, wo ist unser Erste-Hilfe-Kasten?«

»Nicht jetzt, Philipp!« Ich drehte mich unwillig zu
ihm um und kreischte auf. Aus einem Schnitt an seiner
Hand tropfte Blut auf meinen Teppich.

»Halb so schlimm«, beruhigte mich Philipp. »Helena
hat mich mit dem Brotmesser erwischt. Aber mit einem
bisschen Jod und einem Pflaster ist alles wieder in Ordnung.«

»Du glaubst doch nicht, dass ich meinen Teppich mit
Jod und Pflaster wieder sauber bekomme«, sagte ich
und stand auf, um die Wunde näher zu untersuchen.
Es war glücklicherweise weniger schlimm als es aussah.
»Wo ist diese Helena? Was fällt ihr ein, mit dem Messer
auf dich loszugehen?«

Philipp lachte. »Es war ein Unfall, Hannilein. Wir
wollten uns einen kleinen Mitternachtssnack zuberei-
ten, aber das Brot war steinhart.« Er sah zum Schreibtisch hinüber. »Interessanter Bildschirmschoner.« Über
Boris' und meinen Dialog hatte sich das Bild der Titanic
geschoben, die gerade einen Eisberg rammte.

20

»Es ist mitten in der Nacht!«, sagte ich vorwurfsvoll. »Ich dachte, du wärst schon seit Stunden im Bett.«

»War ich ja auch.«

»Mit Helena, nehme ich an.« Ich seufzte. »Ich dachte, es wäre ganz klar, dass hier nur an den Wochenenden jemand übernachten kann. Du hast morgen Schule, Philipp.«

»Helena hat Stress mit ihren Eltern.«

»Den hast du auch, wenn du durchs Abi rasselst. Komm mit ins Bad. Ich werde dich verbinden.«

Im Badezimmer hätte ich beinahe noch einmal aufgekreischt. Als ich nämlich den Erste-Hilfe-Kasten vom Schrank geholt hatte, erschien ein blasses, mageres Geschöpf mit tiefschwarzen Haaren und gleichfarbenen Ringen unter den Augen in der Tür. Sie trug ein T-Shirt mit aufgedrucktem Totenschädel und dem Schriftzug: See you in hell. Ihre Fingernägel waren schwarz lackiert, und an ihren bleichen Händen klebte Blut. Sie sah aus wie die Todesfee persönlich.

Am liebsten hätte ich ein Kreuz geschlagen und »Hinweg mit dir, du böser Dämon«, gerufen, aber ich riss mich zusammen. »Hallo, Helena«, sagte ich stattdessen auf gut Glück.

Die Todesfee sagte nichts.

»Das ist meine Schwester Hanna«, erklärte ihr Philipp.

Helena sagte immer noch nichts. Sie starrte mich nur an. Ich starrte zurück und fragte mich, ob die schwarzen Ringe unter ihren Augen verlaufene Wimperntusche waren oder akuter Eisenmangel. Bei genauerer Betrachtung sah sie mehr wie ein abgemagerter Pandabär aus. Ein ziemlich gruseliger Pandabär.

»Bist du in Philipps Klasse?«, fragte ich, während ich Philipps Wunde mit Desinfektionslösung abtupfte. Er ging auf eine Waldorfschule, und jetzt, in der Dreizehn, gab es nur noch neun Schüler in seiner Klasse.

Helena sagte nichts.

»Sie ist vor einem Jahr abgegangen«, antwortete Philipp an ihrer Stelle. »Sie macht eine Ausbildung zur Buchhändlerin.«

Wahrscheinlich in dem Esoterikbuchladen in der Handtkestraße, Abteilung schwarze Magie. Ich beschloss, sie so schnell wie möglich loszuwerden. »So, so. Dann musst du morgen sicher auch früh raus, was, Helena? Es ist nämlich so, dass Philipps Freunde nur am Wochenende hier übernachten dürfen.«

Helena reagierte nicht. Ihr Schweigen und ihr stierer Blick fingen an mir auf die Nerven zu gehen.

»Tut mir Leid, aber du musst jetzt nach Hause«, sagte ich noch nachdrücklicher.

»Ich hab dir doch gesagt, sie hat Stress mit ihren Eltern«, sagte Philipp.

»Aber schlafen wird sie doch noch bei ihnen dürfen, oder?«, erwiderte ich. Philipp machte den Mund auf, aber ich fiel ihm ins Wort. Aus Erfahrung wusste ich, dass ich mich so unnachgiebig wie möglich verhalten musste, wenn ich nicht den Rest der Nacht mit unfruchtbaren Diskussionen verbringen wollte. »Andernfalls kannst du ihr gerne deinen Schlafsack leihen, dann wird sie unter der Brücke schon nicht erfrieren.«

»Boah, ey, Ssseiße, Mann«, ließ sich Helena endlich vernehmen. Sie hatte eine helle Kleinmädchenstimme, und sie lispelte. Ihre niedliche Stimme stand in so krassem Gegensatz zu ihrem Äußeren (und natürlich zu dem, was sie sagte), dass ich misstrauisch nach einem Tonband oder etwas Ähnlichem hinter ihrem Rücken Ausschau hielt. »Deine Sssswester ist ja noch ssslimmer als meine Alten. Und du hast gesagt, sie sei cool.«

Philipp sah mich vorwurfsvoll an. »Ist sie sonst auch.«

»Ja, aber erst wieder, wenn du das Abitur bestanden hast«, sagte ich.

Philipp guckte zwar genervt, aber er begleitete seine neue Freundin ohne weitere Diskussion zur Haustür. Wahrscheinlich war ihm das nur recht so (offensichtlich war der angenehme Teil des Abends schon vorüber), denn sonst hätte er jetzt die »Ich-bin-aber-volljährig-und-kann-tun-und-lassen-was-ich-will«-Nummer abgezogen.

Ich schloss hinter Helena ab, nachdem sie sich mit einem letzten undeutbaren Blick aus ihren Pandabäraugen verabschiedet hatte.

»Du hattest auch schon mal einen besseren Geschmack«, sagte ich zu Philipp.

»Helena ist in Ordnung«, sagte Philipp und lächelte mich überraschenderweise an. »Sie ist ganz anders als alle Mädchen, die ich sonst kenne. Sie beschäftigt sich mit Geschichte, religiösen Ritualen und Philosophie.«

»Oh je«, sagte ich besorgt.

Philipp lächelte immer noch. »Danke fürs Verarzten, Hannilein. Gute Nacht.«

»Gute Nacht«, sagte ich und setzte streng hinzu: »Und keine Tricks: Wenn du Helena durchs Fenster wieder ins Haus lässt, krieg ich das mit. Und dann ...«

»Schon gut«, sagte Philipp.

Zurück in meinem Zimmer bearbeitete ich sorgenvoll die Blutflecken im Teppich mit Mineralwasser und einer Wurzelbürste. Diese Helena war genau die Sorte Freundin, die man sich für seinen kleinen Bruder nicht wünscht. Wenn überhaupt, dann brauchte Philipp jetzt ein Mädchen, das ihn Vokabeln abfragte und Mathenachhilfe erteilte. Religiöse Rituale und Philosophie würden ihm im Augenblick wenig nutzen, vor allem nicht, wenn es sich um die Art religiöser Rituale handelte, die ich Helena zutraute.

Erst als die Flecken verschwunden waren, fiel mir Boris68 wieder ein. Oh nein! Hoffentlich war er nicht gegangen. Ich stürzte an den Computer und klickte die auseinanderbrechende Titanic beiseite. Auf dem Bildschirm stand:

Boris68: Was ist los, fairy? Angst?
Boris68: fairy???
Boris68: Okay, ich verstehe, dass du ein
    wenig Bedenkzeit brauchst. Morgen
    selbe Zeit, selber Ort.

00.56 Uhr Boris68 hat den Chat verlassen.

2. Kapitel

Bevor mein Chef mich dazu zwang, im Internet einen Mann aufzureißen, war ich mit meinem Leben ausgesprochen zufrieden. Ich war sechsundzwanzig Jahre alt, und meine Karriere als Redakteurin beim Fredemann-Verlag hatte gerade erst begonnen.

Außerdem war ich Single – aus Überzeugung und aus Zeitmangel –, was mir eine Menge Ärger und unnötige Komplikationen ersparte. Ich hatte liebe Freunde und eine Familie, in der alle auf eine nette Art verrückt und auf eine verrückte Art immer für mich da waren. Mit meinem kleinen Bruder Philipp teilte ich mir luxuriöse hundert Quadratmeter Wohnfläche, und weil diese hundert Quadratmeter im Anbau unseres Elternhauses lagen und ich obendrein als Babysitter für Philipp engagiert war, zahlte ich keine Miete, so dass von meinem gar nicht mal so bescheidenen Einkommen mehr als genug für andere Dinge übrig blieb.

Natürlich wollte ich nicht für immer dort wohnen bleiben, ebenso wenig wie ich für immer Single oder für immer bei ANNIKA bleiben wollte, aber zu diesem Zeitpunkt meines Lebens war ich damit völlig zufrieden.

Dass man mit seinem Leben zufrieden ist, erkennt man am besten daran, dass man mit niemand anderem tauschen möchte, obwohl man eine Menge beneidenswerter Menschen kennt.

Meine Schwester Antonia, genannt Toni, zum Beispiel war so ein beneidenswerter Mensch: Sie war bildhübsch, mit einem gut verdienenden Juristen verheiratet und mit drei entzückenden Kindern gesegnet. Wie alle Mitglieder unserer Familie – von den Angeheirateten mal abgesehen – hatten auch die Kinder dichte, tizianrote Locken, sogar das Baby. Wenn ich mit meiner Schwester und den Kindern spazieren ging, bekamen wir daher immer jede Menge Witze über Rothaarige zu hören. Nicht, dass uns das noch etwas ausgemacht hätte – wir kannten sie nur alle schon.

»Philipp hat also schon wieder eine neue Freundin.« Toni biss herzhaft in eine Banane. Wir kamen gerade vom Einkaufen, einer Tätigkeit, der Toni nicht mehr ohne eine erwachsene Begleitperson nachkam, seit ihr Zweijähriger eine Pyramide aus Nutellagläsern zum Einsturz gebracht hatte. Toni behauptete, nackt durch ein Krokodilbecken zu tauchen sei ein Klacks gegen das Unterfangen, mit drei kleinen Kinder einen Supermarkt zu besuchen.

Der Babyjogger, den ich schob, war randvoll mit Obst, Butterkeksen, Windeln und Tiefkühlspinat. Mittendrin schlummerte Baby Leander, gerade mal acht Wochen alt. Seine beiden Geschwister machten etwa zwanzig Meter vor uns den Bürgersteig unsicher.

»Philipp ist gerade mal achtzehn und hatte schon mehr Beziehungen als Mick Jagger in seinem ganzen Leben«, fuhr Toni fort. »Ist sie hübsch, diese Helena?«

Ich zuckte mit den Schultern. »Ehrlich gesagt, sie sieht aus wie Jahre nicht gewaschen und als würde sie sich schon zum Frühstück Valium ins Müsli rühren.

Wenn Mama und Jost die kennen lernen, kriegen sie Zustände.«

»Mama nicht, die steht auf Freaks«, meinte Toni. »Sie ist doch selber einer.«

»Ja, aber eine andere Sorte Freak. Finn, lass das!«

»Und du, bleib auf dem Bürgersteig, Henriette!«, schrie Toni. Das war leichter gesagt als getan: Henriette hatte eben erst gelernt, das Fahrrad ohne Stützräder zu fahren, eine beachtliche Leistung für eine Vierjährige, zumal ihr am Hinterreifen das Bobbycar ihres kleinen Bruders klebte, der unentwegt »Aus dem Weg! Aus dem Weg!« brüllte.

Meine Schwester rannte ein paar Schritte. Sie hinderte Henriette daran, über die Bordsteinkante zu kippen und hielt Finn so lange an seiner Kapuze fest, bis ein Sicherheitsabstand zwischen Fahrrad und Bobbycar entstanden war.

»Aus dem Weg!«, brüllte Finn, und Henriette schrie: »Wenn du mich einholst, spucke ich!«

»Das Leben ist eine Bushaltestelle.« Toni seufzte, als ich sie wieder eingeholt hatte. Sie entsorgte die Bananenschale in einem hübschen blaulackierten Briefkasten, offenbar im festen Glauben, es handele sich um einen Papierkorb. »Wenn sie doch nur einmal aufhören würden, sich zu zanken.«

»Kennst du die Leute?«, fragte ich.

»Welche Leute? Finn! Ich hab gesagt, du sollst Henriette in Ruhe lassen! Hörst du wohl auf zu spucken, Henriette!« Toni drehte sich zu mir um. »Sie sind grässlich, oder? Aber das ist auch kein Wunder: Den ganzen Tag brülle ich sie nur an. Wo waren wir stehen geblieben?«

»Bei den Leuten, denen du gerade eine Bananenschale in die Post geworfen hast«, sagte ich. »Außerdem heißt es, das Leben ist eine Baustelle, Toni. Das ist ein Filmtitel. Und deine Kinder sind nicht grässlich. Wir haben uns in dem Alter auch immer nur gezankt, und Mama hat uns nur angebrüllt.«

»Das Leben ist eine Baustelle?«, wiederholte Toni und seufzte. »Wann komme ich denn schon mal ins Kino, hm? Nein, das Leben ist eine Bushaltestelle, bei der man den Bus verpassen oder in den falschen steigen kann, ohne es zu merken. Ich zum Beispiel sitze im falschen Bus. Dummerweise habe ich es gerade eben erst gemerkt. Scheiße, habe ich die Bananenschale wirklich in einen Briefkasten geworfen?«

Ich nickte. »Ich hab schon versucht, sie wieder rauszuholen. Geht aber leider nicht. Lass uns also schnell weitergehen, als wäre nichts gewesen.«

»Das wird immer schlimmer mit mir.« Toni strich sich hektisch eine Locke hinters Ohr. »Gestern kam ich mit den Kindern vom Kinderarzt. Henriette und Finn haben sich gezankt wie immer, und Leander hat gebrüllt wie am Spieß. Ich also schnell in den Keller, die Tiefkühlsachen in die Gefriertruhe gebracht, wieder hoch gehetzt, das Kleiner-Eisbär-Video reingeschoben und den Kleinen gestillt. Als ich dann später die Wäsche runtergebracht habe, fand ich die Tiefkühlsachen in der Waschmaschine. Glaubst du, ich hab Alzheimer, Verena?«

»Ich bin Hanna.« Verena war unsere andere Schwester, die als Model arbeitete und zur Zeit in Madrid lebte. »Nein, du hast kein Alzheimer«, sagte ich trotzdem. »Du hast einfach nur drei Kinder in vier Jahren bekommen. Damit wäre jedes Gehirn wahrscheinlich vorübergehend überfordert.«

»Vier Kinder in drei Jahren?« Toni seufzte. »Ich sag ja, ich sitze im falschen Bus. Oh nein! Finn! Lass das liegen! Das ist bah! Das ist Aa! Nicht anfassen! Bah! Aa! Kannst du nicht hören? DAS IST VERDAMMTE HUNDE-SCHEISSE!«

In diesem dramatischen Augenblick klingelte mein Handy. Es war meine Freundin Vivi, die mich daran erinnerte, dass ich vor unserem Sushiabend noch bei ihr vorbeikommen und ihre Bewerbungsunterlagen mit ihr durchgehen wollte. Und außerdem (sagte sie etwas weinerlich) habe sich der supernette Typ, den sie bei einer dieser Dating-Lines im Internet kennen gelernt hatte, als bisexuell geoutet.

»Eigentlich hätte man sich das bei dem Codenamen ja denken können«, sagte ich und reichte Toni ein Päckchen Taschentücher aus meiner Manteltasche. »Wahrscheinlich ist er außerdem pädophil.« Der Kerl hatte sich pünktchenundanton genannt. »Wie gut, dass ihr euch noch nicht im wirklichen Leben getroffen habt!« Vivi traf ihre Internet-Flirts glücklicherweise nie im wirklichen Leben, obwohl sie es sich jedesmal ganz fest vornahm. Ich sollte noch erwähnen, dass sie sich keineswegs – wie ich – aus beruflichen Gründen in zweifelhaften Chats herumtrieb, sondern tatsächlich hoffte, hier den Mann fürs Leben kennen zu lernen. Da sie es bisher aber noch nicht getan hatte, schied sie als Kandidatin für unsere »Liebe auf den ersten Klick«-Reportage leider aus. Vivi wäre eher was zum Thema »Warum gerate ich nur immer an den Falschen« gewesen.

»Ist es denn nicht schrecklich intolerant, wenn ich jemanden ablehne, nur weil er sexuell anders orientiert ist?«, fragte sie.

»Du lehnst ihn nicht ab, du lehnst es nur ab, mit ihm und seinem schwulen, minderjährigen Freund ins Bett zu gehen«, sagte ich geduldig.

»Meinst du, dass es das ist, was er von mir will?«

»Vivi, ich hab keine Ahnung. Aber wenn ich du wäre, würde ich es nicht unbedingt herausfinden wollen.«

»Warum nicht?«, fragte Vivi. »Nächste Woche werde ich dreißig. Und selbst ein perverser Mann wäre besser als überhaupt kein Ärger.«

»Warum nicht?«, murmelte auch Toni, die meinen Worten aufmerksam gelauscht hatte, während sie hektisch und hoffnungslos mit den Taschentüchern herumhantierte. »Alles ist besser als das hier.«

Es war wirklich so: Außer mir war niemand mit seinem Leben zufrieden.

»Ich muss jetzt Schluss machen, Vivi, aber ich bin in einer halben Stunde bei dir. Meinst du, du schaffst es bis dahin, keinem deiner perversen Internetbekanntschaften eine E-Mail zu schicken?«

»Das dürfte kein Problem sein«, seufzte Vivi. »Mir ist vorhin eine Tasse Kaffee über die Tastatur gekippt. Da geht gar nichts mehr.«

Ich verstaute das Handy wieder in meinem Rucksack und suchte in Leanders Wickelrucksack nach Feuchttüchern. »Vivi hat wieder mal ihren Job hingeschmissen, und ich muss ihr bei der Bewerbung helfen, weil sie bei zu viel Freizeit nachweislich auf dumme Gedanken kommt.« Ich kniete neben Toni nieder und kümmerte mich um Finns andere Hand. Das gute Kind fasste grundsätzlich alles mit beiden Händen an. »Um acht treffen wir uns dann mit Carla und Sonja in der Sushibar, und ich hab mir noch nicht die Haare gewaschen. Deshalb muss ich jetzt leider weg.«

»Aber ja, es ist Freitagnachmittag, und das Wochenende hat begonnen«, schnaubte Toni. »Für alle, außer für mich. Justus wird das ganze verdammte Wochenende in Hannover sein. Halt bloß still, Finn! Carla und Sonja wer?«

»Sonja-deine-Handtasche-paßt-aber-nicht-zu-deinen-Schuhen-Möhring und Carla-wer-ist-denn-der-süße-Typ-da-in-der-Ecke-Lautenbacher. Carla ist Redaktionssekretärin bei ANNIKA, und Sonja war mit Vivi im Internat. Du kennst sie nicht.«

»Weil sie ihre Freizeit nicht in Krabbel- und Spielgruppen verbringen oder sich auf städtischen Spielplätzen herumtreiben, meinst du? Oh nein, jetzt hast du's auch an deiner Jacke, Finn. Dabei gehe ich ja noch nicht mal in so eine Krabbelgruppe. Ich hab's versucht. Bei Henriette hab ich's wirklich versucht. Aber all die anderen Mütter haben mich für eine Art Alien gehalten. Ist das nicht seltsam? Für euch normale Freaks bin ich ein Alien, weil ich drei Kinder habe, und für die anderen Mütter bin ich ein Alien, weil ich noch nie auf einer Tupperparty war und keinen Sprühreiniger für mein Cerankochfeld benutze! Ich bin ein Wanderer zwischen den Welten. Sogar mein eigener Mann hält mich für ein Alien.«

»So ein Blödsinn«, versuchte ich zu widersprechen. Tonis Mann vergötterte sie, und nicht alle Mütter in dieser Stadt verbrachten ihre Freizeit auf Tupperpartys. Im Gegenteil: Auf Carlas Tupperparty neulich war nicht eine einzige Mutter gewesen, nur Vivi, Sonja und ich und jede Menge Karrierefrauen, die ihre Vorratshaltung revolutionieren wollten. Ich selbst war nun stolze Besitzerin einer stattlichen Anzahl so genannter Eidgenossen. Nie waren meine Cornflakes besser aufgehoben gewesen. Ich hatte das Gefühl, für meine Eidgenossen in die Bresche springen zu müssen. »Weißt du, Toni, solange du in solch klischeebehafteten Schubladen denkst, musst du dich nicht wundern, wenn du selber in eine geschoben wirst. Du bist eine tolle Frau und eine wunderbare, patente Mutter. Wenn du nur anfangen würdest, dich selber …«

»Verdammt, Finn!«, unterbrach mich Toni schrill. »Mama will kein Aa an ihrer Hose haben. Die ist von Patrizia Pepe und hat Papa verdammt viel Geld gekostet. Und Mama hat es verdammt viel Zeit gekostet, den verdammten Knopf über der verdammten Wampe zuzukriegen.«

Ich sah an Tonis graziler 36-er Figur herab und suchte vergeblich nach etwas, das man »Wampe« schimpfen durfte. Dabei fiel mir etwas auf: »Du hast einen Rock an, Toni.«

»Was? Ach, stimmt ja, Henriette hat heute Mittag Ketchup über die Hose gekleckert. Absichtlich! Stimmt's, du kleines Biest?«

»Ich will verdammt noch mal endlich weiter auf dem verdammten Bürgersteig fahren«, beschwerte sich Henriette.

»Du sollst nicht so fluchen«, rügte Toni und sah mich entschuldigend an. »Ich weiß auch nicht, was ich dagegen machen soll. Vom Kindergarten bringt sie jeden Tag neue Kraftausdrücke mit nach Hause. Aaaaargh! Verdammte Scheiße, jetzt hab ich doch reingefaßt.«

»Soll ja Glück bringen«, sagte ich, was eine unkluge

Bemerkung war, weil Henriette nun unbedingt auch am großen Familienglück teilhaben wollte und mit beiden Händen in das griff, was vom Hundehaufen auf dem Bürgersteig noch übrig war. Ich benötigte die restliche Packung Feuchttücher für Reinigungsarbeiten an Kindern und Mutter.

»Das muss ein riesiger Hund gewesen sein«, meinte Toni den Tränen nahe.

»Ein verdammt riesiger Hund«, stimmte Henriette zu. »Der wird verdammt viel Glück bingen.«

»Bestimmt«, sagte ich, und wenigstens Henriette freute sich.

»Du kannst noch nicht gehen«, sagte Toni. »Du hast mir noch gar nichts von deinem neuen Chefredakteur erzählt.«

»Das mach ich dann morgen«, versprach ich.

»Aus dem Weg«, schrie Finn, der wieder auf seinem Bobbycar Platz genommen hatte.

Ich gab ihnen allen ein Küsschen. »Macht's gut, ihr Süßen, und seid lieb zu eurer Mama.«

»Gott, was würde ich darum geben, mit dir zu tauschen«, sagte Toni.

»Dann könntest du deine Patricia-Pepe-Hose aber vergessen«, erwiderte ich, mich rückwärts vom Schauplatz entfernend. »Die würde ich nämlich nicht mal über die Oberschenkel kriegen.«

»Das wäre mir egal«, beteuerte Toni und rannte hinter ihren Kindern her.

»Hey, Schätzchen! Vergiss den Kinderwagen nicht!« rief ich.

Toni schlug sich mit der flachen Hand vor die Stirn und kam noch mal zurück. Wie gesagt, sie war absolut beneidenswert, aber zu diesem Zeitpunkt meines Lebens wollte ich nun mal mit niemandem tauschen, auch nicht mit jemandem, der mühelos in Größe 36 passte.

Es sollten allerdings noch andere Zeiten kommen. Und zwar schneller als mir lieb war.

3. Kapitel

Na, Mädels, wie viele Männer habt ihr denn in dieser Woche an Land gezogen?«, fragte Carla mit Bühnenlautstärke, kaum dass wir uns auf den Hockern in der Sushibar niedergelassen hatten.

Wie immer wurden wir alle mehr oder weniger rot, und Vivi zischte wütend: »Du hast doch versprochen, dass du damit aufhörst!«

»Ich habe nur versprochen, mich weniger drastisch auszudrücken«, sagte Carla unschuldig. In der vorletzten Woche hatte sie nämlich zur gleichen Zeit an einem anderen Ort (den wir nun auf immer meiden müssen) gebrüllt: »Na Mädels, mal ehrlich, hattet ihr in dieser Woche einen guten Fick? Und mit gut meine ich wirklich gut!«

Carla sah uns gern wie die vier Freundinnen aus »Sex and the City« – gut aussehend, beruflich erfolgreich und mit dem aufregendsten, abwechslungsreichsten und lustigsten Sexualleben ausgestattet, das Drehbuchautoren sich ausdenken können. Der Vergleich hinkte leider schwer. Unser aller Sexualleben war eher dürftig, beruflich waren wir gar nicht (Vivi und Sonja) bis mäßig (Carla und ich) erfolgreich, und gut aussehend – nun ja, das ist relativ. Vivi war mit ihrem Rosenteint und ihren hellen Haaren sicher sehr hübsch, wenn man diesen zierlichen Typ mag, bei dem man immer fürchtet, der

Kopf sei zu schwer für den Rest des Körpers. Sonja sah aus wie Barbra Streisand in jungen Jahren, und wir alle wissen, dass sich bei Barbra Streisand die Welt in zwei Lager teilt: das eine, das sie anbetet, das andere, das sie gräßlich findet. Sonja jedenfalls trug ihre große Nase so hoch es eben ging. Das selbe machte ich mit meinem dicken Hinterteil. Es ist ein offenes Geheimnis: Je selbstbewußter man seine Mängel der Umwelt präsentiert, je weniger werden sie als solche wahrgenommen. Was meine roten Haare und die Sommersprossen anging – auch die waren Geschmackssache. Carla schließlich hatte ich immer für unbestritten gut aussehend gehalten, bis ich sie eines Morgens mal ohne Make-up und ohne Frisur antraf. Da endlich verstand ich, warum sie es sich zum Prinzip gemacht hatte, niemals neben einem Mann aufzuwachen.

»Was gleichbedeutend ist mit dem Prinzip, niemals neben einem Mann einzuschlafen«, pflegte sie zu sagen und dabei zu seufzen. Carla war mit fast fünfunddreißig die Älteste von uns, und sie machte kein Geheimnis daraus, dass sie sich nur zu gerne auf ewig und immer an einen Mann binden wollte. »Ab einem bestimmten Alter ist das Singledasein wie eine Krankheit«, sagte sie. »Du kannst zwar alt damit werden, aber die Schmerzen werden immer schlimmer, und du weißt genau, wenn du nichts dagegen tust, wirst du daran sterben. Einsam und allein.«

Was für ein haarsträubender Unsinn. Aber Carla redete häufig haarsträubenden Unsinn.

»Außerdem ist es irgendwann eine Sinnfrage«, sagte sie zum Beispiel. »Wozu bin ich auf der Welt? Wozu sind Singles wie ich überhaupt gut? Wem nutzen sie? Eigentlich gehöre ich ganz oben auf eine Liste für Menschen, die die Welt nicht braucht. Noch vor Überraschungsfigurensammler und Dieter Bohlen.«

Carla führte eine Menge eigenartiger Listen, das war eine ihrer Marotten. Es gab Listen mit Ländern, die sie auf keinen Fall bereisen wollte, Listen mit Männern, die leider verheiratet waren, Listen mit Männern die Gott sei Dank verheiratet waren, Listen über Dinge, die ihr zutiefst verhasst waren, und Listen, auf denen ihre Lieblingsnahrungsmittel nach Kalorien geordnet aufgeführt waren.

»Also, hattet ihr nun einen guten Fick oder nicht?«, fragte sie mit provokantem Augenaufschlag.

Wir schüttelten einhellig den Kopf.

»Habe ich mir gedacht«, sagte Carla halb enttäuscht, halb erleichtert.

»Ich hatte die Windpocken, schon vergessen?«, fragte Sonja, die nach eigenen Angaben zwei Pickelabdeckstifte verbraucht hatte, um die verbliebenen Pocken hautfarben zu malen. »Und ich war erbärmlich krank! Selbst du wärst da enthaltsam geblieben.«

»Ich habe zu meinem Chef gesagt, dass er sich ins Knie ficken soll«, sagte Vivi nachdenklich. »Zählt das auch?«

»Definitiv nein«, sagte Carla. »Außerdem hast du das ja gar nicht gesagt.«

»Aber ich hätte es tun sollen«, sagte Vivi und verfiel in düsteres Schweigen.

Ich hätte, um die Stimmung ein wenig aufzulockern, beinahe von meinen Recherchen und Boris68 erzählt, entschied mich aber gerade noch rechtzeitig dagegen. Auf der Redaktionssitzung am Morgen hatte ich ihn nämlich als den elektronischen Flirt meiner Schwester verkauft, und Carla war dabei gewesen.

»Hattest du denn einen?«, fragte ich sie, während ich mir noch ein Sushiröllchen samt Teller vom Band nahm. Ich wäre lieber zum Italiener gegangen, aber Carla hatte auf der Sushibar bestanden. Wahrscheinlich essen sie in »Sex and the city« auch immer Sushi. Carla hatte jedenfalls indigniert eine Augenbraue gehoben, als ich gestand, dass ich Sushi nicht so gerne mag. Dabei war es nicht der rohe Fisch, der mich störte, sondern die entsetzlichen, völlig unjapanischen Barhocker, die sie in diesem Schuppen hier hatten. Ich hasse alle Möbel, deren Beine länger sind als meine eigenen. Es ist absolut unmöglich, auf so einen Hocker zu klettern, ohne sich lächerlich zu machen. Der Hocker ist auch der Grund, warum ich niemals bei »Wer wird Millionär?« mitmachen würde.

»Einen was?«, fragte Carla hämisch. Sie wusste, dass ich ein Problem damit hatte, bestimmte Worte auszusprechen.

»Einen guten äh – ein positives Beischlaferlebnis«, flüsterte ich mit vollem Mund.

»Ach so. Nein«, sagte Carla. »Es war lausig. Wie immer mit Raimund. Er hat's einfach nicht drauf.«

Raimund war Carlas Exfreund. Sie hatte mit ihm Schluss gemacht, weil er a) Mundgeruch hatte, b) die Milch niemals zurück in den Kühlschrank stellte und c) lausig im Bett war. Aber dennoch war sie in den drei Jahren, in denen sie getrennt war, mindestens zwanzigmal mit ihm im Bett gewesen. Das war etwas, was ich wohl nie begreifen würde.

»Ich brauche das irgendwie. Jedesmal, wenn ich mit

Raimund schlafe, weiß ich wieder, warum ich Schluss gemacht habe«, sagte Carla.

Vivi und Sonja nickten. Sie hatten dafür vollstes Verständnis. Vivi landete in unregelmäßigen Abständen mit Max im Bett, dem sie vor einem Jahr den Laufpass gegeben hatte, weil er sie a) mit einer zarten Brünetten, b) mit einer üppigen Blondine und c) einer flippigen Rothaarigen betrogen hatte. Ihre Treffen liefen immer nach dem selben Schema ab: Max rief an und fragte mit kummervoller Stimme, ob er mal vorbeikommen und sich ausquatschen könne. Zehn Minuten später stand er mit zwei billigen Weinflaschen unterm Arm vor Vivis Wohnungstür. Wenn die zwei Flaschen leer waren, behauptete er, Vivi immer noch zu lieben und zu betrunken zu sein, um noch Auto zu fahren. Am nächsten Morgen lieh er sich dann Geld von Vivi, das er niemals zurückzahlte, und verschwand. Bis zum nächsten Mal.

Vivi schob ihre Ausrutscher der Einfachheit halber auf den Wein. »Es sind Flaschen mit Schraubdeckeln. Max mischt da irgendwas rein, das ihn vorübergehend unwiderstehlich macht«, behauptete sie.

Bei Sonja lagen die Dinge ein wenig anders. Sie hatte nämlich nicht mit Jens Schluss gemacht, sondern er mit ihr, weil sie ihm a) zu anhänglich gewesen war, b) zu verklemmt und c) seiner Idee mit der Brustvergrößerung nicht aufgeschlossen genug gegenüber gestanden hatte. Es war außerdem kein Geheimnis, dass er seitdem d) mit einer vollbusigen Versicherungskauffrau zusammenlebte, die sich angeblich Jens' Initialen ins Schamhaar rasierte. Dieser Liebesbeweis hielt Jens jedoch nicht davon ab, alle paar Monate bei Sonja vorbeizuschauen, und sie hatte dann ihrerseits nichts Besseres zu tun, als ihm zu beweisen, dass sie in der Zwischenzeit viel weniger verklemmt geworden war.

»Das ist völlig normal«, sagte Sonja. »Jede Frau hat Sex mit ihrem Ex, egal, was für ein mieser Dreckskerl er auch sein mag.«

Ich schüttelte energisch den Kopf. Ich nicht! Obwohl mein Ex überhaupt kein mieser Dreckskerl war. Im Gegenteil, Alex war wirklich nett. Wir hatten dreieinhalb Jahre lang eine einvernehmliche Beziehung geführt, und als er vor zwei Jahren beruflich nach München hatte ziehen müssen, hatten wir uns einvernehmlich getrennt. Ab und zu führten wir einvernehmliche Telefonate miteinander, und wenn er mal in die Stadt kam, trafen wir uns auf eine einvernehmliche Tasse Kaffee oder so. Aber auf die Idee, miteinander ins Bett zu gehen, kam keiner von uns.

»Das liegt daran, dass Alex genau so ist wie du«, sagte Vivi. »Langweilig. Vernünftig. Pragmatisch.«

»Und leidenschaftslos«, ergänzte Sonja.

»Kein Grund, beleidigend zu werden«, sagte ich lachend. Im Grunde hatten sie Recht. Ich war vernünftig und pragmatisch, und ich konnte eigentlich nicht finden, dass das eine Beleidigung war.

»Lasst unsere Rübe in Ruhe«, sagte Carla und ließ ihren Blick durch den Raum schwenken. »Sie hat eben nur noch nicht den Richtigen getroffen.«

»Ja, aber wer hat das schon?«, höhnte Sonja.

»Und was noch entscheidender ist«, sagte Vivi, »wer wird das noch tun? Und wann? Wenn ich endlich mal den Richtigen kennen lernen würde, dann bräuchte ich mir nicht ständig neue Jobs zu suchen.« In Vivis Vorstellung war der Richtige vor allem richtig reich. Und er durfte nichts gegen eine klassische Rollenverteilung haben, bei der er arbeiten und Vivi zu Hause am Pool auf ihn warten würde.

»Alter vor Schönheit«, sagte Carla. »Erst mal bin ich dran.« Sie hatte ihren Rundumschwenk beinahe beendet und zuckte zusammen. »Oh nein«, stöhnte sie. »Ausgerechnet! Dreht euch jetzt bloß nicht um, aber da ist Birnbaum!«

Natürlich drehten wir uns prompt alle um. Tatsächlich, da war unser Chefredakteur, Adam Birnbaum, genannt der Schreckliche Leuteschinder. Er schien bis jetzt gearbeitet zu haben, denn er trug noch dieselben Sachen wie in der Redaktionssitzung heute Vormittag: einen sündteuren Anzug, der aussah, als habe er darin geschlafen, ein weißes Hemd, keine Krawatte. Seine Haare sahen aus, als hätte er sie sich den ganzen Tag lang gerauft, und eine Rasur hatte er auch dringend nötig. Am Morgen war er allerdings noch tadellos gekämmt und rasiert gewesen. Er musste einer von den Männern sein, denen binnen Stunden nach der Rasur ein Dreitagebart wuchs.

»Hört auf, ihn anzustarren«, zischte Carla. »Ich möchte nicht, dass er uns sieht. Ich habe schließlich Wochenende, und da möchte ich von seinen süffisanten Anmerkungen verschont bleiben! Frau Lautenbacher, kann es sein, dass Sie schon nach den Regeln der Rechtschreibreform von 2050 arbeiten? Ihre Schreibweise ist ja wirklich revolutionär!«

»Er sieht gar nicht so schrecklich aus«, sagte Vivi. »Und ich dachte, er wäre viel älter. Ist er eigentlich verheiratet?«

»Er sieht sogar richtig gut aus«, stimmte Sonja zu. »Ein

bisschen wie George Clooney. Eigentlich gar nicht unsympathisch.«

»Das täuscht«, sagte Carla. »Er ist ein Arsch, hab ich Recht, Hanna?«

Ich antwortete nicht, sondern beobachtete fasziniert, wie anmutig sich Birnbaums blonde Begleiterin auf dem Barhocker niederließ. Das musste der Neid ihr lassen: Ihre Beine waren deutlich länger als die des Hockers.

»Ich brech ab«, stieß Carla hervor. »Wisst ihr, wer das ist?«

Wir wussten es nicht.

»Das. Ist. Annika. Fredemann«, sagte Carla, wobei sie bei jedem Wort mit der Faust auf den Tisch schlug.

»Wer?«, fragten Vivi und Sonja gleichzeitig.

»Annika Fredemann, die Tochter vom Verleger«, wiederholte Carla ungeduldig.

»Der hat seine Tochter nach eurer Zeitschrift genannt?«, fragte Vivi verblüfft.

»Blödsinn!«, rief Carla aus und setzte mit gedämpfter Stimme hinzu: »Er hat die Zeitschrift nach der Tochter benannt. Das ist eine Macke von Fredemann: Er benennt alle seine Zeitschriften nach den Frauen in seinem Leben. PENELOPE, BELINDA und DOLLY – alles Namen von Fredemanns Exfrauen. Es gab sogar mal eine Handarbeitszeitschrift namens REGINA, so hieß nämlich seine Mutter!«

»Und nach wem hat er TV DURCHBLICK benannt?«, kicherte Sonja.

»Dieser gewitzte Birnbaum«, knurrte Carla. »Macht sich an die Tochter des Oberchefs heran. Jetzt wissen wir auch, wieso der plötzlich aus dem Nichts bei uns aufgetaucht ist und die gute alte Zimperich in Rente geschickt wurde! Sie musste ihren Platz für den zukünftigen Schwiegersohn des Chefs räumen! Und wahrscheinlich steckt der auch hinter den ganzen Stellenstreichungen! Die haben ja, weiß Gott, die halbe Redaktion entlassen.«

»Das ist doch gar nicht wahr«, mischte ich mich ein. »Es sind nur ein paar Mitarbeiter in andere Redaktionen versetzt worden, und die meisten haben sich dabei deutlich verbessert. Und was die Zimperich angeht: Die war zweiundsiebzig. Das ganze Team ist hoffnungslos vergreist oder schwanger, und das hat man ANNIKA auch angemerkt: Am Schluss wollten doch nur noch Hersteller von Gebissreinigern und Fertigbreien bei uns werben. Ehrlich gesagt, es ist ein Wunder, dass Fredemann uns noch eine Chance gegeben hat: Jeder andere hätte ANNIKA komplett aus dem Programm genommen.«

»So schlimm war es nun auch wieder nicht«, sagte Carla verschnupft. »Wir hatten immer ein super Arbeitsklima, ganz entspannt und lässig. Na gut, mit den alten Säcken hat es öfter mal Streit gegeben, aber nie hat man ein böses Wort von der Zimperich gehört, nie! Ich war wie eine Tochter für sie. Für Birnbaum bin ich doch nur – die Sekretärin.«

»Er ist erst zwei Tage da«, sagte ich. »Und mit den meisten Dingen, die er sagt, hat er nicht Unrecht.«

»Du hast wohl vergessen, dass er mich heute aus der Konferenz geworfen hat!«

»Er hat dich nicht rausgeworfen, er hat nur ... äh, es war wohl so etwas wie eine Arbeitsumverteilung. Sei doch froh, dass du nicht mehr dabei sein musst, du hast diese Protokolle doch immer gehasst.«

»Verteidige ihn ruhig auch noch! Aber klar, du magst ihn, alte Streberin. Das war ja ekelhaft, wie du ihn heute Morgen angeschleimt hast!«

»Du sollst das nicht immer sagen! Ich habe nicht geschleimt«, widerprach ich.

»Hast du wohl!« Carla wandte sich an Vivi und Sonja. »Hat sie wohl. Und angegrinst hat sie ihn wie ein Honigkuchenpferd. Und das, obwohl er die arme Steffi zum Heulen gebracht hat!«

»Jetzt mach aber mal einen Punkt: Die arme Steffi heult ständig, seit sie schwanger ist. Gestern war sie in Tränen aufgelöst, weil die Putzfrau vergessen hatte, ihren Papierkorb zu leeren. Birnbaum ist wirklich nicht so übel wie du tust.«

»Für mich ist und bleibt er ein Arsch. Und du eine Schleimschnecke.« Carla warf erneut finstere Blicke auf unseren Chefredakteur und Annika Fredemann. »Was findet die nur an dem? Die kann doch viel Bessere haben. Bis vor kurzem war die noch mit diesem tollen Regisseur zusammen, wie heißt er noch gleich? Und davor war's dieser Formel 1-Heini. Hach, ist das nicht ungerecht? Da kommt man schon als einzige Tochter eines stinkreichen Verlegers auf die Welt, und dann bekommt man auch noch den Körper eines Supermodels dazugeschenkt! Die ist schon über dreißig, aber sieht man ihr das an? Zum Kotzen ist das! Kommt, Mädels, lasst uns woandershin gehen. Aber unauffällig!«

4. Kapitel

Ich war keine Schleimschnecke! Schleimen liegt überhaupt nicht in meinem Charakter. Es war nur so, dass ich den allgemeinen Hass auf Birnbaum nicht teilen konnte. Er hatte doch Recht: ANNIKA war wirklich eine Katastrophe. Aber natürlich hörte das niemand gern, der an der Katastrophe selber einen Anteil hatte. Mein Anteil war relativ klein, zumal ich ja noch nicht lange bei ANNIKA arbeitete, vielleicht war das Grund, warum ich nichts gegen Birnbaum hatte.

Auf sein freundliches »Guten Morgen, alle zusammen«, hatten alle außer mir nur einen gutturalen Laut ausgestoßen, ein mürrisches »gmmmmh«. Nur ich hatte laut und deutlich »Guten Morgen« gesagt, aber war ich deshalb gleich eine Schleimerin?

Überpünktlich hatten wir alle zuvor um den ovalen Tisch gehockt und auf Birnbaum gewartet. Die Stimmung war gedrückt. Besonders die drei Fossilien zogen ein Gesicht, als stünde das Jüngste Gericht unmittelbar bevor.

»Ich bin zu alt für so was«, sagte unser Artdirector Diethelm Blume, dem Birnbaums gestrige Rüge über das altbackene Layout noch schwer im Magen lag. »Ich lass mir doch von so einem unreifen Gemüse nicht vorschreiben, wie ich meine Arbeit zu machen habe.« Herr Blume bezeichnete alles als »unreifes Gemüse«, das jünger war als fünfzig. Wenn man diesen Vergleich auch auf ihn anwenden wollte, dann entsprach er in etwa dem schwarzen verschrumpelten Etwas, das ich neulich aus unserem Kühlschrank geholt hatte und von dem Philipp glaubte, es sei einmal eine Möhre gewesen.

»Diese jungen Leute haben doch nur das eine im Kopf«, sagte die Fliesner, unsere Bildredakteurin. Birnbaum, der Anfang, höchstens Mitte dreißig war, hätte ihr Sohn sein können, im Extremfall sogar ihr Enkelsohn. Aber wir waren uns alle darin einig, dass die Fliesner nie in ihrem Leben etwas getan hatte, das zu einer Schwangerschaft hätte führen können. »Wenn ich das schon höre: Sexy, trendy – nicht mal deutsch können die ja heutzutage noch!«

Und unsere Textchefin Isolde König näselte: »Wenn der mir den Paule verbietet, dann kündige ich.« Frau König hatte sich unter Frau Zimperich das Privileg erworben, ihren Dackel mit zur Arbeit nehmen zu dürfen, einen betagten Rüden mit Namen Paule, der unter dem Tisch lag und leise schnaufte.

»Birnbaum brächte es bestimmt übers Herz, so ein armes kleines Hundetier aus der Redaktion zu verdammen«, sagte Marianne, die das Ressort *Aktuelles und Reportagen* leitete und damit meine direkte Vorgesetzte war. »Paule ist ihm garantiert nicht sexy und trendy genug.«

Marianne konnte eine ziemliche Schleimschnecke sein, wenn sie wollte: Vor nicht allzu langer Zeit hatte sie das »arme kleine Hundetier« noch als vermaledeite Töle bezeichnet, weil es einen ihrer Pradapumps angeknabbert hatte. Überhaupt herrschte zwischen den »drei

Fossilien«, wie wir Blume, Fliesner und König nannten, und dem Rest der Redaktion sonst kein so einvernehmliches Verhältnis. Aber die Abneigung gegen Birnbaum schien alle zu einen.

»Er hat gesagt, mein Kaffee sei ungenießbar«, stimmte Carla in das allgemeine Klagelied ein. »Als ob ich hier zum Kaffeekochen angestellt sei!«

»Und dann kommt er noch nicht mal pünktlich«, sagte Anke Klostermann, genannt Klosterfrau, die bisher den Posten der stellvertretenden Chefredakteurin innegehabt hatte und außerdem die Gesundheitsseite betreute, ein Doppelposten mit großer Verantwortung. Die Klosterfrau durchlebte zur Zeit ihre Wechseljahre und konnte sich nie so richtig entscheiden, zu welchem Lager sie gehörte: zu den Fossilien oder zu uns. Sicherheitshalber war sie daher zu allen gleichermaßen grantig.

Die große Uhr an der Wand zeigte genau zehn Uhr an.

Ich warf einen kurzen Blick in die Runde und stellte fest, dass niemand außer Cordula Roth vom Ressort *Kosmetik, Fitness und Diät* ein fröhliches Gesicht machte. Und Cordula zählte nicht, weil sie sich mit Permanent-Make-up ein stetes Lächeln um den Mund hatte tätowieren lassen. Nicht absichtlich, übrigens: das Schmerzensgeldverfahren lief noch.

Bevor der Zeiger der Uhr auf eine Minute nach zehn rücken konnte, erschien Birnbaum.

Nach der Begrüßung – Sie erinnern sich: Ich: »Guten Morgen«, die anderen: »gmmmh« – wollte er wissen, was wir für die Märzausgaben von ANNIKA bereit hielten. »Denken Sie bei allem, was Sie mir präsentieren, immer an unser Motto: jung, trendy, aktuell und sexy. Ach ja, und ich weiß nach dem ersten Tag noch nicht genau, welches Gesicht zu welchem Namen gehört, also stellen Sie sich bitte noch einmal vor.«

Den Anfang machte die Klosterfrau mit ihrer Gesundheitsseite. Normalerweise redete ihr hier niemand rein, jahrelang hatte sie sich ungestört über Bandscheibenprobleme und Osteoporoseprophylaxe auslassen können, aber Birnbaum setzte dem nun ein Ende. Er wollte ihren Artikel zu Einschlafstörungen keinesfalls bringen, obwohl die Klosterfrau betonte, dass es nichts mit seniler Bettflucht zu tun habe. Auch gegen das Thema »Rund um den Beckenboden« hatte er etwas einzuwenden. Übrig blieben nur doch ein Bericht über eine Antibabypille, die gleichzeitig Pickel bekämpfte, und etwas über natürliche Hilfe bei Menstruationsbeschwerden. Die Klosterfrau guckte finster. Das Thema Beckenboden hatte ihr sehr auf der Seele gebrannt.

Nach ihr erzählte uns Cordula vom Kosmetikressort etwas über Tricks und Tipps bei feinem Haar, Crèmes mit Fruchtsäuren und die Apfelessig-Diät Teil 2 und 3, und alle lauerten wir auf Birnbaums Kommentar dazu.

Aber offensichtlich erkannte er die Alterlosigkeit dieser Themen an, denn er nickte nur, wenn auch eine Spur resigniert. Cordula lächelte, aber das tat sie ja permanent.

Nach ihr war Steffi an der Reihe, die das Ressort *Haushalt und Kreativität* leitete, wenn auch nur noch aus weiter Ferne. Seit sie schwanger war, weigerte sie sich nämlich strikt, sich mit Gewürzen, Gebratenem oder Gesottenem zu beschäftigen, und sei es nur in der Theorie, das Gleiche galt für Farben, Lacke, Leim und

Klebstoff. Den Bereich Kochen hatte sie komplett an eine Mitarbeiterin delegiert, und was den Kreativitätsteil betraf: Nun, es ging auch ohne Klebstoff und Farben. *Wir nähen ein Weihnachtsdorf für die Fensterbank; Speichelechte Laubsägearbeiten aus unbehandelter Kiefer* und: *Schluss mit Kleister und Tapete: So bespannen Sie die Kinderzimmerwände mit Stoff!*

Steffi nannte wie immer mit stolzgeschwellter Brust ihren Doppelnamen und pries sodann ausschweifend, wie es ihre Art war, den sechsseitigen Ostersonderteil an: selbst gefilzte Ostereier und Eierwärmer in Form von Hühnern, dazu Tischdecken, Servietten und Kissen mit passenden Hühnerapplikationen und riesigen Satinschleifen, alles nach ihren Vorgaben gefertigt vom Fortgeschrittenennähkurs der hiesigen Volkshochschule.

Das interessierte natürlich keine Sau.

»Und der Superclou: Alles ist in den Modefarben Lavender, Raspberry und Countrywhite«, schloss sie, wobei sie stolz ein Nest mit selbst gefilzten Ostereiern und blasslila Hühnern auf den Tisch schob. »Süß nicht? Wir haben ein Fotoshooting in einem superschönen Antiquitätenladen für Freitag gebucht. Dort fotografieren wir dann auch gleich das siebengängige Ostermenü, alles Rezepte rund um Huhn und Ei.«

Birnbaum sah ein bisschen aus, als ob er Zahnschmerzen hätte. Wahrscheinlich überlegte er, ob Steffis Hühner wohl jung, trendy und sexy genug für die neue Linie von ANNIKA waren.

»Wie süüüß«, rief Leroy, der Leiter unseres Moderessorts, jedoch aus und klatschte dabei in die Hände. Er benahm sich immer so, als wäre er direkt einem

»Käfig voller Narren« entsprungen. »Das passt außerdem farblich super zu unserer Modereportage: Kleider und leichte Blazer in den Farben des Frühlings.«

»Wann, sagten Sie, beginnt Ihr Mutterschutzurlaub?«, erkundigte sich Birnbaum bei Steffi.

»Ich sagte gar nichts«, sagte sie verschnupft. Sie hatte ein Lob erwartet, Frau Zimperich war immer hellauf begeistert gewesen von ihren Basteleien.

»Aber Sie sind doch schwanger?«, fragte Birnbaum. »Oder sind Sie einfach nur – äh – überernährt?«

»Ich würde sagen, sowohl als auch«, murmelte Marianne boshaft, und Steffi, die in den letzten acht Monaten ungefähr so viel zugenommen hatte wie ein Elefant wiegt, schossen die Tränen in die Augen.

»Das meiste davon sind Wasserablagerungen«, brachte sie undeutlich und schluchzend hervor. »Da kann ich ja nichts für.«

»Wie bitte? Wann?«, fragte Birnbaum.

»In zwei Wochen«, schniefte Steffi.

»Sehr schön.« In Birnbaums Stimme schwang eine gewisse Erleichterung mit. Ohne sich weiter um Steffis Schluchzen zu kümmern, wandte er sich an Sabine Herz, genannt Herzchen, die ebenfalls schwanger war, allerdings erst im vierten Monat.

»Und Sie?«

»Ich gehe erst in fünf Monaten«, sagte Herzchen giftig.

»Sie sind auch schwanger?« Birnbaum rieb sich das Kinn. Ich bekam allmählich Mitleid mit ihm. Da stach er offensichtlich ahnungslos in ein Wespennest nach dem anderen. »Ich wollte eigentlich von Ihnen wissen, wie Ihre Idee zu unserem Liebe-online-Special aussieht.«

»Ach so«, sagte Herzchen etwas besänftigt. »Also, na

ja, ich dachte, wir könnten die Geschichte einer Frau erzählen, die angefangen hat, ihre biologische Uhr ticken zu hören.«

Birnbaum hörte auf, sich das Kinn zu reiben und stöhnte. »Vielleicht dieselbe Frau, die neulich in ANNIKA ihren Bandscheibenvorfall loswurde? Unsere Zielgruppe ist zwischen ...«

»Frauen können die biologische Uhr schon ziemlich früh ticken hören«, fiel ihm Herzchen ins Wort, und in ihren Augen schimmerten ebenfalls Tränen. Das mussten dieselben Hormone sein, die auch aus Steffi einen wandelnden Zimmerbrunnen gemacht hatten. »Gerade heute, wo der Trend wieder mehr hin zur Familie geht, steht eine Frau unter großem gesellschaftlichem Druck. Schon mit Mitte zwanzig muss man sich dafür rechtfertigen, Single zu sein.«

Birnbaum sah ungläubig drein, aber wir anderen nickten zustimmend. Da war leider was Wahres dran.

»Also gut«, sagte Birnbaum ungeduldig. »Was hat die Frau in Ihrer Geschichte also getan, als sie es ticken hörte?«

»Sie hat im Internet eine Bekanntschaftsanzeige aufgegeben«, sagte Herzchen. »Bei einer dieser Dating-Lines, ihr wisst schon, aber eine seriöse Sorte. Und dann hat sie sich der Reihe nach mit den Männern getroffen, die auf die Anzeige geantwortet haben.« Herzchen machte ein erbittertes Gesicht, als sie fortfuhr: »Und obwohl sie im Vorfeld schon massenweise aussortiert hatte, also ... Ihr glaubt ja nicht, wie viele glatzköpfige, alte, fette, schlecht verdienende und stinkende Männer sich herausnehmen, auf die Kontaktanzeige einer gebildeten, gut aussehenden und stilvollen Frau zu antworten!«

»Doch. Ich glaub's dir unbesehen. E-kel-haft.« Leroy klatschte wieder in die Hände, diesmal vor Empörung.

»Und was noch schlimmer ist«, fuhr Herzchen unvermindert verbittert fort. »Jeder Einzelne dieser ungewaschenen, unterbelichteten und grottenhässlichen Typen glaubt, er könne noch was Besseres als unsereins finden!«

»Entschuldigen Sie, dass ich Sie wieder unterbreche«, sagte Birnbaum. »Aber handelt es sich hier um eine wahre Begebenheit oder um eine Art hypothetische Geschichte?«

»Nein, das ist wirklich passiert«, sagte Herzchen, den Blick in weite Ferne gerichtet. »Im letzten Jahr. Es war – widerlich. Demütigend und frustrierend.« Einen Augenblick lang schwieg sie, dann schien ihr wieder einzufallen, wo sie sich befand.

»Es ist einer Freundin von mir passiert«, sagte sie.

»Einer Freundin, ja, natürlich«, wiederholte Birnbaum. »Und wie ging die Geschichte Ihrer Freundin weiter?«

»Nun, nachdem sie sich mit mehr als dreißig Männern getroffen hatte, gab sie es auf«, sagte Herzchen, und wieder traten ihr die Tränen in die Augen, als sie ihre Stimme dramatisch senkte: »Sie gab alles auf, auch ihre Hoffnung, jemals eine eigene Familie zu besitzen.«

»Und dann hat sie sich von der Brücke gestürzt«, mutmaßte Carla pessimistisch.

»Schön wär's«, murmelte Marianne.

Herzchen schüttelte den Kopf. »Nein, es war viel besser! Nachdem sie alle Hoffnung über Bord geworfen hatte, konnte sie die Welt endlich wieder mit anderen Augen sehen und sich sogar verlieben! Sie hat den Feinkosthändler geheiratet, bei dem sie schon seit Jahren einkaufte, und die beiden bekommen in sechs Monaten ein Kind.«

»Das ist ja schön«, sagte Carla erleichtert. »Sag mal, ist dein Mann nicht auch Feinkosthändler?«

»Und selbst wenn: Das ist nicht die Art Geschichte, die wir uns vorgestellt hatten«, sagte Birnbaum.

»Ich weiß sowieso nicht, ob meine Freundin gewollt hätte, dass ihre Geschichte in der Zeitung erzählt wird«, sagte Herzchen verschnupft. »Im Übrigen habe ich in der Elle oder der Cosmopolitan gelesen, dass E-Mail out ist und SMS in.«

»Wir setzen hier aber unsere eigenen Trends«, sagte Birnbaum. »Sie denken sich dann bitte was anderes aus, ja? Bis morgen.« Weil er sich schon dem Nächsten zugewandt hatte, konnte er Herzchens böse Blicke nicht mehr sehen.

Leroy begann sofort mit einer Lobeshymne auf seine sommerlichen Kleider und Blazer, und die Fliesner breitete mürrisch die dazu passenden Bilder vor Birnbaum aus. Sie waren auf Mallorca aufgenommen worden, exklusiv für ANNIKA, lauter storchbeinige Models unter blühenden Mandelbäumen, mit kleinen Lämmchen im Arm, am Yachthafen oder an menschenleeren Sandstränden. Es war genau die Sorte Exklusivproduktion, die Birnbaum gestern als viel zu teuer und überkandidelt für ein kleines Blatt wie ANNIKA bezeichnet hatte.

»Das sieht ja alles sehr edel aus«, meinte er jetzt sehr viel diplomatischer. »Aber es passt wohl eher in eine Hochglanzzeitschrift. Diese Klamotten sind ohnehin unbezahlbar für unsere Zielgruppe. Es bleibt dabei: Ab jetzt müssen wir hier viel Geld einsparen. Sehr viel Geld.«

Dass seine Fotostrecken Birnbaums Meinung nach in ein Hochglanzblatt gehörten, versöhnte Leroy mit der Vorstellung, von jetzt an sparen zu müssen. Er hatte immer gewusst, dass er viel zu gut für ANNIKA war. Anstatt uns mit modischen Details zu quälen, wie er es sonst immer tat, brachte er ungefragt die Geschichte einer Freundin zu Gehör, die auch lauter fette, glatzköpfige und völlig inakzeptable Typen über das Internet kennen gelernt hatte, e-kel-haft. Bis sie sich in die kultivierten, sensiblen und aufgeschlossenen E-Mails eines Fremden verliebte, der ganz anders zu sein schien. Und siehe da, als sie ihn im wirklichen Leben traf, stellte sich heraus, dass er weder ein dummdreister Glatzkopf noch ein eingebildeter Fettsack war.

Er war eine Frau.

»So ein Mist«, entfuhr es Carla, aber Leroy rief »Gar nicht« und klatschte in die Hände. »Meine Freundin ist so glücklich mit dieser Frau geworden. In jeder Beziehung.«

»Sehr interessant.« Birnbaum runzelte die Stirn. »Ich denke aber, auch diese Geschichte eignet sich nicht ganz für unsere Zielgruppe.« Er wandte sich an Marianne. »Was ist mit Ihnen?«

»Ich denke auch, dass unsere Leserinnen so ein Lesben- und Schwulenmist nicht interessiert.« Marianne setzte sich aufrecht hin und warf Leroy ein charmantes Lächeln zu. »Obwohl ich persönlich natürlich nichts gegen Homosexuelle habe, Leroy. Ich bin übrigens Marianne Schneider.«

»Marianne Schneider«, wiederholte Birnbaum. »Die Verfasserin des Artikels *Schluss mit dem Schwiegermut-*

terterror! Zwanzig tolle Tipps, wie Sie den alten Dra-chen in seine Schranken verweisen können.«

Marianne nickte leicht verunsichert.

»Ihr Mann hat eine andere?«, fuhr Birnbaum fort. *»Zwanzig Tipps, mit denen Sie ihn zurückerobern.* Auch von Ihnen?«

»Es gibt eine Menge Sechzehn- bis Sechsundzwanzig-jährige, die verheiratet sind«, beeilte sich Marianne zu ihrer Verteidigung hervorzubringen. »Ich zum Beispiel war auch mit sechsundzwanzig schon verheiratet.«

Und mit dreißig erst wieder geschieden, ergänzte ich in Gedanken. Mariannes Exmann hatte es erstaunlich lange mit ihr ausgehalten.

»Und wann kommt Ihr Baby?«, fragte Birnbaum.

Wir zuckten alle zusammen, am meisten natürlich Ma-rianne. Eigenen Angaben zufolge hatte sie vor zwanzig Jahren mit einer Diät angefangen und noch nicht wie-der damit aufgehört. Trotzdem oder gerade deshalb ge-hörte sie zu den Frauen, die den ganzen Tag besorgt an sich hinunterschauen und irgendwelche Fettpolster entdecken. Birnbaums Frage stürzte sie sofort in eine tiefe persönliche Krise.

»Wieso ... wie kommen Sie denn darauf ...«, stotterte sie. In ihren Augen funkelten keine Tränen, sondern pure Mordlust, und es hätte mich nicht gewundert, wenn sie sich nach ihrer Handtasche gebückt und das Pfeffer-spray herausgeholt hätte, das sie dort gegen tätliche An-griffe in der U-Bahn bereit hielt.

Birnbaum schien es nicht zu bemerken. »Wegen Ih-res letzten Artikels: *Kann Schwangerschaft anstecken? Zwanzig Prominente und ihre Babybäuche.*« Er sah sich seufzend um. »Ich wollte nur einen Witz machen.«

Überflüssig zu sagen, dass keiner lachte. Nur Cordula vom Kosmetikressort lächelte, aber darüber wurde ja, wie gesagt, in einem Schadensersatzprozess verhandelt.

»Ha ha«, knurrte Marianne.

»Ihre Vorschläge«, erinnerte Birnbaum sie.

Marianne sammelte sich wieder: »Also, ich hab ganz ähnliche Erfahrungen gemacht wie Herzchen. Das heißt, meine Freundinnen haben dieselben Erfahrungen gemacht wie Herzchens Freundin. Diese Dating-Lines sind zum Teil wirklich, also, da trifft man auf die unmöglichsten Typen. Ich könnte Ihnen einen Haufen Horrorgeschichten erzählen, von dem, was meine Freundinnen da so alles mit fetten, glatzköpfigen und dummdreisten Männern erlebt haben. Aber da wir ja keine Horrorgeschichten wollen, nicht wahr, habe ich gestern schon mal angefangen, alle Internetadressen zusammenzutragen, die die Suchmaschinen ausgespuckt haben. Meine Idee: eine Art Guide für Dating-Lines und den Umgang mit Blind-Dates, damit wir unseren Leserinnen leidvolle Erfahrungen sparen können.«

»Ich verstehe«, sagte Birnbaum anerkennend. »*Hier lernen Sie Ihren Traummann kennen: Die zwanzig besten Adressen für einen heißen Flirt.* Oder: *So vermeiden Sie Enttäuschungen: Zwanzig Fragen vor dem ersten Date.*«

Marianne lächelte. Sie hatte ihm seinen »Witz« eingangs offensichtlich verziehen. »Genau. Ich mag die Zahl 20. Das ist mittlerweile so etwas wie ein Running-Gag, mein Markenzeichen.«

»In Ordnung«, sagte Birnbaum und wandte sich ohne weiteren Kommentar an mich. »Johanna Rübenstrunck, richtig?«

Wie immer bei der Erwähnung meines Nachnamens kicherte Marianne schrill auf. Die meisten Menschen finden den Namen ja etwas seltsam, aber nach einer Weile spätestens haben sie sich daran gewöhnt. Nicht so Marianne. Die tat jedesmal so, als hörte sie ihn zum ersten Mal. Ich persönlich hatte nichts gegen meinen Namen, im Gegensatz zu meinen Schwestern. Verena hatte unserem Stiefvater niemals vergeben, dass er uns mit der Adoption auch seinen Namen aufgedrängt hatte, und Toni hatte nichts Eiligeres zu tun gehabt als zu heiraten. Ohne zu zögern hatte sie den Namen Knobloch angenommen, obwohl ich fand, dass sie damit vom Regen in die Traufe gekommen war.

Warum hatte Birnbaum sich eigentlich ausgerechnet meine Person merken können? Wahrscheinlich war es die Kombination merkwürdiger Name plus rote Haare plus Hintern wie Mähdrescher. Unverwechselbar.

Ich sah ihn abwartend an. Was würde jetzt kommen? Ein Witz über meinen Namen oder die roten Haare oder beides zusammen oder die Frage, ob ich schwanger oder einfach nur überernährt sei?

Aber Birnbaum überraschte mich.

»Ich habe Ihre Kolumnen gelesen, Johanna Rübenstrunck«, sagte er (und Marianne kicherte schrill.) »Sie sind witzig. Ich mag besonders die über Männer im Straßenverkehr. Und die über sonntägliche Kuchenschlachten bei den Eltern.«

Ich konnte nicht anders, ich freute mich über sein Lob. Möglich, dass ich an dieser Stelle gelächelt habe, aber sicher nicht wie ein Honigkuchenpferd, wie Carla behauptete. So übel konnte Birnbaum gar nicht sein, wenn er meine Kolumnen gut fand.

Verständlicherweise gebauchpinselt stellte ich meine Idee zum Thema Internetliebe vor: »Wir könnten etwas über Zufallsbekanntschaften im Chat bringen. Ich meine, Dating-Line und Flirtroom sind ja schön und gut, aber da geht man mit eindeutiger Absicht hinein, nicht wahr? Und eigentlich ist das nicht so romantisch, all diese verzweifelt baggernden Typen, die sich dort anpreisen und gegenseitig abschleppen ...«

»Hm«, machte Birnbaum.

»Hm, hm«, machte Marianne.

»Wenn sich zwei Menschen aber in einem ganz anderen Kontext treffen, dann ist das wie im wirklichen Leben, und es ist auch viel origineller«, fuhr ich eifrig fort. »Ich meine, das ist wie der Unterschied, jemanden in der Disco anzugraben oder aus Versehen – äh – seine Katze anzufahren.«

»Ja, das leuchtet ein«, sagte Birnbaum, und Marianne, die alte Tierfeindin, sagte: »Das mit der Katze muss ich mal ausprobieren.«

»Ich möchte daher über eine Frau schreiben, die ihren Traummann in einem Testchat kennen lernt«, sagte ich.

»Testchat?«, wiederholte Birnbaum gedehnt.

»Ja, so was gibt es tatsächlich«, versicherte ich ihm. »Dort kann man einfach mal üben, wie man chattet. Das ist ja auch eine Wissenschaft für sich. Und man kann sozusagen testweise flirten. Ich finde, es ist ein origineller Ort, um jemanden kennen zu lernen.«

»In der Tat«, sagte Birnbaum. »Und Sie haben dort jemanden kennen gelernt?«

»Ja«, sagte ich. »Ich meine, nein. Aber einer Freun ... äh meiner Schwester ist genau das passiert. Sie hat in einem Testchat geflirtet. Ich dachte, das gibt eine witzige Geschichte. Überschrift: Es sollte nur ein Test sein …«

»Bei Ihrer Freundin«, sagte Birnbaum.

»Meiner Schwester«, verbesserte ich.

Birnbaum betrachtete mich eine Weile stirnrunzelnd. »Nun, das ist ja als solches noch keine Story«, sagte er schließlich. »Wie ging es denn weiter?«

»Sie haben sich für den nächsten Abend verabredet, selbe Zeit, selber Chatroom.«

»Und dann?«

Und dann? Woher sollte ich das wissen? Unter Birnbaums wartendem Blick wurde mir ganz mulmig zumute. Ganz offensichtlich ging er davon aus, dass die Story noch nicht zu Ende war.

»Und dann haben sie ihre E-Mail-Adressen ausgetauscht«, improvisierte ich stotternd. »Und dann – äh, nach etlichen E-Mails, in denen sie sich gegenseitig ihre intimsten Geheimnisse anvertraut und herausgefunden hatten, dass sie vieles gemeinsam hatten, trafen sie sich im wirklichen Leben. In einem Café.«

»Und da hat sich dann herausgestellt, dass er ein fetter, kleiner Glatzkopf mit riesigen Ohrmuscheln war?«, fragte Birnbaum spöttisch.

»Hey, ist deine Schwester nicht die mit den vielen Kindern?«, fragte Carla.

Ich ignorierte sie, so gut ich konnte. »Nein, es war viel romantischer«, sagte ich hastig. »Sie hatten ein Erkennungszeichen ausgemacht, etwas Unauffälliges und doch Unverwechselbares. Ein – äh – eine – äh – ein bestimmtes Buch, das sie beide mochten, und – äh –, meine Schwester saß also in diesem Café, mit dem Buch auf dem Tisch, und sie war extra beim Friseur gewesen und hatte ihr Konto überzogen, um ein umwerfendes Kleid zu kaufen, aber Bo- äh, aber, um es kurz zu machen, der Typ kam nicht.«

»Nicht?« Birnbaum sah enttäuscht aus.

»Kommt mir irgendwie bekannt vor«, murmelte Marianne.

»Ja, das ist ja genau wie in ›E-Mail für dich‹«, sagte Leroy händeklatschend. »Die arme Meg Ryan sitzt da im Café und wartet …«

Oh Schreck, ja, da hatte er Recht. Ich spürte leichte Panik in mir aufsteigen. »Ähm, ja, so war es aber tatsächlich«, sagte ich. »Auch wenn ich den Film nicht gesehen habe. Also, jedenfalls war meine Schwester natürlich total enttäuscht, und deshalb hat sie sich auch nach einer Stunde Warterei von den beiden netten Männern am Nachbartisch zu einem Glas Wein einladen lassen. Sie haben den ganzen Abend miteinander geflirtet und sich bestens verstanden. Am Ende hat sich herausgestellt, dass einer von den beiden Bo- äh Bob war, der Typ aus dem Testchat. Er hatte nur kurz vor dem Treffen kalte Füße bekommen, aus Angst, meine Schwester könne sich als eine hundertfünfzig Kilo schwere Wuchtbrumme mit Akne und Schuppenflechte oder so entpuppen. Und deshalb hatte er sich ohne Buch und mit einem Freund in das Café gesetzt und ganz unverbindlich nach ihr Ausschau gehalten.«

»Ist das nicht auch aus einem Film?«, fragte Marianne, und Leroy klatschte in die Hände und sagte: »So ein Schlingel. Aber ich wette, deine Schwester hat ihm verziehen, stimmt’s?«

»Nicht ganz«, sagte ich, verzweifelt nach einem Einfall ringend. »Sie – äh – sie verliebte sich in seinen Freund.«

»Bob ist auch ein saublöder Name«, sagte Carla.

»Strafe muss sein«, sagte Marianne. »Obwohl er ja immer noch das Buch hervor hätte holen können, als er gesehen hat, dass deine Schwester keine hundertfünfzig Kilo schwere Maschine ist, meinst du nicht?«

Ich tat, als hätte ich nichts gehört, sondern trompetete mein Happy End heraus: »Und heute sind sie verheiratet und haben drei Kinder.«

»Das ist doch schon mal gar keine so schlechte Story«, sagte Birnbaum. »Aber es geht sicher doch noch ein wenig origineller, oder, Johanna?« Er zwinkerte mir zu, als wüßte er genau, dass die Geschichte, die ich erzählt hatte, so gut wie frei erfunden war. Vielleicht hatte er aber auch nur was im Auge.

Ich zwinkerte trotzdem erleichtert zurück und sagte: »Ja, mal sehen, was sich da machen lässt.« Es lebe der freie Journalismus!

»Mal sehen, was sich da machen lässt«, äffte Carla mich lautlos nach und versuchte pantomimisch eine Schnecke darzustellen, die sich über den Tisch schleimte. Laut sagte sie: »Du kommst auf meine Liste, Rübe.«

Birnbaum drehte sich zu ihr um. »Sie sind doch Frau Lautenbacher, oder? Die Sekretärin.«

»Genau die«, sagte Carla schnippisch. »Die so schlechten Kaffee kocht.«

»Ich will Ihnen ja nicht zu nahe treten, aber was machen Sie eigentlich hier in der Redaktionskonferenz?«

»Protokoll führen natürlich«, sagte Carla und legte rasch den Arm über die vielen Kringel, Herzchen und Totenköpfe, die sie bisher gemalt hatte. »Frau Zimperich hat immer großen Wert auf meine Anwesenheit gelegt.«

»Aber ich nicht«, meinte Birnbaum. »Ein Protokollführer ist hier wirklich überflüssig. Ich denke, Sie haben ohnehin im Sekretariat genug zu tun.«

Und so kam es, dass Carla beleidigt in ihr Büro zurückkehrte, wo sie Birnbaum ganz oben auf ihre Hassliste setzte und mich auf eine neue Liste für Schleimschnecken. Sie bekam nicht mehr mit, wie Birnbaum mit Artdirector Blume wegen der spießigen Covervorschläge aneinander geriet, und auch nicht, was passierte, als Birnbaum mitten im Disput mit Blume den altersschwachen, japsenden Paule unterm Tisch entdeckte. Nämlich nicht viel.

»Und wer ist das?«, fragte Birnbaum nur. »Der Verfasser unser Trends-und-Tipps-Seite? Wundern würde mich hier, ehrlich gesagt, nichts mehr.«

5. Kapitel

Nachdem wir aus der Sushibar vor Birnbaums und Annika Fredemanns Anblick geflohen waren, schleppte Carla uns in eine Kneipe, in der sie den Barkeeper kannte, einen netten Kerl namens Lorenzo mit unglaublichen Segelohren. Ich wusste nicht, ob Carla mal was mit ihm gehabt hatte, aber er stand nach eigener Auskunft auf ihrer Liste für »Männer, die wenigstens zu irgendwas gut sind«. Lorenzo war dazu gut, uns Drinks zum Happy-Hour-Preis zu mixen, und heute gab es sogar eine Runde gratis. Carlas Laune besserte sich allmählich wieder. Bei ihrem Rundumschwenk entdeckte sie einen gut aussehenden Mann an einem Ecktisch, mit dem sie sich den Rest des Abends einen interessanten Blickflirt lieferte.

»Ich gehe hier nicht weg, ehe ich seine Telefonnummer habe«, erklärte sie.

»Oh Gott, das kann dauern«, sagte Sonja und kratzte sich den Abdeckstift von einer ihrer Windpocken. Normalerweise schnappte sie Carla die männlichen Entdeckungen gerne vor der Nase weg, aber heute Abend war ihr offensichtlich nicht nach Flirten zumute.

Vivi ebenfalls nicht. Sie trauerte immer noch der verpassten Gelegenheit hinterher, ihrem Exchef Beschimpfungen an den Kopf zu werfen. Ich sagte, sie solle nicht mehr daran denken, sondern sich auf die Zukunft und einen neuen, besseren Job freuen.

Aber Vivi war von so positivem Denken weit entfernt. »Diese Bürojobs sind doch alle gleich mies«, sagte sie, und Sonja gab ihr Recht, obwohl sie selber noch niemals gearbeitet hatte. Sie studierte schon seit Urzeiten Jura und wurde von ihrem gut betuchten Papa großzügig versorgt, und das obwohl sie immer noch Lichtjahre vom ersten Staatsexamen entfernt war. Einmal hatte ich sie gefragt, ob ihr Vater ihr denn nicht irgendwann mal den Geldhahn abzudrehen gedenke, nach dem zwanzigsten Semester vielleicht oder nach ihrem dreißigsten Geburtstag, aber Sonja hatte selbstsicher geantwortet: »Nee, erst, wenn er stirbt. Und dann gehört mir sowieso alles.«

»Du hast ja so ein Glück«, sagte Vivi. »Meine Eltern würden mir nicht mal dann was zahlen, wenn sie was hätten. Ein richtiges Mistleben ist das!«

»Das stimmt«, sagte Sonja. »Ich meine, Windpocken mit dreißig! Das Schicksal meint es wirklich nicht gut mit uns.«

Lorenzo servierte uns aufs Stichwort einen Drink namens »The Last Judgement«, den er selber kreiert hatte. Er bestand aus Wodka, Gin, Limettensaft und etwas, das aussah wie zerstoßener WC-Frischestein und auch so schmeckte. Vivi, die nicht besonders trinkfest war, fing bereits an zu nuscheln.

»All's Mis', 's ganze Leb'n«, sagte sie noch einmal.

Ich behielt die Uhr im Auge. Um Mitternacht wollte ich auf jeden Fall zu Hause sein, um Boris68 im Testchat zu treffen. Zugegeben, mehr aus persönlicher Neugierde als aus beruflichem Pflichtgefühl. Da Birnbaum für das »Liebe-online-Special« einen Redaktionsschluss bis nächste Woche Freitag festgesetzt hatte, musste ich meine Story sowieso völlig frei erfinden, ganz gleich, was aus mir und Boris vielleicht mal werden würde.

»Wenn ihr einen Mann neu kennen lernt, was checkt ihr da so als Erstes ab?«, fragte ich. »Ich meine, um der totalen Panne vorzugreifen.«

»Ob er eine eigene Waschmaschine hat«, sagte Sonja spontan. »Nichts ist schlimmer als Männer, die noch bei Mutti waschen lassen.«

»Ob er dieselben Filme mag wie ich«, sagte Carla. »Ob er mal Kinder haben will. Und natürlich, ob er beschnitten ist.«

»Ich frage ihn, wer seine Traumfrau ist«, sagte Sonja. »Wenn er dann nicht sagt, du natürlich, sondern Heidi Klum oder so was, dann ist er ja selbst zum Lügen zu blöd.«

»Tell me lies, tell me sweet little lies«, sang Vivi und setzte ernsthaft hinzu: »Ich kann die vorher fragen, was ich will, es wird doch immer die totale Panne.«

»Am besten macht man mit den Typen gleich beim ersten Date diesen Partnerschaftstest, den ihr neulich in ANNIKA hattet«, schlug Sonja vor. »Wie gut passen Sie wirklich zusammen?«

»Das ist eine gute Idee«, sagte ich anerkennend.

»Das sollte ein Witz sein, Hanna«, sagte Sonja.

»Oh, ach so.« Es war aber trotzdem eine gute Idee.

»Vergiss es«, sagte Carla und wandte ihren Blick vorübergehend von dem Typ in der Ecke ab. »Niemand kann bei diesem Test mehr als ein Viertel der Punktzahl erreichen, das kannst du mir glauben. Hundert von vierhundert Punkten ist schon ein Rekord, und dann bist du immer noch in der Kategorie Katastrophenalarm.

Der Mann ist nichts für Sie. Na ja, als ob man nicht schon vorher gewusst hätte ...«

»So einen Test müsste es auch für Chefs geben«, überlegte Vivi. »Damit würde man eine Menge Ärger vermeiden können.«

Das war ein lustiger Gedanke, Partnerschaftstest statt Vorstellungsgespräch, vielleicht konnte man da mal eine Kolumne draus machen. Wir entwarfen bei einem weiteren Drink den dazu passenden Fragenkatalog, und so wurde der Abend doch noch ganz lustig.

Pünktlich um halb zwölf verabschiedete ich mich aber trotzdem von Lorenzo und meinen Freundinnen und machte mich, auf einem Stückchen WC-Frischestein kauend, zu Fuß auf den Heimweg. Carla hatte immer noch nicht die Telefonnummer von dem Typ in der Ecke, und sie hatte die anderen beiden mit einem weiteren Drink bestochen, damit sie noch etwas bei ihr blieben.

Lorenzos Drinks hatten es in sich gehabt, und ich war trotz der frischen, kühlen Februarluft alles andere als nüchtern, als ich zu Hause ankam.

Zur selben Zeit bog der Mercedes meines Stiefvaters in die Einfahrt.

»Gut, dass es dunkel ist«, sagte meine Mutter, als sie die Beifahrertür öffnete. »Dann sieht mich niemand aus diesem Spießerschlitten steigen. Oh, hallo, Hanna, mein Schätzchen.«

»Hallo, Mama. Ist dir nicht kalt?«

»I wo!« Mama trug trotz der niedrigen Temperaturen keinen Mantel. Sie hatte ein bauchfreies Top an, eine geblümte Hüfthose mit Schlag und Riemchensandaletten. Ihre langen roten Haare waren zum Teil zu Rastazöpfen geflochten, und sie hatte eine Art Stirnband aus vielfarbigen Lederbändchen um ihren Kopf gewickelt. Ich weiß, was Sie jetzt denken, aber meine Mutter kam weder von einem Kostümball, noch durchlebte sie gerade eine Extremphase der Midlife-Crisis. Sie lief schon seit den Siebzigern so herum, nur das Bauchnabelpiercing war erst in den Neunzigern dazu gekommen.

Mein Stiefvater – in Kordhosen, Wanderschuhen, Anorak und Mütze – war auf der anderen Seite ausgestiegen. »Hanna hat Recht. Du erkältest dich noch, Keilash«, sagte er und versuchte Mama einen Pullover um die Schultern zu legen. Keilash war der spirituelle Name, der meine Mutter einst in einem Ashram verliehen worden war. Mein Stiefvater war allerdings der Einzige, der ihn benutzte. Für alle anderen war sie Irmgard Rübenstrunck, die Frau mit den komischen Klamotten und den vielen rothaarigen Kindern, geblieben. Wir vielen rothaarigen Kinder nannten sie Mama, nur Philipp sagte manchmal »Keil-Arsch« zu ihr, um sie zu ärgern.

»Sei nicht immer so fürsorglich, Jost«, schimpfte meine Mutter, ließ sich aber den Pullover um ihre nackten Schultern hängen.

»Wo kommst du denn schon so früh her, Hanna?«

»So früh ist es doch gar nicht mehr«, sagte Jost. »Bald Mitternacht. Du vergisst, dass Hanna heute den ganzen Tag gearbeitet hat, Keilash.«

»Wo warst du denn, Schätzchen?«, erkundigte sich meine Mutter ohne wirkliches Interesse. Sie fand meine Freizeitbeschäftigungen in der Regel so langweilig wie meine Arbeit. »Im Kino?«

»Nein, Sushi essen mit ein paar Freundinnen. Und anschließend waren wir noch was trinken«, sagte ich.

»Klingt schön«, sagte mein Stiefvater, und es klang ein wenig neidisch. »Deine Mutter und ich waren im Stadtpark spazieren. Weil Vollmond ist.«

»Es war wunderbar«, schwärmte Mama. »Kein Mensch da. Die Mondin spiegelte sich im Weiher, und ich bin barfuß über die Wiese getanzt. Ich wäre auch nackt schwimmen gegangen, aber ein gewisser Spießer in meiner Begleitung wollte das ja nicht.«

»Vor ein paar Tagen konnte man da noch Schlittschuh laufen«, sagte Jost.

»Spaßverderber«, sagte Mama. »In Finnland baden sie auch in Eislöchern. Hast du Philipps neue Freundin schon kennen gelernt, Hanna? Er hat sie heute zum Mittagessen mitgebracht. Stell dir mal vor, ich kannte sie bereits. Sie arbeitet in dem Esoterikbuchladen in der Handkestraße.«

»Fragt sich nur, wann«, sagte ich.

»Sie hat Ärger mit ihren Eltern, das arme Ding. Das müssen schreckliche Spießer sein. Jedenfalls habe ich ihr angeboten, so lange bei Philipp und dir unterzukriechen, bis sich das wieder eingerenkt hat.«

Wie bitte?

»Kommt gar nicht in Frage«, sagte ich aufgebracht.

»Ich halte das auch nicht für eine so gute Idee«, sagte Jost.

»Dich fragt ja hier auch niemand«, sagte meine Mutter. »Hanna, das verstehe ich nicht! Ihr habt doch wahrhaftig Platz genug im Anbau. Was ist das für eine Welt geworden, in der nicht mal mehr die jungen Leute zusammenhalten. So asozial habe ich euch nicht erzogen!«

»Mama, Philipp schreibt in vier Wochen seine erste Abiturklausur. Wir alle wissen, dass er das Abi nur schafft, wenn er genügend lernt. Und das tut er nicht, wenn jemand wie Helena ihm die ganze Zeit auf der Pelle hockt«, sagte ich so ruhig und nachdrücklich wie möglich.

»Das sehe ich auch so«, kam Jost mir zur Hilfe. »Sie sieht aus, als würde sie sich ausschließlich von Drogen ernähren.«

»Du und deine Vorurteile«, schnauzte ihn meine Mutter an. »Dich stört ja nur, dass Helena sich nicht den gängigen Modediktaten unterwirft und Mut zu einem individualistischen Styling hat.«

»Mich stört in erster Linie, dass sie stinkt«, sagte Jost.

»Du würdest auch stinken, wenn man dich zu Hause rauswerfen würde«, rief meine Mutter aus. »Sie hat die letzten Nächte bei Freunden gepennt, die eine alte Fabrikhalle bewohnen. Da gibt es, wenn überhaupt, nur kaltes Wasser. Und keine Heizung. Ein Skandal ist das. Ich für meinen Teil bin jedenfalls froh, dass ich Helena ein warmes Bett und unsere Gastfreundschaft anbieten konnte.«

»Und ich werde sie nach diesem Wochenende wieder rausschmeißen«, sagte ich. »Sonst wohnt dein Sohn demnächst auch in so einer Fabrikhalle, weil er nämlich ohne Abitur nicht mal einen Ausbildungsplatz bekommt.«

»Du hast meine volle Unterstützung, Hanna«, sagte Jost. Es geschah nicht oft, dass er sich so eindeutig gegen seine vergötterte Keilash stellte. Aber wenn es um die Ausbildung von uns Kindern ging, dann vertrat er seine Meinung stets mit Nachdruck, und das, obwohl wir streng genommen ja gar nicht seine Kinder waren. Für meine Mutter, die selber ihr Kunststudium abgebrochen hatte, als Verena auf die Welt gekommen war, waren »beruflicher Werdegang«, »Rentenversicherung« und »solide Ausbildung« unanständige Ausdrücke, von denen sie nach eigenen Angaben Ausschlag bekam. Wenn es nach ihr gegangen wäre, hätten wir wahrscheinlich nicht mal zur Schule gehen müssen. Aber für Jost war es ein großes Anliegen, dass wir alle das Abitur schafften und einen Beruf erlernten, und er hatte nie mit Nachhilfelehrern gegeizt.

Er war sehr stolz auf Verena, Toni und mich gewesen, als wir das Abiturzeugnis überreicht bekommen hatten, auf mich ganz besonders, weil ich den zweitbesten Durchschnitt der Schule erreicht hatte. Verena, die Älteste, war nach dem Abi und überstandener Magersucht als Au-pair nach Madrid gegangen. Zu dem geplanten Sprachenstudium danach war es nicht gekommen, weil sie in einem Madrider Straßencafé von einem Modelscout entdeckt und von einer Modelagentur unter Vertrag genommen worden war. Ein paar Jahre hatte sie ganz gut verdient, war um die ganze Welt gejettet und hatte einen Haufen interessanter Menschen kennen gelernt. Aber mittlerweile war Verena dreißig Jahre alt, und in letzter Zeit wurde sie nicht mehr so oft gebucht. Neusten Meldungen zufolge war sie nunmehr die Muse eines wenig erfolgreichen Fotografen, mit dem zusammen sie auf achtundzwanzig Quadratmetern in der Madrider Altstadt lebte.

Nur Mama fand das wirklich malerisch und romantisch.

»Genau das habe ich versucht zu verhindern«, hatte

Jost gejammert. »Was soll denn nun aus ihr werden? Sie hat keinen vernünftigen Beruf gelernt und nichts auf die Seite gelegt.«

»Dafür hat sie aber gelebt«, war die Antwort meiner Mutter gewesen. »Das ist doch letzten Endes die einzig wahre Altersversorgung! Hauptsache, das Mädchen ist glücklich.«

Nun ja, das war eben die Frage. War Verena auf ihren achtundzwanzig Quadratmetern glücklich, und wenn nein, wäre sie mit einem abgeschlossenen Studiengang glücklicher?

Toni, meine andere Schwester, hatte es zumindest bis zum Vordiplom in BWL geschafft, als sie überraschend schwanger wurde. Und das, obwohl sie mit einer von unserer Mutter wärmstens empfohlenen Alternativpille verhütete, völlig hormonfrei, nach einem Rezept aus einer Zeit, in der die Frauen noch eins waren mit dem Universum. Bis auf diese Ausnahme war Toni aber durchaus zu logischem Denken befähigt. Als sie ihren Justus im achten Monat heiratete war sie noch der festen Ansicht gewesen, das Studium nach ein paar Monaten wieder aufnehmen zu können. Bis heute war nichts daraus geworden, denn nach Henriette war ja ziemlich schnell Finn gekommen, und dann, letztes Jahr Weihnachten, der kleine Leander. Nicht dass Toni nicht aus ihren Fehlern gelernt hätte: Die hormonfreie Pille hatte sie seit dem ersten Kind nicht mehr genommen. Aber auch kein anderes Verhütungsmittel, denn Mama hatte Stein und Bein geschworen, dass es unmöglich sei, schwanger zu werden, solange man noch stillt.

Jost hatte darauf gedrängt, dass Toni wenigstens finanziell abgesichert war, für den Fall, dass die Ehe scheiterte. Justus hatte wohlhabende Eltern, die ihm bereits vor der Eheschließung ein Reihenhaus zur Familiengründung geschenkt hatten. Zugewinngemeinschaft allein hatte unserem Stiefvater daher nicht genügt, er hatte höchstselbst auf einem Ehevertrag bestanden, den nur ein Idiot oder ein wirklich verliebter Mann unterschreiben konnte. Die Tatsache, dass Justus Knobloch der Dritte, Spross einer Familie mit Generationen namhafter Juristen, Richter, Staranwälte und Aufsichtsräte (daher auch der Vorname) diesen Vertrag unterschrieben hatte, zeigte, dass er's mit Toni wirklich ernst meinte.

Meiner Mutter war die ganze Angelegenheit, einschließlich der Hochzeit in Weiß, entsetzlich peinlich gewesen. Wochenlang hatte sie nur Sätze wie »Liebe braucht doch keine Verträge« von sich gegeben, aber Jost war hart geblieben. Die Hoffnung auf ein abgeschlossenes Studium bei seinen Kindern konzentrierte sich danach ausschließlich auf mich und Philipp. Er war unendlich froh, als ich meinen Magister in Germanistik erwarb, und zwar in Rekordzeit nach nur acht Semestern. Über die Tatsache, dass ich mein Volontariat im Fredemann-Verlag nicht nur begonnen, sondern auch zu Ende geführt hatte, geriet er dann nahezu in Euphorie. Und dass ich nun die jüngste aber nicht am schlechtesten bezahlte Redakteurin bei ANNIKA war, erfüllte ihn mit ungeheurem Stolz. Bei mir endlich hatten alle seine Bemühungen, redliche Steuerzahler heranzuziehen, Früchte getragen.

Meine Mutter hingegen fand meinen beruflichen Ehrgeiz eher bedenklich, ebenso wie die Tatsache, dass die sechsundzwanzig Jahre meines Leben ohne Drogenexzesse, ungewollte Schwangerschaften, kleinkriminelle Ausschweifungen, Zungenpiercings, Magersucht und religiösen Fanatismus verlaufen waren.

»Na ja«, sagte sie manchmal, wenn sie mich betrachtete. »Eins ist eben immer dabei, das aus der Art schlägt.«

Verena, Toni und ich haben alle drei denselben Vater, einen Althippie, der seit den frühen Achtzigern samt seiner Harley Davidson in Indien verschollen war. Ich hatte ihn das letzte Mal mit fünf Jahren gesehen, und das Einzige, an das ich mich erinnern konnte, waren die Zöpfe, die wir Mädchen in seinen langen, roten Bart hatten flechten dürfen. Er war selten anwesend, ein gemeinsames Zuhause gab es nicht. Wir lebten damals mit Mama abwechselnd bei unseren Großeltern und in WGs, vorzugsweise in besetzten Häusern, und unser Vater trug keinen Pfennig zu unserem Unterhalt und dem unserer Mutter bei.

»Aber er hatte trotzdem eine tiefe spirituelle Verbindung zu euch Mädchen«, behauptete Mama gerne. »Er hat sich den Namen von jeder von euch in ein Herz auf seiner Brust eintätowieren lassen.«

Toni und Verena fanden es immer wieder rührend, dass irgendwo auf der Welt ein alternder Hippie mit langen, roten Haaren herumlief, der unsere Namen auf seiner Brust trug, aber ich fand es einfach nur geschmacklos. Immerhin war es ein Anhaltspunkt, der es uns leicht machen würde, zu gegebener Zeit seine Leiche zu identifizieren.

Als ich fünf war und mein Vater zu seiner bisher letzten großen Reise nach Indien angetreten war, lernte meine Mutter Jost Rübenstrunck kennen. Er war ihr

Sachbearbeiter beim Finanzamt, und er half ihr, sich durch die Hürden des Gesetzesdschungels zu schlagen, nachdem meine Großeltern verstorben waren und uns Kindern das Häuschen im Grünen hinterlassen hatten. Mama lebte damals von Sozialhilfe und dem Geld, das sie mit selbst gefertigtem Silberschmuck verdiente, den sie ohne Verkaufslizenz in der Fußgängerzone anbot. Die anfallenden Erbschaftsteuern und die Frage, wo sie die hernehmen sollte, stellten sie vor ernsthafte Schwierigkeiten. Am liebsten hätte sie das Haus verkauft und wäre mit dem Geld und uns Kindern ins Ausland abgehauen, »irgendwohin, wo's schön warm ist und eine gute Aura herrscht«.

Aber Jost wusste das zu verhindern, indem er ganz altmodisch um Mamas Hand anhielt und ihr anbot, für sie und ihre drei Mädchen zu sorgen, bis dass der Tod sie scheide. Mama hatte sich zwar entsetzlich geziert – ausgerechnet sie sollte sich mit einem spießigen Beamten zusammentun und dann auch noch heiraten? –, aber am Ende hatte sie Ja gesagt, und sie hatte nie einen Grund gehabt, diese Entscheidung zu bereuen.

Jost besaß ein Haus mit Garten, das uns im Vergleich zu den heruntergekommenen Wohnungen in den besetzten Häusern vorher wie das Paradies erschien. Für mich war es wunderbar, endlich einen richtigen Vater zu haben, und Jost gab sich wirklich alle Mühe mit uns. Er baute Schaukel und Sandkasten in den Garten und versorgte uns mit dem konventionellen Spielzeug, nach dem wir gierten, das unsere Mutter aber als »Plastikkonsumscheiße« ablehnte. Niemand war ein hingebungsvollerer Barbiepuppenrollenspielpartner als Jost. Ich ließ mich freudig und bedenkenlos von ihm adoptieren –

(unser verschollener Vater hatte von ferne seine schriftliche Einwilligung dazu erteilt) –, und meine beiden Schwestern sträubten sich auch nur wegen des Nachnamens.

Als Philipp sich zwei Jahre nach der Hochzeit ankündigte, plante Jost den Anbau, damit jeder von uns Kindern ein eigenes Zimmer hatte und unsere Mama ein Atelier für ihre Kunst. Künstlerin war Mamas offizielle Berufsbezeichnung, aber niemand außer Jost nahm Mama als Künstlerin ernst, weder Laie noch Fachmann. Sie gab Mal- und Töpferkurse an der Volkshochschule, bevorzugt Aktzeichnen, wo sie dann nicht nur als Lehrerin, sondern auch als Modell zur Verfügung stand. Es gab wohl kaum eine Tätowierung, die so oft auf dilettantischen Zeichnungen verewigt wurde wie die Sonne, die meine Mutter in der Magengegend hatte, in ihrem »Sonnenchakra«. Eine gewisse Zeit lang war es mir peinlich gewesen, dass die Hälfte aller Leute, die meine Mutter im Supermarkt grüßte, wussten, wie sie ohne Kleider aussah, aber mittlerweile hatte ich mich daran gewöhnt.

Jost hatte immer schon vollstes Verständnis für alle Verrücktheiten gehabt, mit denen meine Mutter aufzuwarten wusste, auch vor fünf Jahren, als sie für Monate nach Indien ging, um sich selbst neu zu finden. Sie brachte von dort den schönen Namen Keilash und noch mehr abgedrehte Ideen mit. Jost, immer noch verliebt wie am ersten Tag, benutzte solidarisch und ohne mit der Wimper zu zucken Mamas Vokabular, er sagte »Göttin« und »Schwingung« und »das Kind in mir«. Seit er sich vor etwa einem Jahr hatte frühpensionieren lassen, nahm er sogar manchmal mit Mama an Seminaren teil, mit Titeln wie: »Energie durch Chakrenstimulanz« oder »Mit meditativem Tanz zur inneren Mitte«, und nie hörte man ein Wort des Spottes von ihm.

Nur, wie gesagt, wenn es um unsere Ausbildung ging, stellte er sich Mama energisch entgegen.

»Diese Helena fliegt raus«, sagte er jetzt. »Jedenfalls solange, bis Philipp sein Abi hat.«

»Ach, das wird dem armen Jungen das Herz brechen«, verlegte sich Mama auf eine andere Taktik. »Er ist doch so verliebt ...«

»Er wird's überleben.« Ich sah ungeduldig auf die Uhr. Wenn ich mich nicht beeilte, würde ich Boris68 noch verpassen. »Ich muss gehen, mein Computer wartet.«

»Was denn, so spät noch Arbeit?«, fragte Mama. »Das Leben besteht doch noch aus anderen Dingen, mein armes Kind!«

Nur um sie zu ärgern, sagte ich: »Was du heute kannst besorgen, das verschiebe nicht auf morgen. Schlaft schön, ihr beiden.«

»Wir werden es versuchen«, seufzte meine Mutter.

In unserer Wohnung brannte nirgendwo Licht. Aber unter Philipps Tür kam ein schwacher Lichtschein hervor, und ich vermutete, dass Philipp und Helena dort bei Kerzenschein miteinander im Bett lagen. Nach den Geräuschen zu urteilen, die durch die Tür drangen, fragten sie einander dort keine Vokabeln ab.

Na egal, morgen war auch Zeit, Helena unter die Brücke zurückzuschicken. Oder in die Fabrikhalle, in ihrem Fall. Ich hatte jetzt jedenfalls Wichtigeres zu tun.

Das Sushi hatte mich nicht wirklich satt gemacht, und der WC-Frischestein in Lorenzos Drinks verlangte nach etwas, was seinen Geschmack überlagerte. Ich machte mir also noch ein paar Käsebrote, bevor ich den Computer anwarf.

Genüsslich kauend loggte ich mich Punkt zwei Minuten nach Mitternacht im Testchat ein.

00.02 Uhr Fairy33a betritt den Raum.

Als Erstes checkte ich die Anwesenheitsliste. Es war kaum zu glauben, aber Tigger11, Sumpfhuhn, Pumuckl08/15 und RitaS waren doch tatsächlich schon wieder da. Und ein Individuum namens Hotcat12. Nur von Boris68 war keine Spur zu sehen. Ich ersparte es mir diesmal, die anderen zu grüßen, und niemand nahm von mir Notiz, nicht mal RitaS. Sie lieferten sich ihre üblichen Babysprache-Dialoge.

Tigger11: Biste böse auf mich, Pumi?
Pumuckl08/15: Ja! *heul. schluchz.
  schluck. Du bissa so demein zum dlei-
  nen Pumuckl …

Offensichtlich fand Hotcat12 das auch alles zum Gähnen.

00.04 Uhr Hotcat12 verlässt den Raum.

Ich wäre ja auch gegangen, aber ich wartete noch auf Boris.

00.05 Uhr. Das Telefon klingelte. So spät konnte es eigentlich nur jemand sein, der sich verwählt hatte. Oder meine Mutter, die nicht schlafen konnte, weil die

Mondin so hell schien und ihre jüngste Tochter ein aus der Art geschlagener Steuerzahler war.

»Ja, was gibt's denn?«, sagte ich ungeduldig.

»Du musst mir helfen!« Es war nicht meine Mutter, es war Vivi. »Es ist wieder passiert«, sagte sie mit undeutlicher Aussprache. Offensichtlich hatte Lorenzo noch ein paar Drinks gemixt.

»Hast du etwa schon wieder den Herd angelassen?« Das war Vivi bereits zweimal passiert, und jedesmal war ihre Wohnung abgefackelt. Obwohl es beide Male »nur« ein Schwelbrand gewesen war, hatte Vivi ihren gesamten Hausrat erneuern müssen. Selbst die Klamotten im Kleiderschrank waren unbrauchbar gewesen. Beim ersten Mal hatte die Versicherung nicht zahlen wollen, weil Vivi angeblich unterversichert war, beim zweiten Mal, weil es zu schnell nach dem ersten Mal kam. Vivi hatte sich schon von der Brücke stürzen wollen, aber ich hatte einen heftigen Papierkrieg mit der Versicherung geführt, bis sich alles zum Guten gewendet hatte. Mittlerweile war ich ein richtiger Fachmann auf dem Gebiet der Wohnungsbrände. Die erste Grundregel hieß: Ruhe bewahren.

»Okay, wie schlimm ist es?«

»Nein, nein, mit dem Herd ist alles in Ordnung. Aber gerade hat Max angerufen.«

»Mitten in der Nacht?« Zur Erinnerung: Max war Vivis Exfreund, der alle paar Wochen vorbeikam, weil er sich bei Vivi »ausquatschen« wollte.

»Hm, ja. Er braucht jemanden, bei dem er sich mal ausquatschen kann.«

»Ach, Vivi.« Ich ließ gereizt die Maus hin- und herfahren, damit sich der Bildschirmschoner nicht aktivierte. »Du hast ihn doch wohl hoffentlich an die Telefonseelsorge verwiesen!«

»Nicht direkt. Er kommt gleich vorbei. Was soll ich denn nur machen? Wenn ich wieder mit ihm im Bett lande, dann verliere ich auch noch den letzten Rest Selbstachtung.«

00.08 Uhr Boris68 betritt den Raum.

»Da bist du ja endlich«, sagte ich. Mein Puls beschleunigte sich auf eine angenehme Art und Weise.

»Was?«, fragte Vivi.

»Was was?«, fragte ich abgelenkt zurück. »Ach so, ja. Das ist doch nicht so schwer: Du machst Max ganz einfach nicht die Tür auf, Vivi, okay?«

»Schon«, sagte Vivi.

Boris68 *(flüstert)*: Da bist du ja endlich.

»Hey, ich war doch schon vor dir da«, sagte ich und aktivierte das Ohr.

»Wo denn?«, fragte Vivi verwundert.

Ich versuchte, mich zu konzentrieren. »Einfach nicht aufmachen, und deine Selbstachtung ist gerettet, Vivi.«

Boris68 *(flüstert)*: Fairy?

»Aber ist das nicht ein bisschen hart? Was, wenn Max wirklich nur jemanden zum Ausquatschen braucht?«

Fairy33a *(flüstert)*: Ausgeschlossen!
Schieb dir Ohropax in die Ohren,
leg dich ins Bett und zieh dir die
Decke bis über die Ohren. Mit etwas
Glück

Ach, so ein Mist! Ich war noch nie gut darin gewesen, zwei Dinge auf einmal zu tun!

»Mist, Mist, Mist!«, fluchte ich.

»Hanna?«, fragte Vivi.

»Ich bin hier«, sagte ich. »Aber ich komme irgendwie total durcheinander.«

Boris68 *(flüstert)*: Ohropax, fairy?
Flüsterst du etwa noch mit jemand anderem? Ich habe Tigger11 im Verdacht,
die anderen sind nämlich alles Frauen.
Ich hoffe, du hast dir sein Motto
gut angeguckt: Wer oben liegt, hat
Recht!

»Er kann jeden Augenblick hier sein«, sagte Vivi.

Fairy33a *(flüstert)*: Augenblick mal,
Boris.

»Hör zu, Vivi. Max will nicht mit dir reden! Wir wissen beide, was er will, oder? Du sollst dir Ohropax in die Ohren schieben und dich ins Bett legen. Mit etwas Glück bist du eingeschlafen, bevor er kommt.«

»Gut«, sagte Vivi. »Ich versuch's. Gleich, nachdem ich mich übergeben habe ...« Während sie ins Badezimmer stürzte und dabei das Telefon auf halber Strecke fallen ließ, bemühte ich mich, das Missverständnis bei Boris zu klären.

Fairy33a: Tut mir Leid, das mit dem Ohropax war weder für dich noch für Tigger bestimmt. Ich telefoniere gerade mit einer Freundin, die Ärger mit ihrem Exfreund hat. Da hilft nur noch Ohropax oder eine Schrotflinte.

Boris68: Das klingt spannend, aber ich habe leider gar nicht viel Zeit. Um es kurz zu machen: Möchtest du mich immer noch vor dem Standesamt treffen?

Fairy33a: Im Prinzip ja. Nur vielleicht sollten wir uns vorher doch noch ein bisschen besser kennen lernen.

Boris68: Wie altmodisch! Aber gut, was möchtest du wissen?

»Lorenzo hat uns da irgendein Teufelszeug in die Drinks gemischt«, hörte ich Vivis Stimme deutlich geschwächt an meinem Ohr.

Was genau sollte ich Boris fragen? Es erschien mir von immenser Wichtigkeit, jetzt keinen Fehler zu machen.

»Hanna?«

»Vielleicht hast du auch nur zu viel davon getrunken. Hat Carla eigentlich den Typ in der Ecke abgeschleppt?«

»Nein, der ist irgendwann sang- und klanglos ver-

schwunden. Carla war stinksauer. Du, Hanna, es hat geklingelt. Oh Gott, er ist schon an der Wohnungstür.«

»Du weißt, was du zu tun hast.«

»Weiß ich das?«

»Ja, verdammt, tu einfach gar nichts.«

Boris68 *(flüstert)*: Ich mach's dir ein
  bisschen leichter. Die Antwort ist
  Nein. Nein, ich bin kein Perverser,
  der Kleider aus Frauenhaut näht, nein,
  ich war früher keine Frau, und nein,
  ich bin nicht Mitglied im Club der
  Kampfhundfreunde.

»Hanna, ich muss jetzt Schluss machen. Max sagt, er
braucht wirklich nur mal jemanden zu Reden.«

»Vivi! Nein!« Aber aus den Hintergrundgeräuschen zu
schließen, war Max bereits in der Wohnung. Ich konnte
förmlich sehen, wie er dort stand, mit zwei Flaschen
Wein im Arm und diesem traurigen Hundeblick, der
Vivi jedes Mal aufs Neue schwach machte.

»Frauen sind ja so grausam«, hörte ich ihn weinerlich
sagen.

»Nicht alle«, sagte Vivi.

Boris68 *(flüstert)*: Ich muss gehen,
  fairy. Am besten schickst du eine
  Liste mit deinen Fragen an folgende
  email-Adresse: Boris68@ …

00.23 Uhr Boris68 verlässt den Raum.

»Tu's nicht«, rief ich und meinte alle beide, Boris und Vivi. Aber es war zu spät. Boris war gegangen, und Vivi würde statt mit Ohropax mit Max ins Bett gehen.

»Hanna, ich ruf dich morgen wieder an, ja?«

»Nein!«, brüllte ich, aber Vivi legte einfach auf.

6. Kapitel

Meine Mutter litt in vielen Dingen unter fataler Fehleinschätzung, die fatalste aber war zu glauben, dass sie kochen und backen könne. Sonntag für Sonntag servierte sie uns unverdrossen Vollkornwackersteine, Obstbricketts oder Bioquarkkaugummi zum Kaffee, obwohl am Ende doch immer alles auf dem Komposthaufen landete.

Schon seit Jahren hatte ich die Aufgabe übernommen, zu jedem ihrer Sonntagskuchen ein essbares Gegenstück zu backen, damit die Familie nicht verhungerte. Das tat ich auch an diesem Sonntagmittag, obwohl ich mit meinen Gedanken ganz woanders war, was beim Backen gar nicht gut ist. Beim Äpfelschälen schnitt ich mir auch prompt in den Finger.

»Mist, verdammter!« Meine Laune war denkbar gereizt. Es war eine Mischung aus prämenstruellem Syndrom, Sorgen um Vivi und um Toni, Ärger über Helena und nagende Unsicherheit wegen Boris68. Ich hatte nach längerem Überlegen den Partnerschaftstest aus der ANNIKA eingescannt und an seine E-Mail-Adresse gesandt. Beinahe hätte ich das von meinem normalen E-Mail-Postfach aus getan, aber mir war noch rechtzeitig eingefallen, dass in diesem Fall mein richtiger Name, Johanna Rübenstrunck, im Absender erscheinen würde. Geistesgegenwärtig hatte ich mir eine weitere E-Mail-

Adresse eingerichtet und hoffte nun, dass der Postbote in den nächsten Tagen ein Schreiben an eine gewisse Fairy Dreiunddreißig in den Briefkasten werfen würde. Andernfalls, sprich, wenn es niemanden mit solchem Namen unter unserer Adresse gäbe, würde der Betreiber mein neues Postfach wieder schließen. Sicherheitshalber sollte ich vielleicht noch ein Schild an den Briefkasten kleben: »Hier wohnt zur Zeit auch F. Dreiunddreißig.«

Ich beträufelte die geschälten Äpfel mit Zitronensaft, bevor ich sie in dem cremigen Teig versenkte, den ich bereits auf das Backblech gestrichen hatte. Schon ungebacken hatte er ganz köstlich geschmeckt, das hatte ich beim Ausschlecken der Rührschüssel über-prüft. Ich machte immer ein bisschen mehr Teig, als ich für die Form benötigte, damit etwas zum Rohessen übrig blieb.

Der Zitronensaft brannte unangenehm in meiner Schnittwunde, und ich ging unruhig in der Küche hin und her.

Obwohl ich schon ein Dutzend Mal nachgesehen hatte, war bis jetzt keine Antwort von Boris gekommen. Vielleicht waren es einfach zu viele Fragen auf einmal gewesen? Unsicher lutschte ich an meiner Wunde. Ich hasste es zu warten.

Dabei war der Samstag ziemlich schnell vergangen: Ich hatte, wie immer samstags, den Hausputz erledigt, eingekauft, Philipps und meine Bügelwäsche erledigt und das Bett frisch überzogen. Währenddessen und da-zwischen hatte ich mehrmals mit Vivi telefoniert, die einen schrecklichen Kater hatte und überhaupt keine Selbstachtung mehr, wie sie nicht müde wurde mir zu versichern.

»Das Leben ist doch wirklich Mist«, hatte sie gesagt und wieder angedeutet, wie gerne sie doch eigentlich von der Brücke stürzen wolle. Ich hatte sie aufgerichtet, so gut es mir eben möglich war, aber es lag auf der Hand, dass sie wirklich allen Grund zur Klage hatte. Und ich allen Grund zur Sorge. Aber kann man der besten Freundin ernsthaft raten, eine Psychotherapie zu machen?

Am Nachmittag war ich für ein paar Stunden mit Leander, Henriette und Finn auf den Spielplatz gegangen, damit Toni zu Hause in Ruhe die Bügelwäsche erledigen konnte. Nach eigener Auskunft häuften sich dort so viele ungebügelte Oberhemden wie in der Herrenabteilung eines Kaufhauses. Da Toni weder besonders gut noch besonders gerne bügelte, hatte ich ihr angeboten, das zu übernehmen, während sie mit den Kindern spielte, aber diesen Vorschlag hatte sie brüsk abgelehnt.

»Gönn mir doch auch mal etwas Abwechslung«, hatte sie gesagt. Als ich mit den Kindern zurückkam, weil Leander gestillt werden musste, zeigte sie stolz auf zehn gebügelte Oberhemden, um gleich darauf in Tränen auszubrechen.

»Was ist aus mir geworden, dass ich mich freue, wenn ich mal zehn Hemden gebügelt kriege?«, hatte sie geschluchzt. Ich war noch eine Stunde geblieben, um das Abendessen zu kochen und ein wenig Ordnung zu machen, während Finn und Henriette das kleine Eisbär-Video anschauten und Toni heulend daneben saß und stillte.

Ich versuchte sie aufzumuntern, indem ich ihr von Vivi erzählte und wie gern Vivi mit einer gut versorgten

Ehefrau wie ihr, Toni, tauschen würde. Aber ich hatte den Eindruck, als würde Vivis Single-Misere Toni herzlich wenig trösten.

»Nicht mal in Alkohol ersäufen kann ich mein Unglück«, beschwerte sie sich. »Weil ich ja so blöd bin und mein Kind stille! Aber es würde mir abgesehen davon gar nichts nutzen, wenn ich Leander Fläschchen gäbe, weil mein Mann ja nie da ist, um es ihm zu geben! Weißt du, wie das ist, zehnmal in der Nacht aufzustehen, weil dein Säugling Hunger oder Blähungen hat? Und dazu kommt dann noch Finn, der so viel pinkelt, dass die Windel spätestens um Mitternacht undicht wird, und Henriette, die um fünf wach ist und ›pik, pik in dein Auge‹ spielt!«

Wieder haltloses Geschluchze. Ich schob es auf den Dauerschlafentzug, dem Toni ausgesetzt war, und versprach, demnächst mal eine ganze Nacht bei ihr zu wachen, während sie mit Ohropax im Bett liegen dürfe.

»Du kannst Milch für Leander abpumpen und tieffrieren«, sagte ich. »Wenn du genug für eine Nacht zusammenhast, kann's losgehen.«

Die Aussicht auf eine ganze Nacht ohne Unterbrechung hatte Tonis Tränen auf einen Schlag zum Versiegen gebracht. Sie hatte mich stürmisch umarmt.

»Du bist mein Fels in der Brandung, Hanna. Du bist die Einzige, die sich um mich kümmert! Justus ist ja nie da, und Mama kommt immer nur für eine halbe Stunde am Tag. Danach ist das Chaos noch größer als vorher. Sie bringt mir ständig Bücher mit, die ich doch nicht lese, sie macht den Kindern Rastazöpfe, und am schlimmsten ist es, wenn sie für uns kocht! Aus dem Bulgureintopf neulich haben Henriette und Finn eine

Art Schneebälle geformt und quer durch den Raum gepfeffert. Da oben neben der Lampe klebt noch ein Rest, siehst du's? Mama hat nur gelacht und gesagt, ich soll mich freuen, dass die Kleinen so kreativ sind. Meine Schwiegereltern sind auch nicht besser: Ständig beschweren sie sich, dass sie die Kinder so selten zu Gesicht bekommen, dabei haben sie selber nie Zeit, weil sie entweder verreist oder auf dem Golfplatz sind. Ich hätte für mein Leben gern ein Au-pair-Mädchen, aber weißt du, was Justus dazu gesagt hat? Er hat gesagt, das vierte Zimmer bräuchten wir für ein viertes Kind!«

»Das fehlte jetzt noch«, sagte ich besorgt.

»Keine Angst, da passiert schon nichts«, beruhigte mich Toni. »Im Augenblick verhüte ich mit totaler Enthaltsamkeit. Das scheint mir nach den Erfahrungen der Vergangenheit das Sicherste zu sein.«

Eigentlich war ich für den Abend mit Philipp zum Biolernen verabredet, aber als ich von Toni nach Hause kam, war er bereits mit Helena zu einer Party bei Freunden auf dem Land gefahren. Meine Mutter hatte Josts Abwesenheit ausgenutzt und ihnen den Schlüssel zum Mercedes ausgehändigt, damit die armen Kinder nicht auf öffentliche Verkehrsmittel zurückgreifen mussten. Jost war darüber nicht gerade erfreut, und ich war stinksauer, weil wir diesen Termin schon seit Tagen abgesprochen hatten und ich meinen schönen freien Samstagabend dafür geopfert hatte. Aber meine Mutter meinte, dass wir nicht immer nur an uns denken sollten, und dass der arme Junge doch wenigstens am Wochenende mal ein bisschen Spaß haben müsse.

Den hatte der arme Junge offensichtlich gehabt, denn

er und Helena waren erst heute im Morgengrauen zurückgekommen und hatten dabei einen Lärm veranstaltet wie Hirsche während der Brunftzeit.

Ich war unausgeschlafen und immer noch stinksauer aus meinem Zimmer getapert.

»Wenn ihr schon im Flur Sex haben müsst, dann bitte nicht so, dass die Bilder bei mir von der Wand fallen«, hatte ich gesagt und war mir dabei vorgekommen wie ein kleinkarierter Herbergsvater.

Helena und Philipp hatten sich kichernd in Philipps Schlafzimmer verzogen.

»Nur kein Neid, ey«, hatte Helena noch geflötet, bevor sie die Zimmertür hinter sich zugestoßen hatte. Sie machte es mir wirklich schwer, sie sympathisch zu finden.

Natürlich schliefen die beiden noch, als ich den Kuchen in den Ofen schob, und sie schliefen auch noch, als ich ihn eine Stunde später wieder herausholte. Der köstliche Geruch, der sich in der Küche ausbreitete, hob meine Laune wieder ein wenig. Ich säbelte mir einen breiten Streifen vom Kuchen ab und aß ihn, als er noch ganz heiß war. Hm, das tat gut.

So gestärkt setzte ich mich noch einmal an den Computer. Da, endlich, hieß es: Sie haben eine ungelesene E-Mail in Ihrem Postfach.

Boris hatte tatsächlich den Partnerschaftstest zurückgeschickt. Aber bevor ich dazu kam, ihn zu lesen, stürzte meine Mutter ins Zimmer, gefolgt von Jost.

»Ein Auto ist immer noch nur ein Auto, oder, Hanna?«, rief meine Mutter, und Jost rief: »Aber ein kaputtes Auto ist schlicht weniger wert als ein unversehrtes, oder, Hanna?«

Ich ahnte sogleich, was passiert war.

»Hat Philipp den Mercedes gegen den Briefkasten gesetzt?«, fragte ich.

»Möglich. Aus den Lackspuren zu urteilen, denke ich aber eher, dass es ein anderer Wagen war«, sagte Jost.

»Siehst du«, sagte Mama. »Vielleicht ist ihnen ja jemand reingefahren, und sie tragen gar keine Schuld daran. So oder so, es ist kindisch, so ein Buhei um einen leblosen Metallklumpen zu machen. Sei froh, dass den Kindern nichts passiert ist.« Sie wandte sich an mich: »Sie sind doch gesund und munter, die kleinen Strolche, oder?«

»Sie haben jedenfalls einen gesunden Schlaf«, sagte ich.

»Von wegen gesund! Das Auto stinkt nach Rauch und Hasch«, sagte Jost.

»Ein Joint hat noch niemandem geschadet«, sagte Mama. »Und du weißt sehr gut, dass Verbote nur dazu führen, das Verbotene noch reizvoller zu machen. Wenn sie noch schlafen, werden wir sie auf keinen Fall wecken, hörst du, Jost! Was soll Helena von dir denken, wenn du so ein Theater veranstaltest! Wegen eines Mercedes! Sie wird denken, wir sind keine Spur besser als ihre eigenen Eltern.«

Jost sah hilfesuchend zu mir hinüber, aber ich zuckte nur mit den Schultern. Normalerweise hätte ich ihn jetzt tatkräftig unterstützt, aber im Augenblick war mir's nur recht, wenn sie unverrichteter Dinge wieder abzogen. Ich wollte mich ausschließlich Boris und der Auswertung des Partnerschaftstests widmen.

»Komm schon.« Mama zog Jost am Ärmel. »Wir lassen die Kinder schlafen und Hanna« – ein mitleidiger Blick auf meinen Computer – »ihre Arbeit machen. Wir sehen uns ja gleich alle zum Kaffee bei uns. Ich habe Windbeutel gemacht, Hanna, mit Sanddornsirup gesüßt. Ihr werdet begeistert sein.«

»Und die Kompostwürmer erst«, murmelte ich, aber da waren Mama und Jost schon wieder verschwunden.

Mir war ganz feierlich zumute, als ich Boris' E-Mail öffnete. Als wäre dies ein ganz besonderer, ein schicksalhafter Moment.

Datum: 22.02. 12.23 Uhr
Empfänger: \<fairy33a\>
Absender: \<Boris68\>
Betreff: schwierige Gewässer

Als attachement kommt hier dein Psychotest ausgefüllt zurück. Ich hatte mehr praktische Fragen erwartet wie »Wo wohnst du? Was machst du beruflich? Hattest du als Kind Mumps?«, aber der Test ist sicher auch sehr aufschlussreich. Ich wohne übrigens in Köln. Keine Ahnung, wie du deinen Teil des Testes beantwortest, aber wenn ich nie mehr etwas von dir höre, nehme ich an, wir sind in der Auswertung unter die Kategorie »Mehr Frust als Lust – Sie steuern in schwierigen Gewässern« geraten. B.

Ich quiekte überrascht auf. Boris wohnte hier in Köln! Das war ja unfassbar! Möglicherweise kannten wir uns längst. Gut, die Stadt hatte über eine Million Einwohner, aber das bedeutete gar nichts. Wir konnten uns überall über den Weg gelaufen sein: In einem Restaurant, einem Geschäft oder der U-Bahn! Vielleicht waren wir zusammen in dieselbe Schule gegangen oder sogar Nachbarn!

Aber dann fiel mir ein, dass ich überhaupt keinen Boris kannte.

»Trotzdem, das kann kein Zufall sein«, sagte ich und merkte gar nicht, dass ich mich dabei anhörte wie meine Mutter. Dass Boris von allen Orten in Deutschland ausgerechnet in meinem wohnte, war statistisch gesehen unwahrscheinlicher als ein Lottogewinn.

War es möglich, dass hier eine höhere Macht am Werk war?

Bevor ich den Test auswerten konnte, musste ich ihn erst selber noch ausfüllen. Gewissenhaft machte ich mich an die Arbeit, und zwar als Johanna Rübenstrunck und nicht als Fairy33a. Das war ein gewaltiger Unterschied: So antwortete ich zum Beispiel wahrheitsgemäß auf die Frage, was ich am liebsten esse: »Eigentlich alles, am liebsten Pasta und Pizza«, obwohl die feenhaftzarte Fairy33a wohl eher die Antwort A genommen hätte: »Edel und kalorienarm, z.B. Sushi und Salat.«

Ich war so vertieft in meinen Test (er war ungeheuer umfangreich, 20 mal 20 Fragen, Marianne hatte sich seinerzeit selber übertroffen), dass ich gar nicht mitbekam, als Philipp und Helena aufstanden. Erst beim zwanzigsten Frageblock kam Philipp in mein Zimmer gelatscht. Er kaute an einem riesigen Stück meines Kuchens und fragte, ob ich vielleicht fleischlosen Brotaufstrich eingekauft hätte.

»Der Kuchen ist für nachher«, sagte ich unfreundlich.

»Und wir haben nur fleischlosen Brotaufstrich im Kühlschrank: Rohmilchkäse, Kräuterkäse, Holländer Käse und Hüttenkäse.«

»Nee, es muss was Pflanzliches sein«, sagte Philipp. »Helena mag doch nichts von Tieren, weder von toten noch von lebendigen.«

Aha, das erklärte einiges. Akuter Calcium- und Eisenmangel. Führt zu dunklen Augenringen.

»Sie soll sich Senf aufs Brot schmieren«, sagte ich. »Und nur für den Fall, dass sie auf die Idee kommt, auch etwas von meinem Kuchen zu essen: Da sind Eier vom Huhn und Milch und Butter von der Kuh drin! Also Finger weg!«

»Bist du irgendwie sauer auf mich, Hannilein?«

»Allerdings, denn wir waren gestern zum Lernen verabredet. Deine Bioklausur nächste Woche ist die letzte vor dem Abi. Eine Art Generalprobe, hast du selber gesagt.«

»Ja, schon, aber Mama hat gesagt, ich bräuchte auch mal ein bisschen Spaß.«

»Ach, und ich vielleicht nicht, hm? Glaub bloß nicht, dass ich noch mal einen Samstagabend für dich opfere! Und was die Beule in Josts Auto angeht: Die wirst du von deinem Konto bezahlen, verstanden, ganz egal, was Mama sagt! Und sag nicht immer Hannilein zu mir!«

»Da ist aber einer schlecht gelaunt«, sagte Philipp und schloss die Zimmertür wieder.

Ich sah ihm aufgebracht hinterher und hatte Mühe, mich wieder auf meinen Test zu konzentrieren. Nicht mal entschuldigt hatte er sich! Mein Bruder war mit seinen achtzehn Jahren nichts als ein verwöhnter, egoistischer, rothaariger Bengel, und ich trug daran – neben meiner Mutter – die Hauptschuld. Wie sollte er auch lernen, Verantwortung für sich selber zu übernehmen, wenn er seinen Hintern ständig hinterhergetragen bekam?

»Neigen Sie dazu, sich in die Angelegenheiten ihrer Mitmenschen einzumischen?«, lautete Frage 388, und ich musste sie leider mit einem eindeutigen »Ja« beantworten. Aber wenn ich mich nicht um Philipp, Vivi, Toni, die Kinder und den Sonntagskuchen kümmerte, wer sollte es denn dann tun?

Die Auswertung des Testes war kompliziert, man musste Kreise, Dreiecke und Quadrate zählen und multiplizieren, und ich tat mich schwer, alles im Kopf zusammenzurechnen. Aber die Arbeit lohnte sich, denn das Ergebnis war – wow! Das Ergebnis war sensationell!

Boris und ich waren zu neunundneunzig Prozent kompatibel.

Zu neunundneunzig Prozent!!

Ich spürte, dass ich eine Gänsehaut bekam. Das war noch nie dagewesen! Dies hier war ein ganz besonderer Moment.

Oder ich hatte mich einfach verrechnet.

Mit zitternden Händen kramte ich meinen Taschenrechner hervor. Nein, es blieb dabei: Boris und ich waren zu neunundneunzig Prozent kompatibel.

Das bedeutete: Er war der eine Mann unter fünfzig Millionen, der Mann, den ich rein statistisch betrachtet niemals kennen lernen würde. Der Mann, dessen Existenz ich zwar für möglich, aber nicht sehr wahrscheinlich gehalten hatte.

Mit neunundneunzig Prozent gehörten wir in die Kategorie mit der Überschrift: »Sie sind ein Dreamteam«. Zunehmend begeistert las ich, was Marianne sich dazu aus den Fingern gesaugt hatte: »Der Gleichklang Ihrer Seelen ist eine kostbare Seltenheit. Sie schwimmen auf derselben Wellenlänge. Ihre Beziehung verspricht die pure Harmonie und wird doch niemals langweilig. Ein Paar wie Sie ist so selten und so unbezahlbar wie die Blaue Mauritius.«

Wahnsinn. Absoluter Wahnsinn.

Das musste ich sofort Boris schreiben.

Datum: 22.02. 13.25 Uhr
Empfänger: <boris68a>
Absender: <fairy33a>
Betreff: von wegen schwierige Gewäs-
                 ser!

Boris, wir sind zu neunundneunzig Prozent kompatibel. Außerdem wohne ich auch in Köln. Einer Hochzeit steht also nichts mehr im Weg.
    Fairy.

Datum: 22.02. 13.29 Uhr
Empfänger: <fairy33a>
Absender: <Boris68>
Betreff: Re: von wegen schwierige Ge-
                 wässer!

Das eine Prozent stimmt mich aber jetzt nachdenklich.
    B.

Datum: 22.02. 13.47 Uhr
Empfänger: <Boris68>
Absender: <fairy33a>
Betreff: keine Sorge

Du hast Recht, man kann gar nicht vorsichtig genug sein. Unsere Schwachstellen liegen bei folgenden Punkten:

1. Deine Kindheit ist a) im Großen und Ganzen normal verlaufen, bei mir war es Antwort c) eher ungewöhnlich. Aber keine Angst, es war zwar ungewöhnlich, aber nicht so ungewöhnlich, dass ich deswegen eine Therapie bräuchte. Meine Familie ist ein bisschen verrückt, aber es ist nichts Ansteckendes. Sie laufen alle frei herum.

2. Du bist ein Einzelkind, ich das dritte von vier Geschwistern. Du hast Glück: Ich hege keinerlei Vorurteile gegen Einzelkinder, vorausgesetzt, sie haben eine eigene Waschmaschine und lassen ihre Wäsche nicht von Mutti waschen. Und das hast du in Frage 245 von dir behauptet.

3. ist viel schwerwiegender: Du hast bei der letzten Bundestagswahl eine andere Partei gewählt als ich. Problematisch: Stell dir nur mal vor, wie wir uns beim Frühstück über den Leitartikel der Süddeutschen streiten werden! Und

all die politischen Witze, über die
immer nur einer lachen kann. Positiv:
Über die Guido-Westerwelle-Witze können
wir gemeinsam lachen.

P.S. Du hast ja gar nichts dazu gesagt,
dass ich in Köln wohne. Glaubst du an
Zufälle?

Datum: 22.02. 13.52 Uhr
Empfänger: <fairy33a>
Absender: <Boris68>
Betreff: Alle Geheimnisse auf den
                Tisch!

Du liest also die Süddeutsche? Hast du
mir noch mehr verschwiegen?
    B.

Datum: 22.02. 14.10 Uhr
Empfänger: <Boris68>
Absender: <fairy33a>
Betreff: Re: Alle Geheimnisse auf den
                Tisch!

1. Ich bin nicht blond.
2. Ich bin nicht blauäugig.
3. Ich bin keine Cellistin.

Ich bin rothaarig, meine Augen sind
überwiegend braun, und ich bin haupt-
beruflich Journalistin. Ich war auf der
Suche nach einer Story, als wir uns
trafen, und zwar incognito. Aber ich

kann Cello spielen, ich hatte sieben
Jahre Unterricht.

Datum: 22.02. 14.14 Uhr
Empfänger: <fairy33a>
Absender: <Boris68>
Betreff: Re:Re: Alle Geheimnisse auf
den Tisch!

Ich hab's geahnt. Aber du hast
Glück, ich hege keinerlei Vorurteile
gegen Rothaarige, vorausgesetzt, sie
haben eine eigene Waschmaschine und
lassen ihre Wäsche nicht von Mutti
waschen.
 Noch mehr zu beichten?
 B.

Datum: 22.02. 14.16 Uhr
Empfänger: <Boris68>
Absender: <fairy33a>
Betreff: Re:Re:Re: Alle Geheimnisse
auf den Tisch!

Du zuerst.

Datum: 22.02. 14.18 Uhr
Empfänger: <fairy33a>
Absender: <Boris68>
Betreff: Vielleicht bin ich doch nicht
so normal!

Also gut, Fairy, du hast es so gewollt: In meiner Familie tragen alle einen Tiernamen. Mein Patenonkel ist der »Panther«, seine Tochter das »Sumsebienchen«, mein Vater der »Wolf«, meine Mutter das »Eichhörnchen«, mein Onkel der »Ameisenbär«, meine Tante die »Katze«, meine Cousinen »Maus«, »Fröschlein« und »Ente«. Und dann gibt es noch Erbtante Julia, die »das Krokodil« heißt, aber nichts davon weiß. Es handelt sich dabei keineswegs um lustige Spitznamen, die wir ab und an benutzen, nein, die Sache ist bitterer Ernst. Nur meine Cousine Sumsebienchen und ich wissen noch, wie wir wirklich heißen. Maus hat übrigens vor kurzem Zwillinge bekommen. Sie heißen Murmeltier und Maikäfer.

Jetzt bist du aber wieder dran!

B.

Datum: 22.02. 14.20 Uhr
Empfänger: <Boris68>
Absender: <fairy33a>
Betreff: Re: Vielleicht bin ich doch nicht so normal

Nicht so schnell, Boris!

Das Wichtigste hast du natürlich unterschlagen: Was für ein Tier bist du? ☺

Datum: 22.02. 14.23 Uhr
Empfänger: <fairy33a>
Absender: <Boris68>
Betreff: Es ist mir so peinlich

Ich bin der »Biber«.

Datum: 22.02. 14.25 Uhr
Empfänger: <Boris 68>
Absender: <fairy33a>
Betreff: Re: Es ist mir so peinlich

Wegen der langen Vorderzähne?
☺☺☺☺

Datum: 22.02. 14.30 Uhr
Empfänger: <fairy33a>
Absender: <Boris68>
Betreff: Also gut

Iff sehe ffon, da ffind eine Menge
Fragen offen! Wie wäre es mit einer
Fortsetzung der Beichte von Angesicht
zu Angesicht. Morgen abend 20 Uhr bei
Rosito in der Altstadt?
  B.

Datum: 22.02. 14.38 Uhr
Empfänger: <Boris 68>
Absender: <fairy33a>
Betreff: so sorry, Biber

Ich kenne Rosito. Die Tapas dort sind göttlich. Aber leider habe ich morgen Abend keine Zeit. Genau genommen, sieht es die ganze Woche schlecht aus. Das ist wirklich schade.

P.S. Meine verrückte Familie schreit nach mir und meinem Kuchen. Ich muss Schluss machen.

Mein Vorname:	Bastian
Mein Alter:	47
Meine Größe:	1,70 m
Mein Gewicht:	94 durchtrainierte Kilos
Meine Hobbies:	alles was Spaß macht
Mein Wunsch:	zierliche Frau bis max. 25 für alles was Spaß macht

»Was übersetzt heißt: Kleiner, dicker Mann in Midlife-Crisis ohne nennenswerte Interessen sucht junge, makellose Frau zum Aufpolieren seines Langeweiler-Images. Und natürlich fürs Bett«, sagte Marianne, und ich nickte zustimmend. Marianne war schon den ganzen Morgen dabei, die Dating-Lines nach einem halbwegs netten Mann zu durchsuchen. Vergebliche Liebesmüh.

Auf dem Bildschirm erschien Jörn, (27). Der war immerhin nicht ganz so wählerisch: Bei ihm durften sich auch Frauen »der älteren Liga« melden, weil es ihm »bei prickelndem, hemmungslosen Sex nicht so sehr auf Äußerlichkeiten« ankam. Wie großzügig.

»Und – wie kommen Sie vorwärts?« Das war Birnbaum, der sich von der Seite angeschlichen hatte. Marianne schob hastig den Schokoladenriegel, an dem sie seit über zwei Stunden herumknabberte, ohne dass er kleiner wurde, in die Schreibtischschublade und versuchte so auszusehen, als habe sie die letzten drei Stunden hart gearbeitet. Ich verlagerte lediglich mein Gewicht vom linken auf den rechten Fuß. Mein Gewissen war rein.

Birnbaum beugte sich vor, wobei er meine Schulter als Ablage für seine Hand benutzte. Interessiert studierte er Jörns Persönlichkeitsprofil auf Mariannes Bildschirm. »Hobbies: Surfen, in Klammern: Internet. Wie sportlich.«

Ich konnte nicht umhin festzustellen, dass Birnbaum gut roch, nach Kaugummi und einem würzig-fruchtigen Eau de Toilette. Obwohl er im Laufe eines Tages zusehends verwahrloste (der Bart wuchs, die Haare verstrubbelten, der Anzug verknitterte, und die Krawatte löste sich spätestens um die Mittagszeit in Luft auf), roch er dennoch wie frisch geduscht.

Birnbaum schien sich mit ähnlichen Gedanken zu befassen. »Hm, tolles Parfüm«, sagte er. »Wie heißt es?«

»Pampelune«, sagte ich etwas verlegen. »Und Ihres?«

»Wir schauen uns jetzt seit Stunden die Bekanntschaftsannoncen an«, unterbrach uns Marianne. »Aber die Typen sind entweder zu alt oder zu jung oder zu pervers. Oder sie machen zu viele Rechtschreibfehler. Der Richtige war jedenfalls noch nicht dabei.«

»Der Richtige?« Birnbaum richtete sich wieder auf, verschränkte die Arme vor seiner breiten Brust und bedachte uns mit einem seiner überlegenen Blicke. »Ich glaube, Sie haben mich falsch verstanden. Sie sollen hier einen Artikel schreiben und nicht den Mann fürs

Leben suchen. Beeilen Sie sich mal ein bisschen. Am Freitag ist Redaktionsschluss.«

»Sagten Sie nicht, die Sache solle niveauvoll werden?«, fragte Marianne, klickte Jörn beiseite und stattdessen Thomas, (30), ins Bild. »Habe fast siebenjährige Beziehung hinter mir, wo sie mich betrogen hat ... hasse Arroganz ... Verstehen Sie, was ich meine?«

Birnbaum grinste, wobei er seine spitzen Eckzähne entblößte. In einem früheren Leben musste er mal ein Wolf gewesen sein. »Immerhin hat er Humor. Bei Beruf hat er ›habe ich‹ geschrieben. Aber wo ist der bitte pervers?«

»Einen Augenblick.« Marianne öffnete eiligst das Persönlichkeitsprofil von Mike (29). Wenn du bi bist und eine Freundin hast, bring sie einfach mit. »Ist das pervers genug?«

»Oh ja, das ist wirklich pervers: Hobbies: kultiviertes Motorradfahren, in Klammern BMW«, las Birnbaum. »BMW! Als ob es Dukati und Motoguzzi gar nicht gäbe.«

Marianne klickte Mike kopfschüttelnd fort und stattdessen Uwe, (31), Beruf Fernsehbranche an: Was zählt ist der Wunsch nach unkomplizierter aber dennoch erweiterter Lustbefriedigung zwischendurch. Meine Tabus liegen bei Brutalem und KV.

»Der ist ja mal kein Legastheniker«, war Birnbaums Kommentar. »Aber was ist KV? Seien Sie doch so nett und klären mich auf, Johanna.«

»Ich habe keine Ahnung«, musste ich zugeben. »Ich dachte immer, das steht für Kirchenvorstand. Oder *Köchelverzeichnis.*«

»Vielleicht heißt das, dass Uwe bei Mozartmusik nicht

kann?«, überlegte Birnbaum. »Ist KV nicht auch die Abkürzung von Krankenversicherung? Möglicherweise hat Uwe ja was gegen Sex mit Kassenpatientinnen.«

Wir kicherten einvernehmlich.

»KV heißt Kaviar«, sagte Marianne.

Birnbaum und ich schauten sie gleichermaßen verblüfft an.

»Sind Sie sicher?«, fragte Birnbaum. »Woher wissen Sie das?«

Marianne guckte angelegentlich auf ihren Bildschirm. »So was weiß man eben«, sagte sie.

»Kaviar? Und was weiter?«, fragte ich. »Ich meine, was bedeutet das?«

Keiner antwortete mir. Entweder wussten sie es auch nicht, oder es war etwas so unaussprechlich Verdorbenes, dass sie es mir nicht verraten wollten.

»Dann frag ich eben Carla«, sagte ich. »Die ist nicht so verklemmt.«

»Was haben Sie eigentlich an diesem Schreibtisch zu suchen, Johanna?« Birnbaum entsann sich wieder seiner Aufgabe, Angst und Schrecken unter seinen Mitarbeitern zu verbreiten. »Sie sitzen doch an dieser Testchat-Romanze, oder etwa nicht?«

»Also, um ehrlich zu sein, nein«, wagte ich zuzugeben. Es war erst Montag, es würde reichen, wenn ich mir die Testchatstory am Mittwoch aus dem Ärmel schüttelte. Ich ging die vier Schritte zu meinem Schreibtisch hinüber und nahm ein paar Blatt Papier aus dem Drucker. »Ich habe gerade eine Kolumne über Möbelstücke geschrieben, die einen schlecht aussehen lassen. Sie wissen schon, tieflehnige Sofas, in denen man automatisch ein Doppelkinn bekommt,

Sessel mit Kunstlederüberzügen, die sich an den Beinen festsaugen und peinliche Geräusche machen. Und natürlich Möbel, deren Beine länger sind als meine. Wollen Sie's lesen?«

»Schätzchen«, sagte Marianne und lachte gackernd. »Wer will schon was über Couchtische lesen?«

»Ich meinte eigentlich Barhocker«, sagte ich wenig schlagfertig und blinzelte verunsichert. Das war heute schon das zweite Mal, dass ich einen Seitenhieb über meine Figur einstecken musste. Das heißt, beim ersten Mal war es eigentlich kein Seitenhieb gewesen, sondern eine ziemlich direkte Beleidigung.

Ich hatte nämlich eine kleine Auseinandersetzung mit Helena gehabt, die entgegen unserer Absprache noch nicht zurück in ihre Fabrikhalle gekehrt war. Heute Morgen war sie auf der Suche nach ihrem Totenkopf-T-Shirt und ihrer schwarzen Röhrenjeans nur mit einem schwarzen Höschen bekleidet in die Küche gekommen.

»Wo sind meine Sachen, ey?«, hatte sie unfreundlich gefragt, und ich hatte ebenso unfreundlich geantwortet: »Die hängen nebenan auf der Wäscheleine.«

»Was, ey?«

»Ich habe sie im Flur gefunden, da standen sie von ganz alleine herum, und ich dachte, ich wasche mal die Läusenester da raus.«

»Ja, ey, Scheiße, ey, und was soll ich jetzt anziehen?«, hatte Helena, die undankbare Todesfee, gefragt, und ich hatte geantwortet: »Du kannst natürlich ein paar Sachen von mir geliehen haben.«

»Was, ey?«, hatte Helena aufgekreischt. »Was soll ich denn mit deinen Sachen anfangen, ey? Etwa Zelten gehen, ey? Ey scheiße, Mann, mit diesen Übergrößenteilen gehe ich doch nicht auf die Straße!«

Ich redete mir ein, dass jemand wie Helena mich – ey – wirklich nicht – ey – beleidigen konnte, aber ich war natürlich doch getroffen gewesen, genau wie jetzt, als Marianne das mit den Couchtischen sagte.

Das einzig Tröstliche war, dass Birnbaum nicht über ihre Bemerkung lachte. Obwohl, näher besehen war es vielleicht doch nicht so tröstlich, denn es konnte einfach bedeuten, dass er meine Beine tatsächlich für kurz hielt.

»Was veranstalten Sie da eigentlich mit dem Marsriegel«, fragte er Marianne. »Das ist ja ekelhaft.«

Marianne warf das Mars in den Papierkorb. »Ich esse die Dinger nicht wirklich, ich brauche nur ab und an mal den Geschmack von Schokolade in meinem Mund. Das kurbelt nachweislich die Kreativität an.«

»Dann hoffen wir mal, dass es wirkt«, sagte Birnbaum, nahm mir die Blätter aus der Hand und überflog meine Kolumne. Während er las, sah ich bescheiden auf den Boden, auf Birnbaums Schuhe. Sie waren teuer, gut geputzt, wahrscheinlich handgenähtes, italienisches Design. (Aber ehrlich – wer kann das schon erkennen?)

Seine Socken waren sicher auch aus feinstem Zwirn, aber er hatte zwei unterschiedliche an, einen schwarzen und einen dunkelgrauen. Irgendwie rührte mich der Anblick.

»Sie, äh«, sagte ich.

»Schon gut.« Er sah grinsend zu mir hinunter. »Was machen Sie eigentlich, um Ihre Kreativität anzukurbeln, Johanna?«

»Heute waren es Gummibärchen und Schokoküsse«, sagte ich ehrlich. »Und ein Thunfischsandwich. Ich habe aber alles richtig aufgegessen, nicht nur abgelutscht.«

Marianne murmelte etwas, das wie »Sieht man«, klang.

»Es scheint geholfen zu haben, Ihre Kolumne ist wieder mal richtig witzig«, sagte Birnbaum dessen ungeachtet. »Also, nehmen Sie sich ein Beispiel, Marianne, hören Sie auf, sich auf Verlagskosten im Internet zu amüsieren, und setzen Sie sich auch mal auf Ihren faulen Hintern, um zu schreiben.« Er blickte auf seine Uhr. »Nanu, schon so spät! Ich muss in einer halben Stunde auf dem Golfplatz stehen. Haben Sie auch einen Kuss für mich, Johanna?«

Ich sah ihn verblüfft an.

»Einen Schokokuss natürlich«, sagte Birnbaum.

»Ach so, natürlich.« Ich reichte ihm die Schachtel hinüber. Er nahm sich einen Schokokuss hinaus und steckte ihn sich auf einmal in den Mund.

»So isst man doch keinen Schokokuss«, sagte ich.

»Nur so kann man die essen«, widersprach Birnbaum. »Sonst landet die Hälfte von der Schokolade auf dem Fußboden, und das weiße Zeug klebt einem im Gesicht. Können Sie mal 'ne Kolumne drüber schreiben.« Er eilte zur Tür. »Wir sehen uns dann morgen. Arbeiten Sie noch fleißig.«

»Und Ihnen viel Erfolg beim Golfen«, sagte ich anzüglich. »Übrigens, Sie haben zwei verschiedene Socken an.«

Birnbaum tat, als hörte er es nicht mehr.

Marianne sah ihm grußlos hinterher. »Hat er wirklich

fetter Hintern gesagt?«, fragte sie ziemlich fassungslos. »Zu mir? Ich meine, wenn er dich gemeint hätte, dann könnte ich das ja verstehen, aber ich hab das ganze verdammte Wochenende auf meinem Stepper verbracht.«

»Er sagte fauler Hintern, glaube ich«, sagte ich, nicht ohne eine gewisse Schadenfreude.

»Nur weil er die Tochter vom Verleger bumst, kann er sich hier doch nicht alles erlauben«, sagte Marianne. Birnbaums Verhältnis zu Annika Fredemann war kein Geheimnis mehr, Carla hatte längst geplaudert. »Mir sagt niemand ungestraft, dass ich einen dicken Hintern habe.«

»Mir aber auch nicht«, sagte ich. Alles wollte ich mir heute nicht gefallen lassen.

Marianne sah erstaunt zu mir auf. »Aber dein Hintern ist dick, Hanna!«

»Das ist Ansichtssache«, sagte ich.

»Nein«, sagte Marianne. »Das ist eine Tatsache, tut mir Leid. Aber ich wusste nicht, dass dich dein Hintern stört. Im Gegenteil, ich dachte immer, du stehst zu deinem Übergewicht.«

Übergewicht! Das Wort traf mich wie eine Ohrfeige. Ich war heilfroh, dass mein Telefon in diesem Augenblick klingelte. Ohne Marianne eines weiteren Blickes zu würdigen, ging ich an meinen Schreibtisch zurück.

Es war Vivi, um mir zu sagen, dass sie soeben zu einem Vorstellungsgespräch eingeladen worden war, und sie klang ungewöhnlich fröhlich.

»Aber wir haben die Bewerbungen doch erst am Freitagabend in den Briefkasten geworfen«, sagte ich überrascht.

»Ja, es ist diese Werbeagentur, weißt du, die brauchen ganz dringend eine Telefonistin«, sagte Vivi. »Ich soll gleich Mittwoch früh vorbei kommen. Eigentlich hätten sie's gerne gehabt, wenn ich schon morgen gekommen wäre, aber ich habe gesagt, da hätte ich noch ein anderes Vorstellungsgespräch.«

»Warum das denn?«

»Du weißt schon, damit es nicht so klingt, als ob ich dringend darauf angewiesen wäre. Und außerdem brauche ich noch ein bisschen Zeit, um mich entsprechend zu stylen. Ich habe morgen Früh einen Termin im Nagelstudio gemacht, damit man meine abgenagten Fingernägel nicht sehen kann. Und ein Paar neue Schuhe wären gut. Teure Schuhe, damit es nicht so aussieht, als könnte ich mir keine anderen leisten. Ach, Hanna! Wär das nicht toll? Eine Werbeagentur! Endlich mal etwas anderes als Heizungs- und Sanitärfachbetriebe oder Pferdebedarfsgroßhandel, oder? Ich meine, Werbeagentur! Das bedeutet Glanz und Glamour! Und denk nur an die vielen interessanten, gut verdienenden Männer!«

»Hm«, sagte ich zögernd. Als Telefonistin würde Vivi wohl nicht viel vom vermeintlichen Glanz und Glamour mitbekommen, und wahrscheinlich gab es dort auch mehr interessante, gut verdienende Frauen als interessante, gut verdienende Männer. Aber ich wollte ihren Enthusiasmus auf keinen Fall bremsen. »Wann musst du Mittwoch früh da sein?«

»Um neun«, sagte Vivi aufgekratzt. »Was soll ich anziehen?«

»Was Seriöses. Ist dein Wecker auch intakt?«

»Was soll das heißen, seriös? Es ist eine Werbeagentur, die wollen doch was Trendiges, was Flippiges.«

»Das glaub ich weniger. Am besten rufe ich dich Mittwoch Morgen an, um dich zu wecken, und dann gehen wir auch noch mal deine Garderobe durch. Falls dein Wecker wieder kaputt ist oder du aus Versehen die falsche Zeit einstellst.«

»Oh Gott, ja, das darf ich auf keinen Fall vergeigen«, sagte Vivi. »Das ist das erste Mal, dass ich einen Job unbedingt haben will. Eine Werbeagentur, das ist ja so was von cool! Weißt du, was diese Typen verdienen? Die sind alle schon mit dreißig stinkreich.«

»Und mit vierzig kriegen sie dann einen Herzinfarkt«, sagte ich und wechselte rasch das Thema. »Vivi, weißt du, was Kaviar ist?«

»Das weißt du nicht? Das sind diese schrecklich teuren Fischeier, glibber, glibber.«

»Jetzt, wo du's sagst, fällt es mir auch wieder ein.« Ich musste wohl doch Carla danach fragen. »Sag mal, Vivi, findest du mich eigentlich zu dick?«

Am anderen Ende der Leitung herrschte hörbare Verblüffung. »Na ja, dass du nicht gerade das Modell zarte Fee bist, weißt du ja selber«, sagte Vivi. »Aber ich finde, es steht dir. Irgendwie.«

»Hm, ja, danke«, sagte ich, legte auf und machte mir gedankenverloren eine Notiz in meinem Kalender. 7.00 Vivi telefonisch wecken.

Keine zarte Fee, hm? Fairy war also so ziemlich der unpassendste Name, den ich hätte wählen können. Wahrscheinlich hatte mein Unterbewusstsein ihn ausgesucht. »Es steht dir«, hatte Vivi gesagt, aber was genau meinte sie mit »es«- etwa mein »Übergewicht«?

Ich schielte kurz zu Marianne hinüber, aber sie war scheinbar ganz vertieft in ihre Arbeit, und ich war froh, dass ich nicht mehr mit ihr reden musste. Herzchen, die normalerweise hinter dem dritten Schreibtisch im Raum saß, war wegen unspezifischer Schwangerschaftsbeschwerden krank geschrieben. Wahrscheinlich Heulkrämpfe.

Mit dem Karton Schokoküsse schlenderte ich in Carlas Büro hinüber. Jetzt, wo Birnbaum das Haus verlassen hatte, würde sie Zeit zu einem kleinen Schwätzchen haben. Und ich brauchte ganz dringend jemandem zum Reden.

Auf dem Flur traf ich Leroy, den Ressortleiter Mode, der sichtlich aufgebracht war.

»Katalogmode!« Er klatschte in die Hände, als er mich sah. »Katalogmode! Der Mutierte will, dass wir eine Modestrecke nur mit Katalogmode machen! Kannst du dir das vorstellen, Hanna? Wer kauft Mode aus dem Katalog?«

»Na ja«, sagte ich. »Unsere Leserinnen vielleicht. Und ich auch, manchmal. Es gibt schöne Sachen, es ist praktisch. Und bezahlbar. Welche ANNIKA-Leserin kann sich schon Prêt-à-Porter leisten?«

Entrüstetes Händeklatschen. »Du sprichst schon genau wie der Mutierte.« Der Mutierte war natürlich niemand anders als Birnbaum. Jeder hatte hier ein anderes Schimpfwort für ihn. »Aber hier geht es um meine Ehre!« Noch einmal Händeklatschen. »Katalogmode, das ist unwürdig! Billig! Peinlich! Als Nächstes will er dann von mir, dass ich eine Modestrecke für Übergrößen bringe!«

»Und wenn schon«, sagte ich. »Die durchschnittliche ANNIKA-Leserin trägt sicher nicht Größe 36.«

»Ach, du verstehst mich nicht«, sagte Leroy und sah

in einer Art und Weise an mir herab, die mir überhaupt nicht gefiel.

»Wir erörtern das ein anderes Mal, ja?« Ich rettete mich in Carlas Büro. Sie war gerade dabei, sich mit Hilfe eines Vergrößerungsspiegels die Augenbrauen zu zupfen.

»Kleine Stärkung gefällig?«, fragte ich und hielt ihr die Schachtel hin. Drei von neun Schokoküssen waren noch drin. Einen hatte Birnbaum gegessen, was bedeutete, dass ich die restlichen fünf selber auf dem Gewissen hatte. Nun ja, von nichts kam eben auch nichts.

»Weißt du eigentlich, wie viel Kalorien die Dinger haben?«, fragte Carla. »Na, gib schon her. Ich gehe ja heute Abend ins Fitnessstudio, und man gönnt sich ja sonst nichts.«

Ich setzte mich seufzend auf ihre Schreibtischkante.

»Was ist los, Rübe?«, fragte Carla und legte Handspiegel und Pinzette zurück in ihre Schreibtischschublade.

Ich wusste nicht so recht, wie ich anfangen sollte, also sagte ich das erstbeste, was mir einfiel: »Marianne sagt, dass ich einen dicken Hintern habe.«

»Diese blöde abgemagerte Zicke«, rief Carla solidarisch aus. »Ich hoffe, du hast gesagt: Lieber einen dicken Hintern als deinen vertrockneten Hängebusen.«

»Nein, hab ich nicht. Am liebsten hätte ich nämlich weder das eine noch das andere.« Ich muss wohl ein trauriges Gesicht gemacht haben, denn Carla legte mitfühlend ihre Hand auf meinen Arm.

»Was ist denn mit dir los? So kenne ich dich gar nicht.«

»Ich mich auch nicht«, gab ich zu. »Es ist nur so ... Ich hab da jemanden kennen gelernt.«

»Was denn? Du? Wo denn? Und wann?«, schrie Carla, um gleich darauf besorgt hinzuzusetzen: »Wir reden doch von einem Mann, ja?«

»Ja. Ich hab ihn bei Recherchen im Internet kennen gelernt, im Testchat.«

»Du dachtest wohl, wenn deine Schwester dort jemanden kennen lernt, kannst du das auch, was?«

»Das mit meiner Schwester habe ich doch nur erfunden. Aber der hier ist echt: vierunddreißig Jahre alt, witzig und richtig nett. In unserem Partnerschaftstest haben wir dreihundertsiebenundneunzig von vierhundert möglichen Punkten erreicht. Das ist ein Rekord.«

»In der Tat«, rief Carla. »Dreihundertsiebenundneunzig! Das gibt's doch gar nicht.«

»Doch, ich hab dreimal nachgerechnet«, sagte ich. Feierlich setzte ich hinzu: »Er heißt Boris.«

»Der Name ist akzeptabel«, meinte Carla, die Listen über Männernamen führte, weiß der Himmel, warum. »Von einem Karl-Heinz hätte ich dir spontan abgeraten, aber Boris ist in Ordnung. Wo wohnt er? Doch hoffentlich nicht an der polnischen Grenze oder an einem oberbayrischen See? Daraus könnten sich Komplikationen ergeben.«

»Er wohnt hier in der Stadt«, sagte ich.

»Bingo! Und wie sieht er aus?«, wollte Carla wissen.

»Keine Ahnung. Er will sich mit mir treffen. Am liebsten noch diese Woche. Nur – das kann ich einfach nicht tun …«

»Blödsinn! Hast du etwa Angst, er könne ein fetter Glatzkopf sein?«

»Nein. Das Problem ist weniger sein Aussehen als meins.«

»Da mach dir mal keine Sorgen«, sagte Carla. »Du siehst niedlich aus, Hanna, wirklich. Wie eine Puppe, mit deinen langen, roten Locken, den Sommersprossen, den Grübchen und den großen braunen Augen. Ich wette, dein Boris wird positiv überrascht sein, wenn er dich sieht.«

»Das glaube ich weniger«, sagte ich. »Er ist nämlich überzeugt, dass ich Größe 36 trage, und zwar am ganzen Körper. Ich kann mich nicht mit ihm treffen.«

»Aber warum sollte er so etwas glauben?«

»Weil ich es ihm gesagt habe. Das heißt, ich habe es in mein Persönlichkeitsprofil geschrieben. Kleidergröße 36, blond, blauäugig ... – ich hab ja nicht geahnt, dass ich wirklich jemanden kennen lerne.«

»Das war dämlich von dir! Du kannst ihm aber immer noch die Wahrheit sagen.«

»Ja«, sagte ich unglücklich. »Das hätte ich vielleicht auch gemacht. Aber auf einmal gibt mir alle Welt das Gefühl, ein fettes Monster zu sein. Ich will nicht, dass Boris enttäuscht ist, wenn ich mich als Monster entpuppe.«

»Du bist kein Monster!«

»Aber fett.«

Carla schwieg einen Moment. »Nicht fett«, sagte sie dann. »Nur ein bisschen pummelig. Rundlich eben. Und es steht dir irgendwie, ja, du bist eben so ein XL-Typ.«

»Oje«, sagte ich am Boden zerstört.

»Komm schon, Hanna, du hast nie ein Wort darüber verloren, dass du dich zu dick findest.«

»Fand ich ja auch bisher nicht. Oder zumindest habe ich nicht darüber nachgedacht.«

»Okay«, sagte Carla und setzte sich aufrecht hin.

»Gehen wir das Ganze doch mal ganz logisch durch. Punkt eins: Du hast einen Mann kennen gelernt, der zu neunundneunzig Prozent der richtige Partner für dich ist.«

»Jedenfalls laut Mariannes Test«, wandte ich ein.

»Egal, es ist auf jeden Fall eine Seltenheit«, sagte Carla. »Ich habe diesen Test weiß Gott mit allen Typen gemacht, die schreiben und lesen konnten, und keiner hat bei mir mehr Punkte bekommen als einhundert. Du musst diesen Boris unbedingt treffen. Er könnte dein Schicksal sein.«

»Ich weiß«, seufzte ich. »Aber ich trau mich nicht.«

»Damit kommen wir zu Punkt zwei«, sagte Carla. »Er glaubt, du bist blond, blauäugig und dünn.«

»Nein. Dass ich rothaarig bin, weiß er mittlerweile. Er hat's eigentlich ganz gut aufgenommen.«

»Ich denke, Haar- und Augenfarbe sind auch nicht so wichtig«, meinte Carla. »Aber die Kleidergröße könnte tatsächlich ein Problem darstellen. Ich meine, sei mir nicht böse, aber da ist doch ein ziemlich großer Unterschied zwischen dir und Größe 36.«

Ich sah traurig an mir herab: »Jedenfalls an den meisten Stellen.«

»Wenn er wirklich dein Traummann ist, dann wird er dich natürlich so nehmen wie du bist«, sagte Carla, aber es klang nicht wirklich überzeugt.

»Was soll ich also tun? Ihm die Wahrheit schreiben? Lieber Boris, ich habe, was die Kleidergröße betrifft, ein wenig geflunkert. Tatsache ist, dass die Freundin meines Bruders Größe 36 trägt, und sie hat heute morgen gesagt, dass sie meine Kleider als Zelte benutzen könne …«

»Jetzt hör endlich auf, dich so niederzumachen«, sagte Carla. »Wenn du dich nicht traust, Boris die Wahrheit zu sagen, bleiben dir nur zwei Möglichkeiten.«

»Und die wären?«

»Nummer eins: Du vergisst den Typ, Schicksal hin, Schicksal her.«

»Und Nummer zwei?«

»Du nimmst ab.«

8. Kapitel

Hanna will abnehmen«, sagte Carla feierlich. Sie hatte ein außerordentliches Treffen bei unserem Lieblingsitaliener einberufen, ausnahmsweise an einem Dienstagabend, und zwar ausschließlich, um Vivi und Sonja mitzuteilen, dass ich beschlossen hatte, ein paar Kleidergrößen abzuspecken.

Vivi und Sonja taten so, als hätten sie nie eine erfreulichere Nachricht gehört. Dabei ging es ihnen weniger um die Ursache meines Entschlusses – Carla hatte natürlich auch von Boris und den dreihundertsiebenundneunzig Punkten gesprochen – als um den Vorsatz als solches. Sie umarmten mich und klopften mir auf die Schulter, als wäre ich gerade von einer langen, langen Reise nach Hause zurückgekehrt.

»Ich freu mich so für dich«, sagte Vivi. »Ich habe mir schon so oft gedacht, wie fantastisch du mit zehn, zwanzig Kilo weniger auf den Rippen wohl aussehen würdest.«

»Mein Winterspeck muss auch runter«, sagte Sonja und klopfte sich auf den flachen Bauch. »Wie hoch ist dein BMI? Meiner liegt wieder bei vierundzwanzig, und das ist eine Katastrophe. Aber die Windpocken habe ich eben nur mit Chips und Rotwein überlebt. Also, wie hoch ist deiner?«

Hä?

»Body-Mass-Index«, sagte Sonja. »Fünfundzwanzig und mehr bedeutet, dass man abnehmen muss.«

»Hanna weiß nicht, wie viel sie wiegt«, sagte Carla. »Aber das ist ja am Anfang auch ganz unerheblich.«

»Find ich auch«, sagte Vivi. »Mein Body-Mass-Index ist übrigens okay, aber dafür ist mein Körperfettanteil viel zu hoch. Wir machen einfach alle zusammen eine Diät, ja? Gemeinsam macht das doch viel mehr Spaß.« Sie strahlte so glücklich wie schon lange nicht mehr. »Und ich weiß auch schon, was wir dir zum Geburtstag schenken. Eine Waage!«

»Mit Körperfettanzeige und Sprechfunktion«, sagte Carla.

Ich war froh, dass ich erst im Oktober Geburtstag hatte. Eine Waage, die mir sagte, wie fett ich war, hatte mir in meinem Badezimmer gerade noch gefehlt.

Der Kellner kam, und Sonja sagte aufgekratzt: »Wir werden heute alle statt Pizza oder Pasta einen Salat bestellen, nicht wahr Mädels? Und Wasser statt Wein. Also viermal den großen gemischten Salat, aber das Dressing bitte extra, ja?«

»Selbstverständlich werden wir Hanna unterstützen, wo wir können«, sagte Carla, als der Kellner wieder gegangen war. »Deshalb habe ich euch ja hierher gebeten. Ich habe mich zu ihrem Abnehmscout ernannt, und ihr seid meine Assistenten. Wir alle müssen mit unserer Erfahrung dafür sorgen, dass Hanna gesund, aber schnell abnimmt.« Sie zückte einen Stapel Karteikarten. »Schließlich wird dieser Boris nicht ewig warten, und wenn es zu lange dauert, schnappt ihn sich vielleicht noch eine andere direkt vor unserer Nase weg. Das wäre fatal, denkt an das Testergebnis. Auf diesen Karteikarten hier werden alle Tipps notiert, die Hanna helfen können, die üblichen Fehler zu vermeiden und durchzuhalten. Sie kann die Karten immer in der Handtasche mit sich tragen und herausnehmen, wenn Gefahr besteht, schwach zu werden.«

»Dann notier als Erstes mal meinen absoluten Geheimtipp«, sagte Vivi. »Morgens auf nüchternen Magen ein Glas Leitungswasser, lauwarm, mit einem Schuss Apfelessig. Regt den Fettstoffwechsel an.«

Carla schrieb eifrig.

»Und vor jeder Mahlzeit ein Glas Wasser mit Zitronensaft«, sagte Sonja. »Das macht satt, und das Vitamin C unterstützt die Verdauung.«

Carla schrieb es auf die nächste Karteikarte. »Und Tipp Nummer drei kommt von mir und ist schon von meiner Großmutter: Jeden Bissen mindestens dreißigmal kauen.«

Ich räusperte mich. »Wartet doch mal. Ich dachte, ich esse einfach weniger. Weniger Süßigkeiten, weniger Pizza, weniger Sahnesoßen, weniger Butter aufs Brot. Diäten sind doch völlig überholt.«

»Wie naiv du bist«, rief Sonja aus.

»Damit allein ist es nicht getan, Hanna«, meinte Vivi. »Wenn du wirklich gesund abnehmen willst, musst du den Industriezucker komplett aus deinem Speiseplan streichen.«

»Und Alkohol natürlich auch und alle Lebensmittel mit gesättigten Fettsäuren«, ergänzte Sonja. »Wenn du Literatur zum Thema brauchst, ich hab alle Bücher, die jemals zu diesem Thema geschrieben wurden. Endlich Wunschgewicht, ich esse um abzunehmen, Nichtesser in drei Tagen« – ab hier geriet sie zunehmend in Luftnot –

»mit Fasten zur Traumfigur, sohabich'sgeschafftmentalesschlankheitstrainingfitfür'slebenschlankseinwillgelerntsein.« Beifallheischend rang sie nach Luft.

»Äh, ich lese gerade Platons Gesamtwerk Band eins bis sechs«, murmelte ich. »Aber wenn ich das aus habe, komme ich gern auf dein Angebot zurück.«

Carla, Sonja und Vivi rückten ein wenig enger zusammen und neigten konspirativ die Köpfe.

»Was ist mit Markert?« fragte Vivi. »Nur für den Anfang?«

Markert? Wer war das, ein Schönheitschirurg?

»Nein, auf keinen Fall werden wir eine Pulverdiät machen«, sagte Carla streng. »Allerdings werden wir ab und an einen Eiweißdrink in den Speiseplan integrieren.«

»Und natürlich werden wir nicht mit Appetitzüglern arbeiten«, sagte Vivi.

»Außer mit diesen Fruchtfaserwürfeln aus Ananas und Apfelpektin«, meinte Sonja. »Die füllen den Magen und sind obendrein pure Ballaststofflieferanten. Am Anfang wirst du sie brauchen, Hanna, wegen des nagenden Hungergefühls. Du musst auf jeden Fall genug trinken, sonst gibt es Verstopfung. Drei Liter Wasser am Tag sind absolutes Minimum.«

Carla notierte: »Bei Heißhungeranfällen: Kaugummi ohne Zucker.«

»Matetee dämpft das Hungergefühl«, sagte Vivi. »Und Grüner Tee ist gut für die Fettverbrennung. Und ab und an eine Magnesiumtablette, denn ohne Magnesium läuft gar nichts.«

»Kein Salz, keine scharfen Gewürze«, sagte Sonja. »Ersteres hält das Wasser im Körper zurück, und scharfe

Gewürze regen den Appetit an. Genau wie Hasch, also keine Joints während der Diät, Hanna.«

Mein Kopf flog zwischen ihnen hin und her, ich fühlte mich wie ein Zuschauer bei einem Tennismatch.

»Ich bin für die Wundersuppenkur, zumindest für den Anfang zum Entschlacken«, sagte Vivi. »Du wirst zwar ein bisschen streng nach Kohl riechen, aber das Ergebnis ist sensationell. Danach weitermachen mit Trennkost.«

»Verschärfte Trennkost kombiniert mit der Low-Fat 30 Methode«, sagte Carla. »Und unabhängig davon nie mehr als dreißig Gramm Fett am Tag, dann sind wir auf der sicheren Seite.«

»Alle Mühen sind umsonst, wenn man sich nicht gleichzeitig an die Regeln der Blutgruppendiät hält«, sagte Sonja. »Hast du das Buch, Hanna? Sonst kopiere ich dir, was für deine Blutgruppe gilt. Ich hoffe für dich, dass du nicht A hast, denn sonst kannst du so gut wie gar nichts mehr essen.«

Ich konnte nur noch staunen. Offensichtlich hatte ich so etwas wie die Büchse der Pandora geöffnet. Vor mir saßen Deutschlands gewiefteste Expertinnen in Sachen Gewichtsreduktion, alle gertenschlank, und zwar von Geburt an.

»Ganz egal, an was für eine Diät du dich hältst«, sagte Vivi. »Bis mittags solltest du auf jeden Fall nur Obst essen.«

»Das ist überholt«, sagte Carla. »Man braucht morgens wie abends einen kleinen Eiweißschub, um die Fettverbrennung in Gang zu bringen.«

»Aber wenn schon Eiweiß, dann absolut fettlos«, sagte Vivi. »Null prozentiger Quark oder Buttermilch oder ein Stück gegrillte Scholle. Und nie mehr als fünfzig Gramm.«

»Das gleiche gilt auch für Kohlenhydrate wie Kartoffeln, Nudeln oder Reis. Solange du bei einer Mahlzeit nie mehr als fünfzig Gramm davon isst, kannst du nicht zunehmen«, sagte Sonja.

Das war der Augenblick, in dem ich mein Schweigen brach.

»Fünfzig Gramm?«, wiederholte ich. »Ich soll allen Ernstes von fünfzig Gramm Nudeln satt werden? Ich koche sonst dreihundert Gramm für zwei Personen, und das auch nur, wenn es noch eine ordentliche Beilage und Nachtisch gibt.«

»Das hast du falsch verstanden«, sagte Sonja. »Die fünfzig Gramm beziehen sich auf die bereits gekochten Nudeln.«

»Das ist sicher ein Irrtum«, sagte ich. »Fünfzig Gramm, das sind in etwa acht gekochte Spaghetti.«

Keiner widersprach mir.

»Wenn du jede dreißigmal kaust, wird es dir nicht mehr so wenig vorkommen«, sagte Sonja.

»Du kannst dich ja außerdem an der Gemüsebeilage satt essen«, sagte Carla. »So viel gegrillte Tomaten und gedünstete Zucchini wie du willst.«

»Natürlich nur, wenn du mit deiner Blutgruppe Tomaten und Zucchini essen darfst«, sagte Sonja. »Wenn du Blutgruppe A hast, dann sieht es schlecht aus.«

Ich hatte keinen blassen Schimmer von meiner Blutgruppe, aber ich hatte das dumpfe Gefühl, es könne A sein.

»Es ist kein Geheimnis, dass man die besten Ergebnisse erzielt, wenn zwischen einzelnen Mahlzeiten mindestens sechs Stunden liegen«, sagte Carla. »Aber ich denke, für den Anfang ist diese Regelung zu hart. Dann doch besser die bewährten fünf Mahlzeiten am Tag. Bei einem Gewichtsstillstand können wir uns dann immer noch steigern.«

»Alle Weißmehlprodukte sind natürlich auch Tabu. Also Vollkornnudeln und ungeschälten Reis essen«, sagte Vivi. »Eigentlich solltest du auch Möhren weglassen, die haben nämlich einen hohen glykämischen Index …«

»Auf der anderen Seite haben sie einen hohen Ballaststoffanteil, und das Carotin ist sehr gesund«, sagte Carla. »Ich bin ein Befürworter der Möhren. Allerdings bin ich gegen Hülsenfrüchte. Nur grüne Bohnen sind ab und zu erlaubt.«

Sonja und Vivi nickten. Ich glotzte einfältig.

Der Kellner brachte unsere Salatteller. Eisbergsalat, Rauke, Radicchio, Tomate, Gurke, Paprika, Oliven und ein paar Zwiebelringe waren gefällig auf dem Teller angeordnet. Ich seufzte unwillkürlich. Ich hatte nichts gegen Salat, im Gegenteil, als Vorspeise war er mir stets äußerst willkommen. Aber nun, wo er wohl für längere Zeit meine einzige Hauptspeise darstellen würde, fand ich ihn plötzlich irgendwie unattraktiv. Gut, demnächst durfte ich noch fünfzig Gramm gekochte Vollkornnudeln dazu essen, vorausgesetzt, im Salat waren keine Eiweiße versteckt, in Form von Hülsenfrüchten, Schafskäse oder Fleisch, denn dann verstieß ich ja gegen die Gesetze der Trennkost.

Nun, dieser Salat hier war diesbezüglich völlig einwandfrei. Nur die Oliven pickte Sonja mir vom Teller.

»Sind zwar gesund, haben aber überflüssige Kalorien«, sagte sie.

124

Ja, wenn das so war …

Es wurde ein trauriges Mahl. Jeder nahm sich nur ungefähr einen halben Esslöffel vom Dressing, und alle ignorierten das duftende, warme Ciabattabrot, das der Kellner in einem Körbchen auf den Tisch gestellt hatte. Alle außer mir. Nichts liebte ich mehr, als Kräuterbutter auf dieses frische, knusprige Brot zu streichen und dann …

»Nach einer Weile bist du dagegen immun«, versicherte mir Vivi, als sie meine sehnsüchtigen Blicke sah.

Wir kauten schweigend. Jeden Bissen dreißigmal. Es hörte sich an wie in einem Kaninchenstall.

»Das A und O ist immer noch die Bewegung«, nahm mein Abnehmscout Nummer eins den Faden schließlich wieder auf. »Ich habe nächste Woche für dich ein Probetraining in meinem Fitnessstudio vereinbart, und gleich morgen fängst du mit Laufen an.«

»Und du bekommst meinen Slenderton«, sagte Sonja. »Ich benutze ihn in letzter Zeit sowieso nur noch als Kleiderständer. Aber er ist wahnsinnig effektiv.«

»Deinen was?«, fragte ich alarmiert. »Ah, du meinst dieses Ding mit dem komisch rotierenden Band, das Cellulite wegmassieren soll? Nein, danke, so ein Rüttler hat mir gerade noch gefehlt.«

»Er bringt unheimlich was, wenn man es regelmäßig macht«, sagte Sonja. »Der Slenderton massiert nicht nur die Cellulite weg, sondern verbraucht auch richtig viele Kalorien. Natürlich nur, wenn man in der Zeit keine Nahrung zu sich nimmt. Um einen Apfel abzutrainieren, muss man sich beispielsweise nur eine halbe Stunde durchrütteln lassen. Das ist weniger anstrengend als Joggen.«

»Ja, und für eine Pizza sind es dann schlappe sechzehn Stunden«, sagte ich. »Meine Zeit ist ohnehin schon so knapp bemessen …«

»Das ist ab jetzt eine nicht zulässige Ausrede«, sagte Vivi streng. Ich beschloss ihr dasselbe zu sagen, wenn sie das nächste Mal ihren Job hinwarf.

»Das Wichtigste ist, dass deine Motivation konstant bleibt«, sagte Carla. »Ich habe dir daher diesen Kalender besorgt, in dem du genau über Erfolge und Misserfolge Buch führen wirst. Für jeden Schokoriegel, den du links liegen lässt, darfst du dir eine Sonne in den Kalender malen. Und für jedes Mal, wenn du Sport treibst, gibt es auch eine Sonne. Und wenn du dich mal nicht dazu aufraffen konntest, malst du dir zur Strafe eine Wolke hinein. Wolken gibt es auch, wenn dich ein Fressanfall überkommt und du irgendetwas in dich hineinstopfst, was dick macht. Jeden Abend zählst du deine Sonnen und Wolken zusammen und machst damit eine Art Wetterbericht. Das ist ungeheuer motivierend und gleichzeitig ein wunderbares Kontrollinstrument.«

»Ja, das hört sich wirklich wunderbar motivierend an«, sagte ich erschöpft. Beladen mit dem Kalender und Dutzenden von Karteikarten und knurrendem Magen machte ich mich schließlich auf den Heimweg. Ich war sehr nachdenklich. Was war nur passiert? Solange ich mich für normal gehalten hatte, war niemand auf die Idee gekommen, mir Diättipps zu erteilen oder fiese Bemerkungen über meinen dicken Hintern zu machen. Erst ab dem Augenblick, in dem mich Zweifel an meiner Figur überkommen hatten, hatte sich auch die Wahrnehmung meiner Umgebung verändert.

Oder war es am Ende nur meine eigene Wahrnehmung, die sich verändert hatte? Du bist, was du glaubst, das du bist. Vielleicht war dieser merkwürdige Satz ja wahr. Vor meiner Begegnung mit Boris hatte ich mich für jemanden mit einer schlanken Taille und einem vergleichsweise dicken Hintern gehalten, eine ganz normale, nicht unattraktive Frau mit einer gut tarnbaren Problemzone. Einer Problemzone, die diesen Namen eigentlich nicht verdient hatte, weil ich ja gar kein Problem damit gehabt hatte.

Jetzt aber fühlte ich mich ungefähr wie diese dicke Person, die sie unlängst im Fernsehen gezeigt hatten. Man hatte sie mit einem Kran aus dem Dachfenster gehievt, weil sie durch keine Tür mehr passte.

Es war zum Heulen.

Boris, der ahnungslose Biber, wollte schnellstmöglich ein Treffen: Er erwartete eine anmutige Gazelle, was würde er also sagen, wenn stattdessen ein trächtiges Nilpferd vor ihn träte?

Er würde sich zu Recht betrogen fühlen.

Dreihundertsiebenundneunzig unglaubliche Punkte blinkten vor meinem inneren Auge auf. Dreihundertsiebenundneunzig. Mir blieb gar nichts anderes übrig, als abzuspecken. Und wer weiß? Vielleicht war ich in einem halben Jahr ja tatsächlich dünn genug, um ihm gegenüberzutreten.

Unser Vorgarten war von flackernden Kerzen beleuchtet. Helena und Philipp krochen im Gras herum und – Herrgott, sie sammelten Weinbergschnecken in einem alten Blumentopf!

Der Garten war ein Hobby meines Stiefvaters, und er hatte dort Weinbergschnecken angesiedelt, weil sie so hübsch waren und obendrein die Gelege der widerwärtigen Nacktschnecken fraßen. Vor ein paar Jahren hatte er mit einem einzigen Schneckenpärchen begonnen, und mittlerweile gab es eine ganze Kolonie dieser häuschentragenden Riesen. Ich hatte schon am frühen Morgen gesehen, dass sie von den vorfrühlingshaften Temperaturen aus ihren Winterquartieren gelockt worden waren und sich über die zarten Triebe des Klatschmohns hermachten, der sich überall im Staudenbeet ausbreitete.

»Diese Schnecken werden nicht gegessen«, sagte ich empört. »Sie sind Haustiere, keine Nutztiere! Sie sind unsere Freunde.«

Philipp und Helena schauten auf. »Hallo, Hannilein«, sagte Philipp. »Natürlich essen wir die Schnecken nicht, wo denkst du hin? Wir bemalen sie nur.«

Jetzt erst sah ich, dass sie beide einen Permanentmarker in der Hand hielten. Die Tiere, die neben Helena im Gras lagen, waren mit den Wörtern »fuck«, »her«, »him« und »break« beschriftet. Philipps Schnecken hießen »kiss«, »happy« und »day«.

»Wozu um Himmels willen soll das gut sein?«, fragte ich ehrlich verwirrt.

»Man könnte sagen, wir lernen Englischvokabeln«, antwortete Philipp fröhlich und entließ eine besonders große Schnecke mit der Aufschrift »Moonlight« ins Gras. »Helena sagt, das ist genau die richtige Beschäftigung für eine Vollmondnacht.«

»Der Mond ist aber abnehmend«, sagte ich.

»Neidisch, ey?«, fragte Helena.

»Was denn, auf den Mond?«

»Ja, ey, weil er abnimmt«, sagte Helena und kicherte hexenhaft.

Da, schon wieder eine abfällige Bemerkung zu meiner Figur. Es nahm einfach kein Ende.

»Er nimmt aber auch wieder zu, das nennt man Jojo-Effekt, schon mal gehört?«, sagte ich. »Die armen Schnecken. Das ist doch Tierquälerei. Wie würdet ihr euch fühlen, wenn euch jemand fuck auf den Rücken schreiben würde?«

»Ey, Mann, ey, zufällig steht genau das auf meinem T-Shirt«, sagte Helena. »Aber das hier ist ein ernsthaftes Ritual, ey. Es hat eine tiefere Bedeutung, als du dir vorstellen kannst.«

»Was denn? Es gibt allen Ernstes ein Ritual, bei dem man Weinbergschnecken beschriftet?«

»Oh ja«, sagte Helena. Sie hockte genau über einem Windlicht, und mit ihren von unten beleuchteten Gesichtszügen wäre sie in jedem Horrorfilm herzlich willkommen gewesen. »Im Bereich der Magie gibt es nichts, was es nicht gibt.«

»Ey«, ergänzte ich automatisch.

Helena richtete sich auf. »Hast du Angst, ich könnte dich verhexen?« Im Dunkeln glitzerten ihre Augen eigenartig. »Blood«, hatte sie auf eine Schnecke geschrieben, die gerade unter einem Rhododendronbusch Schutz suchte.

Ja, ich hatte Angst, wenn auch nicht vor Helenas Hexenkünsten. Es war nur offensichtlich, dass sie einen wirklich massiven Dachschaden hatte, und wer auf die Idee kam, Schnecken mit obszönen Englischvokabeln zu bemalen, kam vielleicht noch auf ganz andere Ideen.

Ich überlegte, ob jetzt nicht der Augenblick gekommen war, sie ein für alle Mal aus dem Haus zu werfen.

»Du Hanna, es ist gar nichts Richtiges zu essen im Haus«, sagte Philipp und entließ eine weitere Schnecke ins Gras. Auf ihrem Häuschen stand »heart«. »Nur so komisches Grünzeug, Möhren, Paprika, Salat, Tomaten …«

»Freut euch doch«, sagte ich. »Nichts von toten oder lebendigen Tieren.«

»Ja, aber auch nichts, von dem man satt werden kann«, jammerte Philipp.

Da hatte er leider nur allzu Recht.

»Tut mir Leid, aber alles andere musst du dir in Zukunft selber besorgen«, sagte ich und ging zur Haustür. »Ich mache nämlich ab heute eine Abmagerungskur.«

»Was? Du?«, fragte Philipp. »Was ist denn nur mit dir los, Hannilein?«

Ich stolperte beinahe über eine Schnecke mit der Aufschrift »love«, die sich direkt vor die Fußmatte verirrt hatte. Das brachte mich auf eine Idee.

»Vielleicht bin ich verliebt«, warf ich über meine Schulter. Vielleicht war ich ja wirklich verliebt. Boris und ich hatten schließlich dreihundertsiebenundneunzig Punkte erreicht. Wenn das kein Grund war, mich in ihn zu verlieben, dann wusste ich es aber auch nicht.

Hinter mir im Garten herrschte verblüfftes Schweigen.

Mit einem zufriedenen Grinsen verschwand ich im Haus. Ich vertilgte noch eine Paprika und eine Scheibe Knäckebrot ohne alles, um meinen knurrenden Magen zu beruhigen, auch wenn das bedeutete, dass ich mir eine Wolke in den Kalender malen musste.

Danach war ich immer noch hungrig.

»Statt essen: Ein Bad nehmen«, stand auf einer der

Karteikarten in meiner Handtasche, und das tat ich dann auch. Anschließend ging ich hungrig zu Bett und träumte von Gazellen und Nilpferden und einem Kran, der mich morgens zur Arbeit hievte.

9. Kapitel

Wie geht es dir?«, fragte Carla am nächsten Morgen in der Redaktion. Wir waren allein in meinem Büro: Herzchen war immer noch schwanger geschrieben, und Marianne war noch nicht da.

Ich ließ meinen Magen die Antwort knurren: »Grrrrrrr.« Der Apfel, der mein Frühstück gewesen war, hatte ihn nur gereizt, nicht befriedigt.

»Nach spätestens vier Wochen hast du dich daran gewöhnt«, sagte Carla zu meinem Magen. »Dann verschwindet das permanente Hungergefühl, und du wirst auch von kleinen Portionen satt.«

»Wenn ich so lange lebe!«

»Bist du heute schon gelaufen?«

»Ja«, sagte ich. »Wenn man es denn so nennen will.« Ich hatte mich um halb sieben in meine Turnschuhe und den Jogginganzug gequält und aus dem Haus geschlichen. Es war frühlingshaft warm gewesen, und ich war wild entschlossen die Einfahrt hinuntergelaufen. Dabei war ich an zwei Schnecken vorbeigekommen, von denen die eine die Aufschrift »black« und die andere die Aufschrift »day« trug.

Das Schneckenorakel hatte gesprochen: An der nächsten Laterne machte ich nämlich schlapp. Ich meine, wirklich schlapp. Es blieb mir nichts anderes übrig als umzukehren, und ich war froh, dass ich es lebend ins Haus zurückschaffte.

»Ich wollte einmal um den Block«, sagte ich wehmütig.

»Super«, meinte Carla. »Am Anfang reichen kleine Runden völlig.«

»Ja, aber so klein dann wohl doch nicht. Es waren etwa hundert Meter hin und hundert Meter zurück«, sagte ich. »Ich hatte Seitenstechen, akute Atembeschwerden, und in meinem Mund schmeckte es nach Blut. Wahrscheinlich bin ich nur ganz knapp einem Herzinfarkt entkommen.«

»Du bist zu schnell gelaufen«, konstatierte Carla. »Damit habe ich schon gerechnet. Hier!« Sie hielt mir eine Armbanduhr und einen schwarzen Gurt hin. »Das ist meine Pulsuhr, damit wirst du ab jetzt deinen Puls kontrollieren. Anfänger laufen immer zu schnell, und das bringt überhaupt nichts in punkto Fettverbrennung. Du musst so langsam trainieren, dass du nicht außer Atem kommst, das heißt, du darfst eine Pulsfrequenz von etwa hundertvierzig Schlägen pro Minute nicht überschreiten. Am Anfang reicht es völlig, wenn du bei hundertzwanzig trainierst. Das kann man dann stundenlang durchhalten. Los, zieh deinen Pullover hoch.«

»Wie bitte?«

»Der Gurt wird um die Brust geschnallt«, erklärte Carla. »Ich zeig's dir.«

Was unter meinem Pullover lag, war normalerweile gut gehütete Privatsphäre. Eine ziemlich weich gepolsterte Privatsphäre. Ich rollte den Pulli nur ungern hoch.

Carla kniff auch sogleich mit beiden Händen mitten hinein in meine Privatsphäre. Ich quiekte empört auf.

»Keine Sorge, das hier kriegen wir im Fitnessstudio in den Griff«, sagte Carla beruhigend. »Du wirst sehen, zehn Kilo weniger und sechs Monate eisernes Problemzonentraining, und du hast einen Waschbrettbauch.«

»Meinst du, Boris lässt sich ein halbes Jahr hinhalten? Er war ja schon enttäuscht, weil ich gesagt habe, dass es diese Woche nicht klappt.«

Carla befestigte den Brustgurt und zog gnädig wieder den Pullover über meine Speckrollen. »Das wird sich zeigen«, sagte sie. »Eins nach dem anderen. Heute ist erst mal dein Rohkosttag. Und wenn du das durchhältst und heute Abend noch eine halbe Stunde im Fettverbrennungsbereich trainierst, kannst du dir gleich zwei Sonnen in den Kalender malen. Es reicht am Anfang auch, wenn du schnell gehst und dabei die Arme mitnimmst.«

»Was sollte ich sonst mit meinen Armen machen? Sie zu Hause lassen?«

»Haha. Was sagt dein Ruhepuls?«

Ich sah auf die Pulsuhr, die Carla mir in der Zwischenzeit um das Handgelenk gebunden hatte. »Fünfundsiebzig.«

»Das ist in Ordnung«, sagte Carla. »Lass sie am besten einfach um. Ab hundertzwanzig Schlägen pro Minute verbrennst du Fett. Das ist ungeheuer motivierend, wenn du zum Beispiel eine Treppe hochsteigst oder zum Kopierer rennst. Das Ding ist so eingestellt, dass es ab hundertvierzig warnende Piepser von sich gibt. Das bedeutet dann so viel wie: Achtung, ab jetzt sind alle Ihre Anstrengungen umsonst, denn ab hundertvierzig verbrennst du kein Fett mehr, sondern nur noch Kohlenhydrate. Ich war am Anfang so fasziniert davon, dass ich das Ding sogar beim Sex umgelassen habe. Aber das war eher enttäuschend. Von wegen, Sex verbrennt Kalorien. Das bringt höchstens was, weil man dabei permanent den Bauch einziehen muss. Aber für die Fettverbrennung ist es schon effektvoller, nur mit den Armen zu rudern. Probier's mal.«

Ich ließ gehorsam meine Arme kreisen. Prompt schnellte mein Puls auf hundertachtzehn hoch.

»Weiter, Rübe, weiter«, ermunterte mich Carla, und ich ruderte, was das Zeug hielt. Carla ruderte mit.

»Was ist denn hier los? Ist der Ventilator kaputt?« Das war Birnbaum, der grinsend in der Tür stand.

Carla und ich ließen die Arme sinken. Wie immer am frühen Morgen war Birnbaum tadellos rasiert, gekämmt und gekleidet. Ich fand es immer wieder faszinierend zu beobachten, wie ihm im Laufe eines Arbeitstages ein Bart wuchs, die dunklen Haare verwuschelten und der Anzug zerknitterte. Es war ein Phänomen.

»Das sind nur ein paar Lockerungsübungen zur besseren Durchblutung des Gehirns«, sagte ich und sah kontrollehalber hinunter auf seine Schuhe. Diesmal trug er zwei zueinander passende Socken.

»Warum sagen Sie nicht einfach guten Morgen wie andere Leute auch?«, sagte Carla. Sie hasste Birnbaum immer noch.

»Jetzt tun Sie mir aber Unrecht. Ich war schon in Ihrem Büro, um Ihnen guten Morgen zu sagen, Frau Lautenbacher«, sagte er. »Aber es war niemand da, nur das Telefon hat wie verrückt geklingelt. Ich billige es allerdings voll und ganz, dass Sie etwas zur besseren Durchblutung Ihres Gehirns tun.«

Carla bedachte ihn mit einem hasserfüllten Blick und suchte nach einer Gegenbeleidigung.

»Wir testen nur die Pulsuhr«, sagte ich schleimschneckenmäßig, bevor Carla etwas sagen würde, was ihre Kündigung nach sich ziehen könnte.

Birnbaum kam näher und griff nach meinem Handgelenk. »Hundertfünfundzwanzig«, sagte er. »Ist das gut oder schlecht?«

»Das ist genau richtig«, sagte ich. »Es bedeutet nämlich, dass ich Fett verbrenne.«

Birnbaum zog eine Augenbraue hoch. »Was soll das heißen? Gibt es ab jetzt etwa keine Schokoküsse mehr bei Ihnen?«

»Nein«, sagte ich bedauernd. »Ich könnte Ihnen höchstens eine Möhre anbieten.«

»Was denn, du machst eine Diät, Hanna?« Marianne war hereingerauscht und ließ sich graziös an ihrem Schreibtisch nieder. »Nur weil ich gesagt habe, dein Hintern ist zu dick? Ich würde mich an deiner Stelle nicht quälen, Schätzchen. Manche Männer mögen es schön mollig, stimmt's, Herr Chefredakteur?«

»Ja, das soll es durchaus geben«, sagte Birnbaum.

Ich hatte das Gefühl, dass alle auf meinen Hintern starrten, und errötete zwangsläufig. Den Bauch kann man einziehen, den Hintern nicht.

»Meine Mutter sagt immer, Männer wollen was zum Anfassen haben«, fuhr Marianne fort. »Und du hast sogar so viel zum Anfassen, dass es bei dir locker für zwei Männer reichen würde, Hanna. Zwei Männer! Träumen wir da nicht alle von?«

Meine Gesichtsfarbe dürfte inzwischen einen reifen Tomatenton angenommen haben.

»Hanna tut das nicht für irgendwelche Männer, sondern ganz allein für sich selber«, sagte Carla. »Stimmt's, Hanna?«

Mein Telefon klingelte, und ich dankte Gott dafür, dass er mir auf diese Weise eine Antwort ersparte, sondern wandte mich meinem Schreibtisch und den anderen den Rücken zu. »Redaktion ANNIKA, Johanna Rübenstrunck, guten Tag.«

»Hanna, Mäuschen, halt dich fest. Es gibt Neuigkeiten!« Es war Alex, mein Exfreund, Sie wissen schon, der, von dem ich mich einvernehmlich getrennt hatte. So einvernehmlich, dass er mich immer noch Mäuschen nennen durfte. »Sitzt du auch?«

»Ja, klar«, log ich. Egal, was er zu sagen hatte, es würde mich schon nicht umhauen. Alex war nun mal einfach nicht der Typ, der einen umhaute. Er sagte, dass er vor zwei Stunden einen neuen Arbeitsvertrag unterschrieben habe.

»Fünf Prozent mehr Gehalt, einen dickeren Firmenwagen, und, was das Beste ist, die Firma hat ihren Sitz in Köln. Ab nächsten Monat bin ich also wieder in der Stadt. Na, da staunst du, was?«

»Ja«, sagte ich ihm zuliebe. »Wenn ich nicht schon gesessen hätte, wäre ich umgekippt!«

»Liebst du mich eigentlich immer noch, Mäuschen?«

»Natürlich liebe ich dich immer noch«, sagte ich, und das war die volle Wahrheit: Wenn ich einmal jemanden in mein Herz geschlossen hatte, dann blieb er dort für immer. »Aber was sagt Ariane dazu, dass du wieder nach Köln ziehst?« Ariane war meine Nachfolgerin. Sie und Alex hatten sich in München eine Wohnung geteilt.

»Ariane und ich haben uns getrennt. Ganz einvernehmlich«, sagte Alex.

»Ich habe nichts anderes von dir erwartet«, sagte ich. »Du bist also wieder Single, hm?«

»Ja. Es ist kein schlechtes Gefühl. Aber ich beschäftige mich doch mehr und mehr mit dem Gedanken, eine Familie zu gründen. Ich werde dieses Jahr fünfunddreißig. Und ich bekomme allmählich Geheimratsecken.«

»Ja, ja, wir werden alle nicht schöner«, sagte ich.

»Du kannst da gar nicht mitreden, du bist gerade mal Mitte zwanzig und in der Blüte deiner Jugend und Schönheit«, sagte Alex, und das zu hören war Labsal für meine geschundene Seele.

»Meinst du das ernst?«

»Natürlich, Mäuschen. Mit sechsundzwanzig ahnt man ja noch nicht, wie schnell das Alter zuschlagen kann. Ahnungslos lebt man vor sich hin, und dann, plötzlich, von einem Tag auf den anderen: Weitsichtigkeit, Krähenfüße, Haarausfall und Besenreiser. Und dann muss man sich mächtig anstrengen, um noch eine Frau zu erwischen. Du jugendlich-frisches Küken beispielsweise scheidest für einen alten Knacker wie mich schon mal ganz aus! Du würdest die Hände über dem Kopf zusammenschlagen, wenn du die Besenreiser an mir entdecken würdest!«

»An welcher Körperstelle hast du die denn?«

»Frag nicht! Du wirst sie nie zu Gesicht bekommen! Nein, nein, was mir vorschwebt, ist eine Frau mit ähnlichen Problemen wie ich.«

»Was denn, du willst eine Frau mit Geheimratsecken?«

»Du weißt schon, was ich meine. Ich will eine Frau, die den Zahn der Zeit auch schon an sich nagen fühlt ...«

»Oh, das ist toll. Da kann ich dir unbedingt weiterhelfen«, sagte ich.

»Wirklich? Ich hab nichts dagegen, mich verkuppeln zu lassen. Hör mal, Mäuschen, ich bin nächste Woche wieder in Köln, vielleicht können wir dann zusammen Mittag essen und das Thema etwas näher erläutern?«

»Das wäre schön«, sagte ich und machte mir einen entsprechenden Eintrag in meinem Kalender. Mit wem sollte ich ihn zuerst bekannt machen? Nicht mit Vivi, die kannte er schon, und sie war nicht sein Typ. Sonja vielleicht, oder, noch besser, Carla. Sie war diejenige, die es am eiligsten hatte. Und ohne Zweifel fühlte sie den Zahn der Zeit an sich nagen. Als ich mich umdrehte, sah ich, dass alle Anwesenden mein Gespräch belauscht hatten.

»Wer war das denn?«, fragte Birnbaum.

»Mein Exfreund«, antwortete ich brav, obwohl es ihn natürlich nicht das Geringste anging.

»Was denn? Der langweilige Alex?«, fragte Carla.

Birnbaum griff nach meinem Handgelenk und schaute auf die Pulsuhr. »Fünfundneunzig«, sagte er. »So langweilig kann er also nicht sein.«

»Das ist er auch nicht«, sagte ich mit Nachdruck.

In diesem Augenblick betrat eine junge Frau unser Büro, eine hochgewachsene Blondine, aber nicht vom Typ Barbiepuppe, sondern eher vom Typ Sarah Connor. Ich erkannte sie sofort wieder, das schmale, ein wenig herbe Gesicht, das lange blonde Haar, die langen, schlanken Beine und den winzig kleinen Popo, den sie so anmutig auf den Barhocker in der Sushibar geschoben hatte. Sie sah in jeder Beziehung umwerfend aus.

Es war Annika Fredemann, die Tochter vom Boss.

Birnbaum sah sie nicht sofort, weil er mit dem Rücken zur Tür stand und immer noch mein Handgelenk hielt, aber Marianne sah ihr vom Schreibtisch direkt ins Gesicht.

»Verlaufen?«, fragte sie unfreundlich. Marianne war bekennende Blondinenhasserin, und ganz offensichtlich wusste sie nicht, wen sie vor sich hatte. »Hier haben nur Leute Zutritt, die lesen und schreiben können.«

»Wie bitte?«, fragte Annika Fredemann irritiert. Carla und ich tauschten einen ziemlich schadenfrohen Blick. Normalerweise wäre ich Marianne jetzt beigesprungen, aber sie war in den letzten Tagen einfach zu ekelhaft zu mir gewesen, und deshalb ließ ich sie voll ins Messer laufen.

»Wie bitte?«, äffte Marianne Annika nach. »Auch noch schwerhörig, was? Ah, es ist wirklich so, wie ich immer sage: Blondinen müssten eigentlich einen Behindertenausweis mit sich führen.«

Inzwischen hatte Birnbaum meine Hand losgelassen und sich umgedreht. »Suchst du mich?«, fragte er.

Annika Fredemann lächelte erleichtert. »Da bist du ja, Adam.«

Marianne war zur Salzsäure erstarrt. Nur ihre Augen konnten sich noch bewegen. Sie schaute fassungslos von Annika zu Birnbaum und wieder zurück zu Annika.

Carla und ich lächelten fein.

»Es war gar nicht so einfach, dich zu finden«, sagte Annika Fredemann. »Du warst nicht in deinem Büro, und das Sekretariat war auch nicht besetzt. Ich habe eine schwangere Frau nach dir gefragt, aber sie hat angefangen zu heulen, als dein Name fiel. Schließlich hat mir eine ältere Dame mit Dackel den Tipp gegeben, in diesem Büro nach dir zu suchen.«

Birnbaum lachte. »Der Dackel heißt Paule und ist einer meiner fähigsten Mitarbeiter. Das hier« – er zeigte auf Carla, mich und die Salzsäule – »sind Frau Lautenbacher, die Sekretärin, Johanna Rübenstrunck und Marianne Schneider, Ressortleiterin für Aktuelles und Reportagen. Und das ist Annika Fredemann, die Taufpatin dieser Zeitschrift.«

»Sehr erfreut«, sagte Annika, wobei sie Marianne keines Blickes mehr würdigte. Zu meiner Verblüffung griff sie aber nach meiner Hand und schüttelte sie. »Johanna Rübenstrunck! Wie schön, Sie mal kennen zu lernen. Ich liebe Ihre Kolumnen. Ich lach mich regelmäßig kaputt darüber. Stimmt's, Adam?«

»Ja«, sagte Birnbaum. »Gehen wir rüber in mein Büro?«

Annika strahlte mich immer noch an. »Ich hab mich immer gefragt, wie Sie wohl aussehen. Also, ehrlich, ich hab Sie mir ganz anders vorgestellt.«

»Wie denn?«, hätte ich gerne gefragt, aber ich fürchtete mich ein wenig vor der Antwort, also lächelte ich nur, bis Birnbaum und Annika den Raum verlassen hatten. Merkwürdigerweise empfand ich Annikas Begeisterung für meine Kolumne als wenig schmeichelhaft. Plötzlich hatte ich nämlich den Verdacht, dass Birnbaum meine Kolumne nur mochte, weil seine Freundin sie mochte.

Marianne erwachte erst aus ihrer Erstarrung, als die Tür hinter Birnbaum ins Schloss fiel.

»Verdammter Mist«, sagte sie. »Ihr hättet mich auch warnen können!«

Carla warf mit einer affektierten Bewegung ihre Haare in den Nacken. »Ach, weißt du, Marianne«, sagte sie. »Wir Blondinen halten im Zweifel eben immer zusammen.«

»Und was mich betrifft: Ich saß auf meinem dicken Hintern fest«, sagte ich.

Marianne warf grollend ihren Computer an.

Mein Telefon klingelte wieder. »Redaktion ANNIKA, Johanna Rübenstrunck, was kann ich für Sie tun?«, fragte ich aufgekratzt.

»Gar nichts mehr«, sagte Vivis Stimme am anderen Ende der Leitung. »Jetzt ist es nämlich zu spät!«

»Wovon redest du, um Himmels willen? Und warum weinst du?«

»Es ist alles deine Schuld«, schluchzte Vivi. »Es war die Chance meines Lebens, und das wusstest du genau!«

»Vivi! Jetzt sag schon, was passiert ist!«

»Heute ist Mittwoch«, schluchzte Vivi. »Und du hast gesagt, du wolltest mich wecken.«

Oh Gott! Vivis Vorstellungsgespräch in der Werbeagentur! Ich sah auf die Uhr. Es war zehn nach zehn. »Oh, Vivi, das tut mir so Leid.« Hektisch blätterte ich in meinem Kalender. *7.00 Uhr Vivi wecken*, da stand es schwarz auf weiß. Wie hatte ich das nur vergessen können?

»Das nutzt mir jetzt auch nichts mehr«, schniefte Vivi. »Es war die Chance meines Lebens, und ich habe sie verpasst. Ich bin gerade erst aufgewacht. Der Wecker hat nicht geklingelt, und du hast nicht angerufen!«

»Oh, Vivi, Süße! Ich weiß auch nicht, wie das passieren konnte. Ich hatte es mir extra in den Kalender geschrieben. Aber ich war laufen, und danach habe ich die vielen Möhren für meinen Rohkosttag geschält, und dann bin ich in die Redaktion gefahren und …, oh Vivi, es tut mir so Leid.«

»Deine Entschuldigungen kannst du dir an den Hut stecken«, sagte Vivi und legte einfach auf.

Ich ließ mich auf meinen Schreibtischstuhl plumpsen und hätte am liebsten geheult.

»Was ist los?«, fragte Carla.

»Vivi hat ihr Vorstellungsgespräch verpasst! Meinetwegen! Ach Carla! Seit ich abnehmen will, geht einfach alles schief!«

10. Kapitel

Dass es ein schwarzer Tag für mich werden würde, hatte das Schneckenorakel mir ja schon um halb sieben in der Frühe prophezeit, und bis jetzt hatte es Recht behalten. Vivi war wirklich sauer auf mich. Ich hatte im Laufe des Tages noch ein paarmal versucht, sie zu erreichen, aber immer nur mit dem Anrufbeantworter sprechen dürfen. Ich machte mir schwere Vorwürfe, denn ich hatte ja geahnt, dass Vivis Wecker sie im Stich lassen würde. Arme Vivi. Jetzt war sie nicht nur vom Wecker, sondern auch von ihrer besten Freundin im Stich gelassen worden. Weil die nur noch ihre Diät und einen völlig unbekannten Mann im Kopf hatte, der zufälligerweise dreihundertsiebenundneunzig Punkte in einem albernen Partnerschaftstest erreicht hatte.

Pfui über mich!

Der Rohkosttag war ebenfalls eine Katastrophe gewesen. Nach der dritten Möhre hatte ich das Gefühl, auf einem Besenstiel herumzunagen, und die in appetitliche Streifen geschnittene Paprika schmeckte nach Schwimmflossen. Ich hielt die Tortur nur durch, weil Carla wie ein Schießhund aufpasste und ich mir unter Mariannes Blicken keine Blöße geben wollte.

Auf dem Nachhauseweg machte ich einen Zwischenstopp im Supermarkt. Ich hatte zwei Einkaufslisten, eine, die Toni mir in die Redaktion gefaxt hatte, und eine weitere, die Carla aufgestellt hatte. Auf der ersten Liste standen neben Windeln, Penatencreme und Bananen lauter leckere Tiefkühlspeisen, Fertiggerichte und Süßigkeiten, auf der zweiten Liste standen die Zutaten für eine Suppe, die für die nächsten sieben Tage meine Hauptnahrungsquelle darstellen sollte. Aber ich hatte es ja nicht anders verdient! Bußfertig legte ich einen Kohlkopf, Zwiebeln, Staudensellerie und Tomaten in meinen Einkaufswagen und fuhr im Laufschritt an den Schokoküssen vorbei.

Ich hatte fest vor, eine Kolumne über meine Diät zu schreiben, aber bis jetzt war sie eigentlich überhaupt nicht komisch, im Gegenteil. In der Kassenschlange wurde ich von meinem Hungergefühl so überwältigt, dass ich beinahe Tonis Familienpackung Kinderschokolade aufgerissen hätte. Gerade noch rechtzeitig erinnerte ich mich an die Karteikarten in meiner Handtasche und zog eine davon heraus.

»Akupressur als Appetitbremse«, las ich. »Mit dem Zeigefinger fest den Hungerpunkt drücken, der sich zwischen Mund und Nase befindet.«

Nun, möglicherweise war das ja etwas für meine Kolumne. Die Leute, die mich anstarrten, wie ich meinen Hungerpunkt drückte, schienen es jedenfalls komisch zu finden.

Es war sieben Uhr abends, als ich die Einkäufe auf Tonis Küchenarbeitsplatte schob und mich staunend umschaute. Es sah aus, als habe hier ein Wirbelsturm gewütet, der Boden war flächendeckend mit Spielzeug bedeckt, und in der Spüle stapelte sich das schmutzige Geschirr. Toni sah aus, als habe sie sich heute noch nicht die Haare gekämmt, und ihr Begrüßungslächeln fiel irgendwie gequält aus.

Unsere Begrüßungsworte gingen im allgemeinen Lärm unter. Leander brüllte, weil er Hunger hatte, und Finn und Henriette brüllten, weil das Sandmännchen soeben zu Ende gegangen war und Toni den Fernseher ausgeschaltet hatte. Irgendwo auf dem Fußboden bimmelte eine Spieluhr: »Guter Mond, du gehst so stille.«

»Will aber was gucken«, brüllte Finn, und Henriette schrie: »Blöde Mama! Doofe Mama! Arsch-Mama!«

»Wäääääh«, quäkte Leander.

Toni setzte sich mit dem Baby auf den Küchentisch und knöpfte ihre Bluse auf. Das »Wäääh«-Geschrei zumindest verstummte. Übrig blieb das Geplärre von Finn und Henriette.

»Du darfst dir das nicht gefallen lassen«, sagte ich.

»Ach nein?«, fragte Toni aggressiv. »Und was soll ich deiner Meinung nach dagegen tun?«

Ich drehte mich zu den Kindern um. »Es ist Bettgehzeit«, sagte ich streng. »Ihr geht jetzt sofort nach oben, putzt euch die Zähne und zieht euch die Schlafanzüge an.«

Nichts passierte, außer dass das Geplärre noch lauter wurde.

Toni zog ironisch eine Augenbraue hoch. »Ja, und am besten macht Henriette ihrem Bruder dann auch gleich eine frische Windel. Er kann ja dafür im Gegenzug ihr Bett frisch überziehen. Da hat nämlich der verdammte Hamster reingepinkelt, der seit heute Nachmittag spurlos verschwunden ist. Na ja, nicht ganz spurlos, natürlich. Er hat ja vorher noch ins Bett gepinkelt.«

Ich musste zugeben, dass die Sache nicht so einfach war, wie sie auf den ersten Blick ausgesehen hatte.

»Wo ist eigentlich Justus?«, fragte ich. »Ich finde, zumindest am Abend könnte er hier sein und seinen Teil zum Familienleben beisteuern.«

Toni stieß ein höhnisches Lachen aus. »Stell dir mal vor, das finde ich auch. Aber Justus sagt, damit wir überhaupt ein Familienleben haben, muss er eben Überstunden machen.«

»Toni? Wann wusstest du eigentlich, dass Justus der Richtige für dich war?«

»Na ja«, sagte Toni. »Als ich schwanger war und mir gar nichts anderes übrig blieb, als ihn zu heiraten, vermutlich.«

»Ich meine es ernst. Du musst es doch schon vorher gewusst haben, oder? Ich meine, bevor du mit ihm …?«

»Ja, gut möglich, dass ich ihn schon vorher für den Richtigen hielt«, sagte Toni. »Mondschein, ein paar Gläser Wein … Aber weißt du, dieses Gefühl verflüchtigt sich ziemlich schnell wieder. Henriette! Finger weg von der Zimmerlinde! Die ist neu und hat ein Vermögen gekostet.« Zu mir gewandt setzte sie hinzu: »Soll laut Feng Shui den Energiefluss in diesem Raum verbessern, sagt Mama. Na ja, lange wird sie wahrscheinlich nicht überleben, aber es war einen Versuch wert.«

»Ich glaube, eine Putzfrau würde das Raumklima noch mehr verbessern«, sagte ich.

»Ja, aber Justus will keine Putzfrau. Er sagt, er findet die Vorstellung unangenehm, dass andere Leute seinen Dreck wegmachen müssen.« Toni seufzte. Leander hatte seine Mahlzeit beendet (er war ein Schnelltrinker, das war sein Überlebenstrieb, den er bei seinen zwei älteren Geschwistern auch dringend benötigte), und Toni drückte ihn mir in die Arme.

»Achtung, wenn er sein Bäuerchen macht. Finn hat ihm heute morgen ein Stückchen Mandarine in den Mund geschoben, und es ist bis jetzt noch nicht wieder rausgekommen.« Sie drehte sich einmal um sich selbst. »Hast du jemals ein schrecklicheres Chaos gesehen, mich eingeschlossen?«

Ich schüttelte den Kopf. »Das kriegen wir schon wieder hin. Du bringst jetzt die Großen ins Bett, und ich mache hier unten Ordnung und klopfe Leander das Bäuerchen aus dem Bauch. Hast du eigentlich schon angefangen, Milch abzupumpen?«

»Literweise«, sagte Toni. »Aber können wir nicht tauschen? Ich mache hier Ordnung, und du bringst die Kinder ins Bett?«

»Von mir aus«, sagte ich. Aber die Kinder wollten lieber von ihrer »blöden Arsch-Mama« ins Bett gebracht werden. Nach dem Geschrei zu urteilen, das aus dem obersten Stockwerk drang, hatte ich mit dem Saubermachen die angenehmere Arbeit erwischt. Ich wartete Leanders Bäuerchen ab (die Mandarine kam wieder nicht mit), legte ihn in sein Hängekörbchen und begann aufzuräumen. Es kann eine durchaus befriedigende Sache sein sauber zu machen, wenn jeder Handgriff eine Verbesserung bedeutet. Ich räumte die Bilderbücher ins Regal, sortierte das Spielzeug in Kisten, kratzte den Dreck vom Esstisch und von Finns Kinderstühlchen, räumte die Spülmaschine ein und stellte sie an, spülte per Hand vier verkrustete Töpfe (alle mit Spinat), wischte die Arbeitsplatte feucht ab und polierte das Cerankochfeld. Weil von oben immer noch Gebrüll ertönte und auch Leander in seinem Körbchen noch vor sich hinquasselte, holte ich den Staubsauger aus der Kammer, saugte mehrere Kilogramm zerdrückte Butterkekse vom Sofa und vom Fußboden und kratzte mit dem blanken Rohr Mamas versteinerten Bulgureintopf von der Decke. Die Wirkung war frappierend, und das Ganze hatte einen äußerst angenehmen Nebeneffekt: Meine Pulsuhr zeigte hundertzweiundzwanzig Schläge pro Minute an.

Als ich den Staubsauger zurück in die Kammer gestellt hatte und gerade mit dem Putzen beginnen wollte (ein Großteil des Drecks war eine dauerhafte Verbindung mit dem Parkett und den Fliesen eingegangen und hatte sich nicht wegsaugen lassen), klingelte mein Handy.

»Und? Wie war das Laufen?«, fragte Carla.

»Oh, das Laufen! Also, bis jetzt bin ich noch nicht dazu gekommen, aber mein Puls ...«

»Hanna! Du alte Rübe! Keine Ausreden! Du ziehst dir jetzt sofort deine Turnschuhe an und joggst um den Block. Woggen reicht auch, solange dein Puls nur über hundertzwanzig ist!«

»Aber ...«

»Nicht aber!«, rief Carla streng. »Du willst dir doch heute keine Wolken in den Kalender malen, oder?«

Nein, das wollte ich natürlich nicht. Herrje! Wolken im Kalender, wie sollte ich das nur überleben?

Ich seufzte. »Es ist schon dunkel, Carla!«

»Das macht überhaupt nichts«, sagte Carla. »Es gibt ja schließlich Straßenlaternen.«

»Aber ich muss noch diese Suppe kochen ...«

»Hopp, hopp, in die Turnschuhe, du Rübe!«, rief Carla. »Denk an Boris!«

»Tut mir Leid«, sagte ich zu Toni, die mit hängenden Armen und Mundwinkeln die Treppe herabkam. »Ich muss jetzt leider gehen. Aber das Putzwasser ist noch warm …«

»Ja, danke«, sagte Toni zerstreut. »Vielleicht kann ich ja später noch baden. Jetzt muss ich aber erst mal den verfluchten Hamster finden. Du hast ihn nicht zufällig irgendwo gesehen?«

Ich schüttelte bedauernd den Kopf. »In der Kammer riecht es komisch. Vielleicht hat er sich ja da versteckt?«

»Nein«, sagte Toni. »Der Gestank kommt von der Flasche Milch, die dort ungefähr an Weihnachten ausgelaufen ist. Ein verwester Hamster riecht anders, das kannst du mir glauben. Außerdem ist er ja erst seit heute verschwunden. Ach, Hanna, kannst du nicht noch ein bisschen bleiben? Ich würde so gern mal mit einem erwachsenen Menschen reden.«

»Tut mir Leid, das geht nicht«, sagte ich. »Ich muss wirklich …«

»Schon klar«, sagte Toni und machte ein unbeschreiblich trauriges Gesicht. »Wir würden ja eh kaum sitzen, da würde schon wieder einer schreien, also, geh ruhig. Wenigstens einer von uns beiden sollte noch einen schönen Abend haben.«

Ich war mir ziemlich sicher, dass ich keinen schönen Abend mehr haben würde, aber ich ließ Toni trotzdem allein. Auf den Stufen vor ihrem Haus prallte ich beinahe gegen Justus, ihren Mann. Gott sei Dank! Jetzt würde sie doch nicht alleine sein müssen.

Justus küsste mich erfreut auf die Wange. »Hallo, Hanna, altes Karriereweib! Wir haben uns ja eine Ewigkeit nicht mehr gesehen.«

»Das sagt Toni auch von dir«, sagte ich. Ich würde mich besser fühlen, wenn ich den Schwarzen Peter an ihn weitergereicht hätte.

»Ja, ich weiß. Aber zur Zeit ist in der Kanzlei die Hölle los«, sagte Justus.

»Da drinnen auch«, sagte ich. »Wann hast du deine Kinder eigentlich das letzte Mal in wachem Zustand erlebt?«

Justus lachte. »Die kleinen Racker sind doch permanent wach! Damit ich am Morgen nicht vollkommen erledigt bin, schlafe ich zur Zeit im Gästezimmer. Aber auch da hört man das Gebrüll! Ich sage dir, mit so vielen Kindern wird es nie langweilig. Ich kann's nur weiterempfehlen.«

»Meinst du nicht, Toni würde auch gern mal eine Nacht durchschlafen?«

»Natürlich würde sie das gerne mal«, sagte Justus. »Aber im Augenblick ist daran gar nicht zu denken.«

»Es sei denn, du würdest mal für sie aufstehen«, sagte ich. Herrgott noch mal.

»Würde ich ja machen, aber ich kann nun mal nicht stillen. Und im Gegensatz zu Toni muss ich für den nächsten Tag fit sein. Ich verdiene nämlich unseren Lebensunterhalt, und drei Kinder kosten eine Menge Geld. Vor allem, weil sie ja auch mal groß werden und eine solide Ausbildung erhalten sollen.«

»Ja«, sagte ich. »Weißt du, ich frage mich, ob Toni wirklich so ein Glück mit dir gehabt hat. Wahrscheinlich fragt sie sich das auch.«

»Das glaube ich nicht«, sagte Justus. »Um ehrlich zu sein, ich glaube nicht, dass Toni sich überhaupt viele Fragen stellt. Ständig beschwert sie sich darüber, dass sie keinen erwachsenen Gesprächspartner hat, und wenn man dann mit ihr über etwas Weltpolitisches reden will, zum Beispiel über Scharon, fragt sie, wo das liegt.«

»Besser, als wenn sie fragen würde, in welchem Film er mitgespielt hat.« Mein Handy piepste. Carla hatte mir eine SMS geschickt: »hopp, hopp, hopp, alte Ruebe, in die Turnschuhe mit dir!«

Ich musste los. »Such den Hamster«, sagte ich zu Justus und ging zu meinem Auto. Vom Beifahrersitz lachte mir die Kiste mit dem Kohl, den Zwiebeln, dem Stangensellerie und den Tomaten entgegen.

Ja, das Leben war herrlich und der Abend noch jung.

Zu Hause saßen Helena, Philipp und Mama um den Küchentisch herum und hatten Tarot-Karten ausgelegt. Tarot-Karten waren Mamas Leidenschaft. Sie war überzeugt, ein echtes Medium zu sein.

»Wie schön, ihr lernt!«, sagte ich, während ich meinen Karton auf der Arbeitsplatte abstellte. »Wann schreibst du noch mal deine Klausur über obskure Zukunftsvoraussagetechniken, Philipp?«

»Pschschscht«, machte meine Mutter. »Ich muss mich konzentrieren.« Und dann sagte sie etwas von drei Schwertern in der Vergangenheit, die auf Helenas schwere Kindheit hindeuteten, und dem Hohepriester, der ihre Eltern und deren seelische Blockaden symbolisierte.

»Deine Mutter hat's echt voll drauf, ey«, flüsterte Helena begeistert. »Das ist alles genau so gewesen, ey.«

»Ja, ey, beeindruckend, ey«, sagte ich. Schwere Kindheit! Na klar, wahrscheinlich hatten Helenas Eltern darauf bestanden, dass sie sich regelmäßig wusch.

»Hast du was zu Essen mitgebracht, Hannilien?«, fragte Philipp.

»Sicher«, sagte ich. »Leckeren Kohl, gesunde Zwiebeln, schmackhaften Staudensellerie ... – ich mach da ein leckeres Süppchen draus, ganz ohne Salz. Da darfst du gerne was von abhaben.«

Philipp seufzte. »Ich fand dich viel netter, bevor du auf die hirnverbrannte Idee kamst abzunehmen.«

»Du findest das hirnverbrannt?« Etwas wie Hoffnung keimte in mir auf.

»Allerdings! Ich mag dich, wie du bist«, sagte Philipp mit Nachdruck. »Dick und patent! Ich hab doch schon zwei chaotische, dünne Schwestern, da brauch ich doch nicht noch eine dritte davon.«

Bis zu diesem Augenblick hatte ich zugegebenermaßen noch mit dem Gedanken gespielt, das abendliche Jogging ausfallen zu lassen, aber nach diesen Worten eilte ich stumm zu meinen Turnschuhen.

Dick und patent! Dick und patent! Im Rhythmus dieser schrecklichsten aller Beleidigungen joggte ich die Einfahrt hinunter.

Eine Weinbergschnecke kreuzte meinen Weg, und auf ihrem Rücken stand »heart« geschrieben. Ich sah auf meine Pulsuhr: Mein »heart« klopfte mit hundertsiebenundsechzig Schlägen pro Minute, die Uhr piepste sich die Seele aus dem Leib. So wurde das nie etwas. An der Straßenlaterne, an der ich schon am Morgen Halt gemacht hatte, blieb ich auch diesmal wieder stehen.

»Mindestens eine halbe Stunde im Fettverbrennungsbereich trainieren«, hatte Carla mir eingeschärft, und ich war gerade mal zwei Minuten unterwegs. Wenn man die Zeit mitrechnete, die ich gebraucht hatte, die Turnschuhe anzuziehen. Ich konnte also auf keinen Fall schon wieder nach Hause zurückkehren.

Keuchend wartete ich, bis der Puls auf hundertzwanzig zurückgegangen war, dann setzte ich mich erneut in Bewegung, diesmal kaum schneller als eine Weinbergschnecke. Im Zeitlupentempo trabte ich die dunkle Straße hinunter, bog in die Nebenstraße ein und atmete dabei so ruhig ein und aus, wie ich konnte. Es funktionierte: Der Puls blieb konstant bei hundertfünfundzwanzig Schlägen pro Minute.

Dies war das erste Erfolgserlebnis des Tages. Ich spürte förmlich, wie mein Körper mit der Fettverbrennung begann, und hoffte sehr, dass er an meinem Hintern damit anfangen würde.

Im Schneckentempo bog ich um eine dichte Hecke, und das war gut so, denn wäre ich schneller gewesen, wäre ich gegen einen anderen nächtlichen Jogger und seinen Hund geprallt, die urplötzlich aus einem Hauseingang kamen.

Der Hund war ein Golden Retriever.

Der Jogger war Birnbaum.

»Nanu, Johanna!«, sagte er. »Das ist aber ein lustiger Zufall.«

»Hiiiääääh«, japste ich. Ein Zufall war das ganz sicher, aber – lustig? Nein, das konnte ich beim besten Willen nicht finden. Carlas Pulsuhr gab schrille Alarmtöne von sich, obwohl ich stocksteif stehen geblieben war.

»Wohnen Sie hier in der Nähe?« fragte Birnbaum.

»Japs«, sagte ich. »Und Sie?«

Birnbaum zeigte auf das Haus hinter sich. »Meine Wohnung ist im zweiten Stock. Aber lassen Sie sich doch von mir nicht vom Laufen abhalten. Jakob und ich werden Sie einfach ein Stückchen begleiten, wenn Sie nichts dagegen haben. Wir joggen jeden Abend.«

Ich hatte sehr wohl etwas dagegen, und die Pulsuhr auch. Sie piepste immer noch wie verrückt, als ich mich wieder in Bewegung setzte. Aber wohl oder übel passte ich meine Schritte an Birnbaums Tempo an. Er lief in etwa so schnell wie ein Achthundert-Meter-Läufer im Endspurt. Seinem Hund war das noch nicht schnell genug. Er zerrte an der Leine.

»Erst, wenn wir im Park sind, Jakob«, sagte Birnbaum zu ihm. »Sie laufen doch auch in den Park, Johanna?«

»Hiiiiäääh, nein, da war ich hiääääschon«, brachte ich so deutlich es mir unter diesen Umständen möglich war, hervor. »Iiiiäääch bin auf dem Hääääääimweg.«

»Schade«, sagte Birnbaum. »Ich hätte gerne etwas Gesellschaft gehabt. Jakob ist nämlich nicht sehr gesprächig, vor allem abends nicht. Was ist das?«

Es war die Pulsuhr. Sie erlitt gerade eine Art elektronischen Kollaps. Verzweifelt hielt ich nach einer Straße Ausschau, in die ich abbiegen konnte, um in Ruhe zu sterben.

Birnbaum war ganz offensichtlich gut trainiert. Er konnte laufen und dabei mühelos plaudern. »Ich mache mir ein wenig Sorgen um die Stimmung in der Redaktion. Heute hat sich Anne Klostermann darüber beschwert, dass ich Sie alle beim Vornamen nenne, während Sie weiter Herr Birnbaum zu mir sagen müssten. Ich sagte ihr, das sei ein Missverständnis und dass sie mich selbstverständlich ebenfalls gerne beim Vornamen nennen dürfe, aber da wurde sie erst recht wütend. Sie bestand darauf, von nun an nur noch mit Frau

Klostermann angeredet zu werden. Wie reden Sie und die anderen mich eigentlich an, Johanna?«

»Hööö«, keuchte ich. Vor meinen Augen hatten sich rote Schleier gebildet. Wenn ich hätte sprechen können, hätte ich Birnbaum gern erklärt, dass ich ihn, um die Klippe geschickt zu umschiffen, in der Regel gar nicht ansprach. Und wenn ich über ihn sprach, dann hieß er schlicht Birnbaum. Ohne Herr. Damit kam er bei mir noch mit Abstand am besten weg. Leroy nannte ihn den »Mutierten«, für Marianne war er in der Regel »der fiese Oberarsch«, auch ohne Herr, und Carla nannte ihn abwechselnd »die Geißel der Menschheit« oder nur den »hundsgemeinen Kotzbrocken«.

»Ich denke, dass es in einer Zeitschriftenredaktion ruhig weniger steif zugehen darf als in der Vorstandsetage einer Bank? Was denken Sie?«, fragte Birnbaum.

Ja, was dachte ich? Es war schwer in Worte zu fassen: Mein ganzes Leben lief in Bildern an mir vorbei.

Da, endlich eine Nebenstraße!

»Das wird schon!«, keuchte ich und setzte mit allerletzter Kraft hinzu: »Da geht's nach Hause! Viel Spaß noch! Und bis morgen.«

»Ja, natürlich«, sagte Birnbaum etwas wehmütig. »Gute Nacht, Johanna.« Zu meiner großen Erleichterung trabte er mit seinem Hund geradeaus weiter. Ich warf mich bäuchlings über eine Mülltonnenabtrennung und hechelte etwa fünf Minuten, bis sich die roten Schleier vor meinen Augen lichteten. Dann schlich ich mich auf dem kürzesten Weg nach Hause. Auf dem ganzen Rückweg lag mein Puls im Fettverbrennungsbereich, und das obwohl ich mehr kroch als ging.

Zu Hause im Bad betrachtete ich mein puterrotes

Gesicht im Spiegel und verfluchte mein Schicksal. Ich malte mir, Carlas Regeln zum Trotz, vier dunkle Wolken in den Kalender: eine dafür, dass ich vergessen hatte, die arme Vivi zu wecken, eine dafür, dass ich die arme Toni im größten Chaos allein gelassen hatte, eine dafür, dass ich mich vor Birnbaum beim Joggen blamiert hatte, und die vierte dafür, dass ich bei all diesen Unerfreulichkeiten nicht einmal etwas Leckeres gegessen hatte.

Den Kalender legte ich in meine Nachttischkommode, gleich neben eine Tafel Pfefferminzschokolade.

Pfefferminzschokolade! Ich hatte sie vor ein paar Wochen gekauft und für alle Fälle in den Nachttisch gelegt. Falls mir einmal sehr nach Pfefferminzschokolade zumute sein sollte.

Genau das war jetzt der Fall.

11. Kapitel

Datum: 05.03. 23.11 Uhr
Empfänger: <Boris68>
Absender: <fairy33a>
Betreff: Keiner liebt mich

Lieber Boris!
  Kennst du eigentlich so etwas wie
Schuldgefühle? Vermutlich nicht, meiner
Erfahrung nach haben Männer keine
Schuldgefühle, es ist mehr eine frauen-
spezifische Sache, und Frauen sind auch
noch besonders gut darin, sich gegenseitig welche zu machen.
  Meine Schwester Toni zum Beispiel
ist eine Meisterin darin. Die Schuldgefühle, die ich ihr zu verdanken habe,
wiegen mindestens zehn Kilo, und das
ist in etwa auch die Menge Spargel,
die mein kleiner Neffe heute im Supermarkt vernichtet hat. Meine Schwester sagt, der Filialleiter sagt, es
handelt sich um Spargel im Wert von
mehreren hundert Euro, weil es zu
allem Überfluss auch noch welcher aus
biologisch-dynamischem Anbau gewesen

ist. Die Geschichte ist schnell erzählt:

Finn war für kurze Zeit allein in der
Gemüseabteilung geblieben, während Toni
mit den anderen beiden Kindern auf die
Kundentoilette geeilt war. Meine Nichte
Henriette muss nämlich grundsätzlich
Pipi, wenn man mit ihr unterwegs ist,
und Leander ist einer von den Säuglin-
gen mit gut funktionierendem Stuhlgang.
Bei einem Baby ist die Verdauung ein
ganz zentrales Thema, und ich kann mich
gut an die Worte der Hebamme erinnern:
»Einmal in neun Tagen oder neun mal
an einem Tag – dazwischen ist alles
normal.« Es ist klar, dass man mit
einem Einmal-in-neun-Tagen-Baby besser
bedient ist als mit einem Neun-mal-an-
einem-Tag-Baby, aber man kann es sich
nun mal nicht aussuchen. Obwohl Henriette zu allem Überfluss ihren Schuh ins
Klo warf, war Toni nur zehn Minuten
weg (sagt sie), aber diese zehn Minuten
genügten Finn, die Spargelstangen aus
ihrer Kiste zu ziehen und in möglichst
kleine Stücke zu brechen. Die kleinen
Stücke warf er auf dem Boden, wo sie
von diversen Einkaufswagen überrollt
wurden. Als Toni schließlich mit Baby
und der heulenden Henriette (sie trug
ja nun einen nassen Schuh) zurückkam,
hatte sich bereits ein großer Ring

aus Schaulustigen um Finn und den Edel-
gemüsehaufen gebildet. Alle schimpften
wie die Rohrspatzen, aber keiner hatte
einen Versuch gemacht, den guten Spargel zu retten. Der Filialleiter, der
gleichzeitig mit Toni an der Unglücks-
stelle eintraf, wurde vor Empörung giftig rot (sagt meine Schwester), und
erkannte zu allem Unglück in Finn
auch den kleinen Jungen wieder, der
vor einem Monat die Riesen-Nutellaglas-
Pyramide zum Einsturz gebracht hatte.
Das ist unser Familienfluch: Wegen der
roten Haare werden wir immer und überall wieder erkannt. Der Filialleiter
war ungewöhnlich kinderfeindlich (sagt
meine Schwester) und fragte nicht mal
nach dem tieferen Sinn des Spargel-
schlachtens. Es war nämlich nicht so,
dass Finn rein aus *bösartiger* Zerstörungswut gehandelt hatte, sondern aus
ganz *normaler* Zerstörungswut, derselben
ganz normalen Zerstörungswut, die ihn
gestern dazu bewogen hatte, mit einem
Hammer ein Muster in den Kühlschrank
und die Fronten der Einbauküche zu
schlagen. Dem Filialleiter genügte es
nicht, dass Toni ihre Haftpflichtversi-
cherung in den wärmsten Tönen anpries,
nein, er drohte mit einer Klage wegen
mutwilliger Verletzung der Aufsichts-
pflicht und Vandalismus und verhängte

zusätzlich ein Ladenverbot über Finn.
Und über Toni gleich mit, denn er
empfand ihren Einwand, man könne doch
noch Suppe aus dem Spargel kochen, als
blanken Hohn.

Das alles (sagt meine Schwester) sei
nur meine Schuld, denn ich konnte
sie nicht wie sonst zum Einkaufen begleiten.

Dass ich nicht mitgehen konnte, ist
mein Chefredakteur Schuld, aber wie gesagt, Männer kennen ja keine Schuldgefühle.

Ich wollte heute Nachmittag vier meiner ungefähr dreihundertfünfzig angesam-
melten Überstunden abfeiern, um mich
mit meinem Exfreund zum Mittagessen
zu treffen und anschließend Toni beim
Einkauf zu helfen. Aber gerade als ich
gehen wollte, kam Birnbaum (der Chefredakteur) aus seinem Büro gestürzt und
verlangte, dass ich den Termin einer
Kollegin übernahm. Besagte Kollegin
hatte sich ein paar Minuten vor mir
aus dem Staub gemacht, und zwar mit
der, wie ´ich finde, schlechten Ausrede,
im vierten Monat schwanger zu sein.
Nicht nur, dass ich ihren Termin übernehmen und den Nachmittag mit einer
Vermögens- und Rentenberaterin verbringen musste, nein, anschließend durfte
ich auch noch den Artikel dazu schrei-

ben: *Mit zwanzig schon an die Rente denken? Ja!*⊗

Ich bin gerade eben damit fertig geworden. Wenn du etwas über fondsgebundene Renditen wissen möchtest, dann frag ruhig.

Der Termin und der Artikel waren die reinste Strafarbeit für mich (ähnlich wie der, den ich letzte Woche völlig frei erfunden habe, über ein Pärchen, das sich in einem Testchat kennen gelernt hat), aber glaub bitte nicht, dass irgendjemand Mitleid mit mir hatte, im Gegenteil: Nicht nur meine Schwester, auch alle anderen sind sauer auf mich.

Mein Exfreund ist sauer auf mich, weil statt meiner meine Freundin Carla ins Restaurant gekommen war. Dabei hatte ich das aus purer Rücksichtnahme so eingefädelt, damit er nicht alleine essen musste. Obendrein kann es nicht schaden, die beiden miteinander bekannt zu machen: Er sucht eine Frau und sie einen Mann.

Aber Carla ist auch sauer auf mich, weil Alex (der Exfreund) nämlich angeblich so ein schrecklicher Langweiler ist und das Essen mit ihm eine Tortur war. Schade, ich hatte auf Liebe auf den ersten Blick gehofft. Die beiden passen nämlich hervorragend zueinander, aber offenbar benötigen sie noch etwas Zeit.

Alle, alle, versuchen, mir Schuldgefühle einzutrichtern.

Toni, weil ich nicht da war, um das Spargelmassaker zu verhindern.

Henriette und Finn, weil ihr Hamster in dem Eimer mit Putzwasser ertrunken ist, den ich letzte Woche angerührt hatte. (Wie ist der da überhaupt reingekommen? Zudem ist der Hamster erst vorgestern ertrunken, was bedeutet, dass das Putzwasser fünf Tage lang unbehelligt im Flur herumgestanden hat.)

Meine Freundin Vivi, weil sie meinetwegen letzte Woche ein Vorstellungsgespräch bei einer Werbeagentur verschlafen hat. Sie hat zwar einen neuen Job in Aussicht, aber der ist bei einer Firma für Heizungs- und Sanitärbedarf, und da gibt es weder gut aussehende noch gut verdienende Männer, sagt Vivi. Sie ist letzte Woche dreißig geworden, und dass sie jetzt keinen hochrangigen Werbekaufmann heiraten kann, ist ganz allein meine Schuld.

Aber es ist noch nicht zu Ende: Meine Mutter ist sauer auf mich, weil mein Bruder eine Sechs in Bio geschrieben hat. Ich, sagt meine Mutter, sei die Einzige gewesen, die den Ernst der Lage begriffen habe, und dennoch hätte ich

meine Hände untätig in den Schoß gelegt.

Philipp (mein Bruder, mit dem ich mir
die Wohnung teile) ist sauer auf mich,
weil ich seit Tagen das Einkaufen ver-
nachlässige, so dass unser Kühlschrank
leer und sein Gehirn unterzuckert ist.
Bekanntlich bleibt einem mit unterzu-
ckertem Gehirn gar nichts anderes übrig,
als Sechsen zu schreiben.

Mein Stiefvater ist sauer auf mich,
weil die schreckliche Freundin meines
Bruders immer noch bei uns wohnt und
unsere Weinbergschnecken mit schweini-
schen Worten bekritzelt. (Heute Morgen
bin ich über eine mit der Aufschrift
»lumbago« gestolpert, und ich musste
nachschlagen, was das heißt. Es ist das
englische Wort für »Hexenschuss«, hättest du's gewusst? Ich warte nur darauf,
dass mein Rücken zu schmerzen anfängt!)
Mein Stiefvater ist wie ich der Ansicht,
dass Helena (die schreckliche Freundin
meines Bruders) verschwinden muss, aber
irgendwie glaubt er, es sei allein
meine Aufgabe, sie rauszuschmeißen. Ich
bin bisher noch nicht dazu gekommen,
obwohl ich vorgestern kurz davor war,
als ich entdeckte, dass sie noch einen
weiteren Untermieter in die Wohnung
geschmuggelt hat: eine Ratte mit Namen
Amisor, die unter ihrem T-Shirt haust

und auf ihren verfilzten Haaren herumklettert.

Überflüssig zu sagen, dass Helena auch sauer auf mich ist, und zwar, weil ich mir die Freiheit genommen habe, ihre Klamotten zu waschen. Ich konnte ja nicht ahnen, dass die Sachen nur noch vom Dreck zusammengehalten wurden!

Richtig sauer und dabei auch noch gemein waren meine Kolleginnen Cordula und Marianne, als ich von dem nervenaufreibenden Termin mit der Renten-Tante in die Redaktion zurückkam. Birnbaum war natürlich längst gegangen, wahrscheinlich zum Golfen, und Carla war auch nicht mehr im Büro. Sie war nach dem Essen mit Alex so erschöpft, dass sie direkt nach Hause gegangen war.

Also war niemand da, um mich vor den Hyänen zu beschützen.

»Du nimmst anderen wohl gern die Arbeit weg, was?«, fragte Cordula, die das Ressort Kosmetik, Fitness und Diät leitet und stinkwütend ist, weil Birnbaum will, dass ich eine Reportage über eine so genannte Wellness-Tagesfarm im Bergischen Land übernehme. Auf dieser Tagesfarm werden neuartige Wickeltechniken praktiziert, mit denen man angeblich innerhalb weniger Stunden mehrere Kilogramm abnehmen kann und außerdem seine Cellulite für immer los wird. Cordula hatte den dazugehörigen Prospekt mit leuchtenden Augen in der Redaktionssitzung präsentiert, und Birnbaum hat zu meinem großen Erstaunen zugestimmt, eine Reportage darüber zu bringen. Aber:

»Ich will, dass es eine witzige Geschichte wird, in der die obskuren Methoden dieser Leute humorvoll unter die Lupe genommen werden«, hatte er gesagt, und Cordula hatte empört erwidert: »Das *sind* keine obskuren Methoden!«

»Sehen Sie, genau das meine ich«, hatte Birnbaum gesagt. »Ihnen fehlt einfach die kritische Distanz zu diesen Dingen. Ich möchte, dass Fairy« (– er sagte natürlich nicht Fairy, sondern meinen richtigen Namen –) »diese Sache übernimmt. Dann kann ich sicher sein, dass unsere Leserinnen etwas zum Lachen bekommen.«

Nun, das sollte wohl ein Kompliment sein, aber ich war ehrlich gesagt alles andere als erfreut über die Aussicht, mich demnächst in Zellophan und Algenschlamm wickeln zu lassen und daran auch noch etwas Komisches finden zu müssen. Das Schlimmste ist aber, dass Marianne und Cordula so taten, als hätte ich mich förmlich darum gerissen.

»Das ist mein Ressort«, sagte Cordula, die in der Redaktionssitzung nur noch beleidigt geschwiegen hatte, aber jetzt

ihren Mut wiedergefunden hatte. Natürlich, denn nun war ich ja wehrlos und
allein. »Du hast doch überhaupt keine
Ahnung von nichts! Aber bitte, du wirst
schon sehen, was du davon hast.«

Und Marianne, die alte Giftspritze,
meinte: »Unsere Fairy« (– natürlich
sagte auch sie nicht Fairy, sondern meinen richtigen Namen –) »schleimt sich
still und leise auf einen höheren Posten. Aber wenn dir dein Job lieb ist,
Cordula, legst du dich besser nicht
mit ihr an: Sie ist das Lieblingskind
unseres Chefs, und der wiederum bumst
die Tochter vom Oberboss.«

Und dann lachte Marianne hämisch, und
Cordula grinste fies. Na ja, das tut sie
eigentlich immer, die Ärmste, seit sie
sich bei einer Reportage über Permanent-
Make-up ein Dauergrinsen ins Gesicht hat
tätowieren lassen.

Warum ich dir alles schreibe? Nun,
ganz einfach: Nachdem du diese depri-
mierende Kette von Ereignissen gelesen
hast (alle an einem einzigen Tag!),
wirst du es wohl nicht wagen, mir auch
noch Schuldgefühle einzureden, weil ich
diese Woche schon wieder keine Zeit
hatte?!?

 *lol Fairy

 P.S. Bei dem ganzen Stress esse ich
viel zu viel. Wärst du sehr enttäuscht,

wenn ich bei unserem Treffen statt Größe
36 Größe 38 tragen würde?

Datum: 05.03. 23.54 Uhr
Empfänger: <fairy33a>
Absender: <Boris68>
Betreff: Re: Keiner liebt mich

Meine arme, schuldbeladene Fairy!
   Ich wäre wirklich der Letzte, der dir
Vorwürfe machte, nur weil du keine Zeit
hast. Aber ich fürchte, es ist nur
eine faule Ausrede. Allmählich habe ich
nämlich den Verdacht, dass du Angst vor
mir hast. Ich hätte dir das mit den
Tiernamen niemals erzählen sollen. Dabei
brauchst du jetzt, wo alle auf dich
sauer sind, mehr denn je einen Freund
wie mich. Ich würde dich auf andere Gedanken bringen, so viel ist mal sicher.
Morgen abend um acht bei Rosito? Ich
werde allein an einem Tisch sitzen und
mein Lieblingsbuch lesen. Bringst du
deins auch mit?
   B.

Aufgeschreckt griff ich zum Telefon und wählte Carlas
Nummer.
   »A a au en erger?«
   »Carla? Hast du schon geschlafen?«
   »Ein! Arte!«
   »Du schaust was auf Arte?«

»Nein! Hast du's nicht knirschen gehört? Ich habe so eine verdammte Maske im Gesicht, und ich wollte verhindern, dass sie auf den Teppich rieselt. Zu spät. Ich war auf dem Sofa eingeschlafen, und das Zeug ist steinhart geworden. Wie spät ist es?«

»Mitternacht«, sagte ich. »Ich hätte dich nicht geweckt, wenn es nicht wirklich dringend wäre.«

»Okay, ganz ruhig«, sagte Carla. »Diese Heißhungeranfälle bekommt man am besten mit autogenem Training in den Griff. Du musst jetzt tief ein- und ausatmen. Schließ die Augen und denk an eine grüne Wiese. Du bist gaaaaanz ruhig, du bist satt und zufrieden ...«

»Carla! Hör mit dem Blödsinn auf! Ich habe keinen Hunger, es ist wegen Boris. Er will mich treffen, und ich habe mittlerweile doch schon so oft abgesagt ...«

»Wann will er dich treffen?«

»Morgen Abend. Das heißt, heute Abend, um genau zu sein.« Die Uhr war soeben auf eine Minute nach Mitternacht vorgerückt. »Was soll ich nur machen? Wenn ich wieder absage, wird er Verdacht schöpfen oder die Lust verlieren.«

»Dann geh hin«, sagte Carla.

»Unmöglich. Bis morgen abend werde ich es niemals schaffen in Größe 36 zu passen. Oder wenigstens in 38.«

»Natürlich nicht. Aber du musst trotzdem hingehen, inkognito. Es ist eine gute Gelegenheit, um abzuchecken, ob er nicht doch ein fetter, ungewaschener Glatzkopf ist.«

»Und was hab ich davon?«

»Wenn er so nett aussieht, wie wir alle hoffen, dass er ist, wirst du dich hinsetzen und eine wirklich plausible Entschuldigung an ihn mailen, warum du nicht gekommen bist. Du bist vom Auto angefahren worden und liegst im Krankenhaus oder sonst irgendetwas Dramatisches, das er dir auf keinen Fall übel nehmen kann. Die Aktion gibt dir die Sicherheit, deine Zeit und Mühe an den Richtigen zu verschwenden, und obendrein verschafft es dir eine weitere Galgenfrist.«

»Okay, dann mail ich ihm jetzt, dass ich mich mit ihm treffen werde«, sagte ich.

»Ja, und ich sauge diese verdammte Maske vom Teppich«, sagte Carla. »Ach ja, und keine Angst: Ich komme natürlich mit dir zu eurem Treffpunkt. Du musst das nicht allein durchstehen.«

»Oh, wunderbar. Danke.«

»Ich bin sicher, die anderen werden sich auch Zeit nehmen«, sagte Carla. »Das ist schließlich ein Notfall.«

»Ja, absolut.«

»Und je mehr wir sind, desto weniger wirst du auffallen. Also los: Schreib ihm, dass wir kommen.«

Das schrieb ich natürlich nicht. Es wäre ziemlich dumm gewesen.

Datum: 06.03. 00.11 Uhr
Empfänger: <Boris68>
Absender: <fairy33a>
Betreff: heute 20 Uhr bei Rosito

O.K., Boris. Dann wird es jetzt ernst.
Was für ein Buch wirst du lesen? Ich möchte mich mit Jane Austens »Stolz und Vorurteil« ungern zu einem Typ setzen, der Stephen King vergöttert.
Fairy

Datum: 06.03. 00.14 Uhr
Empfänger: <fairy33a>
Absender: <Boris68>
Betreff: Re: heute 20 Uhr bei Rosito

Stolz und Vorurteil ist, wenn ich mich nicht täusche, auch das Buch, das Meg Ryan in »E-Mail für dich« liest. (Kam gestern im Fernsehen, hast du's gesehen?) Zufall oder Absicht?
  B.

Datum: 06.03. 00.18 Uhr
Empfänger: <Boris68>
Absender: <Fairy33a>
Betreff: Stolz und Vorurteil

Das ist kein Zufall, mein lieber Boris, und du weißt wenig über Frauen, wenn du so etwas fragst. Alle Frauen lieben dieses Buch. Und alle Frauen wünschen sich einen Mann wie Mr. Darcy. Ohne Ausnahme. Also, was wirst du lesen?
  Fairy

Datum: 06.03. 00.22 Uhr
Empfänger: <fairy33a>
Absender: <Boris68>
Betreff: Re: Stolz und Vorurteil

Du lässt mir ja keine Wahl: Ich werde »Stolz und Vorurteil« lesen. Ich will

endlich wissen, wie Frauen ticken. Und
was dieser Mr. Darcy für einer ist.
  Bis nachher. Schlaf schön.
  B.

12. Kapitel

Obwohl ich ja nicht vorhatte, mich Boris vorzustellen, machte ich mich so sorgfältig zurecht wie schon lange nicht mehr, und zwar auch da, wo man es überhaupt nicht sehen konnte.

Zuerst lief ich meine Runde um den Block. Wenn Birnbaum dabei nicht meinen Weg kreuzte, schaffte ich es mittlerweile mit konstantem Puls eine halbe Stunde am Stück zu laufen – oder was man so laufen nennt. Es war mir durchaus bewusst, dass man bei meinem Anblick vermuten konnte, ich hätte gerade eine Herzverpflanzung hinter mich gebracht, aber das war mir egal. Anschließend duschte ich, am Ende sogar kalt, denn »Kältereize regen die Fettverbrennung an«, stand auf meiner Karteikarte. Meine Haare erhielten eine Kurpackung, mein Gesicht ein Salz- und Honigpeeling, und die Beine eine Rasur (das machte ich sonst nur samstags). Anschließend cremte ich mich am ganzen Körper ein und stellte mich erwartungsfroh vor den Spiegel. Womöglich hatten sich die Hungerei und das abendliche Laufen ja schon ausgezahlt.

Nein, wie eine Fee sah ich leider immer noch nicht aus. Eher wie ein Schneemann. Ein Schneemann mit Taille. »Auf die Sonnenbank gehen«, hatte Carla auf eine der Karteikarten geschrieben, und sie, Vivi und Sonja waren sich einig gewesen, dass Fettrollen gleich viel appetitlicher aussähen, wenn sie braun waren. Aber ich war bis jetzt noch nicht dazu gekommen. Außerdem wurde ich nicht braun, sondern höchstens braungefleckt, und ob das der Sache förderlich war, sei mal dahingestellt.

Ich hielt mich auch nicht lange mit Vergleichen vor dem Spiegel auf, sondern holte zur Feier des Tages meine schwarze Bauch-weg-Unterhose und den schwarzen Minimizer-BH hervor, der angeblich eine ganze Körbchengröße optisch wegmogelte. Darüber trug ich meine Lieblingshose in Siebenachtel- oder Dreiviertellänge (das wusste man bei mir nie so genau), dazu schwarze Stiefel mit hohem, aber dennoch bequemem Absatz. Die Hose war aus Stretch und hauteng, dafür war das Oberteil ein Sack, der weit über den Hintern reichte. Aber es war ein tief ausgeschnittener Sack aus einem glatt gestrickten Wolle-Seide-Gemisch, und für einen Sack sah er ausgesprochen edel aus. Der Carrée-Ausschnitt betonte meinen langen Hals, und meine Schlüsselbeinknochen waren deutlich erkennbar. Deutlicher musste es, wenn es nach mir ging, gar nicht mehr werden, ich mochte es nicht, wenn die Schlüsselbeine skelettartig hervorragten und man die einzelnen Knorpel der Brustplatte erkennen konnte, wie das zum Beispiel bei Vivi der Fall war. Oder bei Helena. Sie hatte heute Morgen in der Küche gestanden, wie immer nur mit einer Unterhose und ihrer Ratte bekleidet, die husch, husch, mal jene und mal jene Körperstelle bedeckte, uuäääh. Ich hatte die Gelegenheit gehabt, die weibliche Skelettstruktur einmal en Detail zu studieren. Ja, manchmal mag man gar nicht glauben, an welchen Stellen sich tatsächlich Knochen unter dem Fleisch befinden. Das heißt, bei Helena befanden sie sich direkt unter der Haut, Fleisch hatte sie keins.

»Was guckste so neidisch?«, hatte sie pampig wie üblich gefragt.

»Ich studiere nur deine Tätowierung«, hatte ich erwidert. Tatsächlich hatte sie eine ziemlich große in Brusthöhe, Eidechsen und Schlangen, die das Wort »devil« bildeten. Nicht sehr originell. »Press here« oder »an dieser Stelle sollte sich eigentlich eine weibliche Brust befinden«, hätte ich origineller gefunden.

»Das is der Name von nem Freund von mir, ey«, hatte Helena gesagt, und ich hoffte nun inständig, dass dieser Freund niemals auf die Idee kommen würde, sie zu besuchen, so lange sie bei uns wohnte.

Nachdem ich mich geschminkt und frisiert hatte, sah ich noch einmal in den Spiegel, und diesmal hatte ich mit einem Schneemann nichts mehr gemein. Ich sah toll aus, wie ein Model für Übergrößen. (Die sind gar nicht dick, ist Ihnen das mal aufgefallen?)

Als ich gehen wollte, kam gerade meine Mutter mit einer Auflaufform zur Tür hinein. »Das ist vom Mittagessen übrig geblieben. Tofuauflauf mit Blattspinat und gerösteten Sonnenblumenkernen. Damit Philipp mal wieder was in den Magen bekommt.« Letzteres sollte wohl ein versteckter Vorwurf sein, aber er traf mich nicht: Es ist immer noch besser, nichts zu essen als etwas von dem, was meine Mutter gekocht hat.

Ich sah auf die braun-grünliche Masse in der Auflaufform und sagte: »Da wird er sich aber unheimlich drüber freuen, Mama.«

Meine Mutter betrachtete mich von Kopf bis Fuß. »Du

hast dich ja so fein gemacht. Gehst du zu den Weight-watchers?«

»Ja, wenn du Sonja, Carla und Vivi so nennen willst«, sagte ich.

Mama legte mir eine Hand auf den Arm. »Weißt du, ich finde das wunderbar, dass du abnehmen willst, Schätzchen. Natürlich lieben wir dich alle so wie du bist, ganz gleich, wie du auch aussehen magst. Aber wenn du dich mit zehn, zwanzig Kilo besser fühlst, dann stehen wir dir nicht im Weg. Und es ist auch völlig in Ordnung, dass du im Augenblick nur an dich selber denkst, auch wenn dein Bruder deine Hilfe weiß Gott nötig hätte. Wirklich, ich habe dafür vollstes Verständnis, und ich möchte mich dafür entschuldigen, dass ich dir Vorwürfe gemacht habe. Du hast jetzt eine Menge aufzuarbeiten: Warum du überhaupt so dick geworden bist und welcher Teil deiner Persönlichkeit dafür verantwortlich ist. Weißt du, es ist gut möglich, dass du diese Last noch aus einem früheren Leben mit dir herumschleppst. Du warst schon als Baby so verfressen. Goldig, aber verfressen. Wenn ich dich gelassen hätte, hättest du den ganzen Tag an meiner Brust gehangen … Möglicherweise hast du in einem früheren Leben Hunger gelitten und beschlossen, das nie wieder erleben zu müssen. Du solltest eine Rückführung machen, um der Sache auf den Grund zu gehen.«

»Ja, sicher«, sagte ich. »Wenn ich mal Zeit habe, komme ich gerne darauf zurück.«

Rosito war kein Vier-Sterne-Restaurant, aber schon eines der gehobeneren Kategorie. Die Tischdecken waren blütenweiß, Besteck und Gläser blinkten stets makellos, und die Blumenarrangements waren geschmackvoll und teuer. Carla hatte einen Tisch im vorderen Bereich reserviert, von dem aus man sowohl die Tür als auch die anderen Tische gut im Blick hatte. Carla, Vivi und Sonja saßen schon dort, und sie hatten mir den besten Platz freigehalten.

»Boris ist noch nicht da«, sagte Carla, als sie meinen prüfenden Blick sah, jenen gewissen Rundum-Schwenk, der sonst ihre Spezialität war. »Hier gibt es nur Paare oder Greise, und die lesen alle nur die Speisekarte.«

»Schön, dass ihr alle gekommen seid«, sagte ich.

»Ich bitte dich, das war doch Ehrensache«, sagte Sonja. »Du siehst gut aus. Hast du schon was abgenommen?«

»Ich finde auch, du siehst schon schlanker aus«, sagte Carla. »Schade, dass du keine Waage hast, dann wüssten wir's genau.«

»Schwarz macht schlank«, sagte Vivi. »Und die hohen Absätze strecken ungemein. Solltest du öfter anziehen.«

Ich war froh, dass sie offenbar beschlossen hatte, wieder mit mir zu sprechen. »Was macht dein neuer Job?«, fragte ich sie, und ihr Gesicht verdüsterte sich.

»Ich habe heute den Vertrag unterschrieben«, sagte sie. »Und Montag fange ich an. Ich werde per Telefon lauter tolle Männer in Overalls, die ihre Bierbäuche wunderbar zur Geltung bringen, quer durch die Stadt dirigieren, von einem verstopften Klo zum nächsten. Es ist ein sehr verantwortungsvoller Posten, den ich ganz alleine dir zu verdanken habe, Hanna.«

»Ich finde, allmählich ist genug Asche über mein Haupt gestreut worden«, sagte ich. »Mehr als entschuldigen kann ich wirklich nicht. Ich hätte wissen müssen, dass dein Wecker nicht funktioniert.«

»Schon gut«, seufzte Vivi. »Ich habe dir ja längst verziehen. Es ist eben mein Schicksal, Single zu bleiben und miese Jobs zu machen. Und ab und an mit meinem Exfreund zu schlafen. Obwohl, ich bin mir nicht sicher, ob Max sich noch mal melden wird: Beim letzten Mal war ich so pleite, dass ich ihm kein Geld leihen konnte.«

»Keine Sorge, wenn Max hört, dass du wieder einen Job hast, wird er schon wieder auftauchen«, sagte Sonja tröstend.

Der Kellner kam, und ich bestellte ein Mineralwasser und ein Glas Rotwein.

»Nein«, sagte Carla und lächelte den Kellner entschuldigend an. »Sie nimmt keinen Rotwein. Sie hat vergessen, dass sie gerade auf Diät ist. Aber uns können Sie noch einen halben Liter bringen. Ach was, der erste war so schnell weg, bringen Sie uns gleich einen ganzen Liter.«

Der Kellner schenkte mir einen, wie ich fand, mitleidigen Blick. Ich sah auf die Uhr. Es war eine Minute vor acht. Jeden Augenblick konnte Boris durch die Türe treten. Mein Mund war ganz trocken vor Aufregung. Ohne Alkohol würde ich das hier nicht überleben. Es war ungerecht, dass die anderen sich einen hinter die Binde kippen durften, während ausgerechnet ich nüchtern bleiben musste.

»Aber sonst hast du auf einen Schlag alles wieder drauf, was du in der letzten Woche abgenommen hast«, sagte Sonja. »Und das willst du doch nicht, oder?«

»Nein.«

»Keine Angst«, sagte Carla. »Wir sind ja bei dir. Prost, Mädels.«

Alle starrten wir auf die Tür.

»Ich bin so gespannt, wie er aussieht«, sagte Sonja.

»Ich bete, dass er noch seine Haare hat«, wisperte Vivi.

»Und über einen Meter fünfundsiebzig groß ist«, sagte Carla. »Wir wollen doch keinen von diesen Napoleon-Komplex-Kerlen.«

»Und bitte, bitte kein Goldkettchen«, flüsterte Sonja.

»Amen«, sagte Vivi.

»Hey, Mädels«, sagte ich. »Es ist mein Rendezvous, schon vergessen?« Ich musste etwas unternehmen, um die Aufmerksamkeit von der Tür abzuwenden. »Apropos Rendezvous. Ich habe vorhin noch mit Alex telefoniert, Carla. Er hat gesagt, du hättest zwar unmögliche Manieren, aber wirklich tolle Titten.«

»Das sagen sie immer, bevor sie mich ohne Wonderbra gesehen habe«, sagte Carla. »Aber was heißt hier unmögliche Manieren? Nur weil ich mein Dressing auf einem Extrateller haben wollte? Hat er Harry und Sally nicht gesehen?«

»Nein, er fand es nur unmöglich, dass du während des Essens die ganze Zeit zu dem Mann am Nachbartisch geschaut hast.«

»Ach so, ja. Der sah aber auch lecker aus. Ich hätte gern seine Telefonnummer gehabt.«

»Du hättest Alex nach seiner fragen sollen.«

»Phhh«, machte Carla. »Er hätte mich ja nach meiner fragen können, wenn er meine Titten wirklich so toll fand. Aber er hat die ganze Zeit nur über so langweiliges Zeug von seinem langweiligen Job geredet. Und über dich.«

»Sein langweiliger Job bringt Alex immerhin achtzigtausend Euro im Jahr«, sagte ich hinterlistig. »Und er ist nun mal nicht so ein triebgesteuerter Typ. Eine Frau muss schon mehr zu bieten haben als tolle Titten.«

»Ach, ja?« Carla schnaubte empört. »Und habe ich das etwa nicht?«

»Achtzigtausend Euro?«, fragte Vivi. »Oh mein Gott! Warum hast du den laufen lassen, Hanna?«

»Er war hundsmiserabel im Bett, stimmt's?«, sagte Sonja.

»Nein, das war er nicht«, sagte ich wahrheitsgemäß und warf einen schnellen Seitenblick auf Carla. Sie kaute nachdenklich auf ihrer Unterlippe. Das war gut. Ganz und gar nicht wahrheitsgemäß schürte ich das Feuer weiter: »Ich war ihm allerdings nicht experimentierfreudig genug. Alex hatte etwas gegen Routine im Bett. Ach, was sag ich, im Bett haben wir's ja leider nur allzu selten getrieben ...«

»Wo denn?«, wollten Vivi und Sonja wissen, Carla fuhr sich nur gedankenverloren mit der Zunge über die Oberlippe.

»Fragt mich lieber, wo wir's nicht getan haben«, sagte ich und sah wieder zur Tür hinüber.

Sofort wandten auch meine Freundinnen wieder ihre Köpfe dorthin.

»Ich verstehe nicht, wieso du immer noch nicht rausgekriegt hast, was Boris von Beruf ist«, sagte Sonja. »Dann hätten wir jetzt wenigstens einen Anhaltspunkt.«

»Ich habe ihn danach gefragt, aber er ist der Frage geschickt ausgewichen«, sagte ich.

»Vielleicht ist er ja arbeitslos«, sagte Carla.

»Nein, das glaube ich nicht. Ich habe ihn gefragt, wer seine Hemden bügelt ...«

»Sehr gut! Eine Fangfrage«, sagte Sonja.

»... und er hat geantwortet, die Wäscherei. Wenn er arbeitslos wäre, könnte er sich das nicht leisten.«

»Außerdem bräuchte er ja dann auch keine Hemden zu tragen«, sagte Carla. »Aber schade: Arzt ist er schon mal nicht. Die tragen nur T-Shirts unter ihren Kitteln.«

»Vielleicht ist er ja in der Werbebranche«, sagte Vivi seufzend. »Ich würde es dir gönnen, Hanna.«

»Pünktlich ist er aber nicht«, sagte Sonja. »Es ist schon zwanzig nach acht.«

»Vielleicht macht er es ja wie Hanna und ist inkognito da«, sagte Carla, wobei sie sich verschwörerisch umsah. »Es könnte im Grunde jeder von denen hier sein.«

Ich musterte die Familien, Pärchen und Gruppen an den anderen Tischen und nickte. »Wenn ja, dann hat er sich perfekt getarnt.«

»Was machen wir denn, wenn er nicht kommt?«, fragte Vivi. »Ich meine, hier ist es ziemlich teuer, und solange wir noch nichts bestellt haben, können wir jederzeit wieder gehen.«

»Keine Sorge, ich lade dich ein«, sagte ich und nahm die Speisekarte in die Hand. »Wenn wir nicht auffallen wollen, müssen wir schon was essen.« Das war der beste Teil an der ganzen Aktion, auch wenn ich nur bestellen durfte, was Sonja, Vivi und Carla für kalorienarm genug befanden.

Das Essen kam, aber Boris nicht. Das heißt, es kam niemand mit einem Buch unterm Arm herein, und der einzige Mann, der ohne Begleitung kam, war über sechzig.

»Tja, der kommt nicht mehr«, sagte Sonja schließlich.

»So ein Feigling«, sagte Vivi.

»Das verstehe ich nicht«, sagte Carla mit schwerer Zunge. Mittlerweile hatte der Kellner schon die dritte Karaffe mit Rotwein auf den Tisch gestellt.

»Vielleicht ist er ja von einem Auto angefahren worden und liegt im Krankenhaus«, sagte ich spöttisch. Ich war zwar enttäuscht, aber auch irgendwie erleichtert. Die ganze Aktion war mir nicht geheuer gewesen. Und das Essen tröstete mich ungemein. Schon lange war ich nicht mehr so satt geworden. Fehlte nur noch Rotwein auch für mich, dann wäre der Abend gänzlich gerettet gewesen.

Vivi ließ mich immerhin einmal an ihrem Glas nippen.

Es war schon nach zehn, und wir hatten längst aufgehört, Löcher in die Tür zu starren, als Carla leise aufquiekte.

»Oh nein! Nicht schon wieder«, stöhnte sie. »Dieser hundsgemeine Kotzbrocken! Warum muss er immer ausgerechnet da auftauchen, wo wir sind?«

»Wer denn? Birnbaum?«, fragte ich und drehte mich um. Tatsächlich. Unser Chefredakteur ließ sich soeben von einem beflissenen Kellner den Mantel abnehmen und sah dabei mehr denn je aus wie George Clooney.

»Guck bloß weg«, zischte Carla, aber es war schon zu spät: Birnbaum hatte uns entdeckt und kam mit einem breiten Grinsen im Gesicht auf uns zu. Ich konnte nicht anders, ich musste zurückgrinsen. Birnbaum verstand es, auf die unterschiedlichste Art und Weise zu lächeln, perfide, ironisch oder so wie jetzt, ansteckend und jungenhaft. Das mochte ich am liebsten.

Seine Laune war offensichtlich blendend.

»Johanna! Frau Lautenbacher«, sagte er. Er sah für

diese Tageszeit recht ordentlich aus, er musste sich nach der Arbeit umgezogen und gekämmt haben. Nur rasiert war er nicht, aber man konnte schlecht von ihm verlangen, dass er das zweimal täglich tat. »Das ist aber nett, Sie hier zu treffen.«

»Das war aber ganz bestimmt nicht unsere Absicht«, knurrte Carla.

Birnbaum störte sich nicht an ihren Worten. Er zog sich einen freien Stuhl vom Nachbartisch heran und setzte sich zu uns. »Na, wollen Sie uns nicht bekannt machen?«, fragte er fröhlich.

»Nicht wenn es sich irgendwie vermeiden lässt«, sagte Carla, aber ich sagte höflich: »Das sind Vivien Peterle und Sonja Möhring.« Wie ich Birnbaum vorstellen sollte, wusste ich nicht. Nur »Birnbaum« konnte ich nicht sagen, »Herr Birnbaum« wäre zu steif gewesen, und »Adam Birnbaum« irgendwie zu vertraulich. Also sagte ich gar nichts.

Das war aber auch nicht nötig.

»Hallo«, zwitscherte Sonja und strich sich kokett eine Haarsträhne aus dem Gesicht. Vivi lächelte nur und sah dabei so zart und blond und porzellanprinzessinnenhaft aus wie schon lange nicht mehr. Wahrscheinlich überlegte sie gerade, wie viel Chefredakteure so im Jahr verdienten. Ich selbst empfand einen gewissen Besitzerstolz: Schließlich war es mein Chef, der hier so nett lächelte.

Nur Carla war gegen Birnbaums Charme immun. Vielleicht war sie aber auch einfach nur betrunken.

»Haben Sie denn keine eigenen Freunde, Sie Ärmster?«, fragte sie.

»Doch, aber die kommen erst in zehn Minuten«, sagte

Birnbaum. »So lange kann ich Ihnen Gesellschaft leisten. Also« – er strahlte Vivi und Sonja an – »ich bin Adam Birnbaum, der Chefredakteur von ANNIKA. Was immer Frau Lautenbacher Ihnen auch über mich erzählt haben mag, es ist nicht wahr.« Das Lächeln, das seinen Dreitagebart teilte, war absolut entwaffnend.

»Ich hab es ohnehin nicht geglaubt«, versicherte Sonja. »So hinterhältig und boshaft kann ein einziger Mensch ja gar nicht sein.«

Ich versuchte, sie unterm Tisch zu treten, traf aber nur das Tischbein.

Birnbaum runzelte amüsiert die Stirn. »Sie halten mich für hinterhältig und boshaft, Frau Lautenbacher?«, fragte er scherzend.

»Ja, und für menschenverachtend«, sagte Carla bitterernst. Sie wollte wohl um jeden Preis ihren Job verlieren.

»Sie müssen unbedingt die Bohnen versuchen«, machte ich einen Versuch, dem Gespräch noch eine lustige Wendung zu geben. Aber dazu war es zu spät.

»Ich und menschenverachtend?«, fragte Birnbaum. »Aber wie kommen Sie denn nur darauf? Finden Sie das etwa auch, Johanna?«

»Sie macht nur Witze«, sagte ich. »Hahaha.«

»Geben Sie's doch zu«, sagte Carla. Der Rotwein hatte wirklich alle ihre Hemmschwellen niedergerissen. »Für Sie sind Sekretärinnen doch nur Menschen zweiter Klasse.«

Birnbaum sah ehrlich getroffen aus. Ich wusste nicht, wer mir mehr Leid tun sollte: er oder Carla, die sich um Kopf und Kragen redete. Da half nur eins: ein drastischer Themenwechsel.

»Wisst ihr schon das Neuste? In einem früheren Leben habe ich wahrscheinlich mal in der Sahelzone gewohnt«, sagte ich, aber niemand hörte mich.

»Es tut mir Leid, dass Sie so von mir denken«, sagte Birnbaum zu Carla. »Ich dachte, Sie sind so selbstbewusst und kess, dass Sie mir ein bisschen Kritik und ab und an mal einen Scherz nicht übel nehmen.«

»Oder aber ich war bei der Belagerung von La Rochelle dabei«, plapperte ich dazwischen. »Monatelang kam kein Lebensmittttelnachschub in die Stadt. Da mussten die Menschen am Schluss Gras essen. Zuerst starben die kleinen Kinder, dann die alten Leute ...«

»Ich habe nichts gegen Scherze«, sagte Carla. »Aber Ihre sind überhaupt nicht komisch.«

»Dann muss ich mir wohl in Zukunft mehr Mühe geben.« Birnbaum erhob sich und stellte den Stuhl wieder an den Nachbartisch. »Schade, dass wir das nicht noch weiter erörtern können, aber meine Freunde sind gerade angekommen.«

Und richtig: An der Tür gaben Annika Fredemann und ein gut aussehendes, junges Paar, dem man Geld und Erfolg schon von weitem ansah, ihre Mäntel ab. Darunter kamen (bei dem Mann) ein Smoking und (bei den Frauen) paillettenbesetzte Abendroben zum Vorschein. Wahrscheinlich kamen sie gerade aus der Philharmonie oder der Oper.

Annika winkte und blinkte zu uns hinüber. Sie sah toll aus, wie immer. Birnbaum schien das auch zu finden, denn er lächelte, wenn auch nicht mehr ganz so fröhlich wie vorhin, als er gekommen war. Offensichtlich war es Carla gelungen, ihm die Laune zu verderben.

Ich lächelte ihn entschuldigend an. »Dieser Rioja hat's wirklich in sich. Da redet man schon mal dummes Zeug, wissen Sie.«

»In vino veritas est«, sagte Birnbaum und legte mir kurz die Hand auf den Arm. »Jetzt habe ich über dem interessanten Gespräch ganz vergessen zu fragen, was Sie hier eigentlich feiern, Johanna.«

»Feiern?«, wiederholte ich.

»Ja. Sie sehen so ungewöhnlich – elegant aus.«

»Oh, danke, aber es gibt leider nichts zu feiern«, sagte ich. Im Gegenteil. Boris war ja nicht gekommen.

»Steht Ihnen gut, die Haare so hochgesteckt«, sagte Birnbaum. »Und der Lippenstift ist toll.« Er schenkte uns ein letztes George-Clooney-Lächeln und ging, um Annika Fredemann und die beiden anderen zu begrüßen. Sie setzten sich an den besten Tisch gleich vor dem offenen Kamin, den Rosito für seine VIP-Gäste reservierte.

»Uuuuuh«, machte Carla. »Sie sind ja so elegant, Johanna!«

»Steht Ihnen super, die Haare so hochgesteckt«, sagte Vivi.

»Ja, und der Lippenstift ist toll«, sagte Sonja. »Was ist das für einer?«

»Labello«, sagte ich. »Durchsichtig.«

»Uuuuuuuh«, machte Carla wieder. »Marke Natur! Und das Rouge erst!«

Ich beschloss, nicht darauf einzugehen. »Carla, bist du so besoffen, oder hast du dich absichtlich um Kopf und Kragen und deinen Job geredet? Der arme Birnbaum. Da setzt er sich gut gelaunt zu uns, und was machst du? Du wirfst ihm Beleidigungen an den Kopf.«

»Wer austeilt, muss auch einstecken können«, sagte Carla. »Aber gut, vielleicht bin ich wirklich besoffen, und morgen tut mir das alles schrecklich Leid. Habe ich ihn denn richtig beleidigt oder kann man das noch als groben Scherz durchgehen lassen?«

»Nein«, sagte Sonja. »Beim besten Willen nicht.«

»Ich denke, einem Chef, der so gut aussieht, könnte ich manches verzeihen«, sagte Vivi nachdenklich. »Du, Carla, wenn er dich rausschmeißt, meinst du, dann könnte ich deinen Job übernehmen?«

Boris war nicht vom Auto angefahren worden. Er hatte eine Mail geschickt, und zwar am frühen Abend, als ich im Badezimmer damit beschäftigt gewesen war, das Beste aus meinem Typ zu machen. Er schrieb, dass er bei der Arbeit aufgehalten werde und daher ein Treffen um halb neun vorschlage, und zwar nicht bei Rosito, sondern in einem Café in der Innenstadt, das näher an seiner Arbeitsstelle läge. Und dass er sehr hoffe, dass ich meine E-Mails noch mal abriefe, bevor ich das Haus verließe.

Nun, das hatte ich nicht getan. Aber das fügte sich ganz hervorragend in meine Ränkeschmiede. Jetzt wusste ich zwar immer noch nicht, wie Boris aussah, aber ich musste auch nicht irgendwelche haarsträubenden Ausreden erfinden, warum ich nicht bei unserem Treffpunkt erschienen war.

Ich streute noch ein wenig Asche auf sein Haupt, indem ich beschrieb, wie ich den ganzen Abend bei Rosito auf ihn gewartet hätte und wie die Leute mich und mein Jane-Austen-Buch beäugt hätten.

Boris schrieb eine Entschuldigung, die vor aufrichtiger Reue nur so triefte. Er wollte sofort ein neues Treffen arrangieren, aber ich schrieb zurück, dass ich nun erst mal keine Zeit mehr hätte. Leider, leider.

Da er es gewesen war, der das Treffen vermasselt

hatte, konnte er mir schlecht böse sein, sondern musste sich verständnisvoll in Geduld fassen.

Und ich konnte mich weiter dem »Unternehmen Größe 36« widmen. Bis hierhin hatte ich zwar schon einiges an Mühen und Verzicht auf mich genommen, aber das war gar nichts zu den Demütigungen, die ich am darauffolgenden Montag in Carlas Fitnessstudio erleiden musste.

Birnbaum hatte Carla übrigens nicht gekündigt. Er hatte ihr vielmehr am nächsten Morgen einen Blumenstrauß auf den Schreibtisch gelegt und gesagt, dass er gerne noch einmal ganz von vorne beginnen wolle.

Carla war beinahe tot umgefallen.

Dann aber hatte sie sich berappelt und Birnbaums ausgestreckte Hand geschüttelt.

»Er ist natürlich immer noch ein Kotzbrocken«, hatte sie hinterher gesagt. »Aber für einen Kotzbrocken doch ziemlich nett.«

Ich konnte nicht anders, ich musste Birnbaums Taktik bewundern. Als ich ihn Freitagabend bei meinem abendlichen Jogging traf (wieder kamen er und sein Hund Jakob genau in dem Augenblick aus dem Hauseingang, als ich vorbeilief), sagte ich ihm das auch.

»Sie« – japs – »haben das toll hingekriegt mit Carla«, sagte ich, als er sich wie selbstverständlich neben mir in Trab gesetzt hatte. »Sie haben erkannt, dass unter ihrer ruppigen Schale ein weicher Kern steckt, nicht wahr?«

»Sie hatte ja auch nicht ganz Unrecht«, erwiderte er. »Ich war wirklich nicht sehr nett zu ihr. Was meinen Sie, würde Frau Klostermann sich auch über Blumen freuen?«

»Nein, die Klosterfrau ist gegen alles allergisch, was blüht«, sagte ich. »Schenken Sie ihr Pralinen aus dem Reformhaus, dann wird sie für immer Ihre Sklavin sein.«

Birnbaum lachte. Einträchtig liefen wir nebeneinander her, und meine Pulsuhr verhielt sich dabei erstaunlich ruhig. Allerdings spurtete Birnbaum diesmal auch nicht wie ein Achthundert-Meter-Läufer, sondern legte ein deutlich moderateres Tempo vor. Jakob schien das nicht gewohnt zu sein, er zerrte ungeduldig an seiner Leine.

Als wir an die Kreuzung kamen, an der ich beim letzten Mal abgebogen war, fragte Birnbaum: »Wollen Sie nicht noch eine Runde mit uns in den Park laufen?«

»Ich weiß nicht«, sagte ich. »So weit bin ich noch nie gelaufen. Ich würde wahrscheinlich auf halbem Weg schlapp machen.«

»Was sagt denn ihr Puls?« Birnbaum griff nach meiner Hand und sah auf den Pulsmesser. »Hundertachtunddreißig. Das geht doch. Wenn wir noch ein bisschen langsamer laufen, halten Sie das schon durch. Kommen Sie!«

Ich hatte den Eindruck, dass wir so langsam liefen, dass Birnbaum bequem neben mir her hätte gehen können, wahrscheinlich auch rückwärts, aber es erfüllte mich dennoch mit unbändigem Stolz, dass ich es laufenderweise bis zum Park schaffte. Am Weiher warfen wir Stöcke für Jakob, Birnbaum fragte mich nach meinen Plänen für das Wochenende, und wir plauderten miteinander wie Freunde. Danach liefen wir die ganze Strecke wieder zurück, und als wir uns verabschiedeten, sagte Birnbaum: »Das müssen wir unbedingt wiederholen.«

Da konnte ich ihm nur zustimmen.

»Er ist so nett, dass ich manchmal vergesse, dass er unser Chef ist«, sagte ich zu Carla. »Wenn man nicht so vernünftig und abgeklärt wäre, könnte man sich glatt in ihn verlieben.«

»Ach, nee«, sagte Carla. »So nett ist er nun auch wieder nicht. Außerdem ist er mit Annika Fredemann zusammen, und du hast deinen Boris. Aber wenn du dir die Wartezeit verkürzen und dich für eine Weile heftig aber hoffnungslos verlieben willst, dann warte nur, bis du Basti kennen gelernt hast.«

Basti war der Typ vom Fitnessstudio, mit dem Carla mir ein Probetraining organisiert hatte, und Basti war so wichtig, dass er den Termin bereits mehrere Male verschoben hatte.

An dem Tag, an dem das große Ereignis endlich stattfinden sollte, kam Annika Fredemann wieder in die Redaktion. Es war kurz vor Feierabend, als sie ihren Kopf in unser Büro hineinsteckte.

»Birnbaum ist nicht hier«, sagte Marianne mürrisch. Man konnte ihr nicht nachsagen, dass sie den Versuch unternahm, ihr unhöfliches Benehmen von neulich wieder gutzumachen. Was immer man auch über sie sagen mochte: Sie kroch niemandem in den Hintern.

Annika kam trotzdem herein, in ein frühlingshaft-rosafarbenes Kostüm gehüllt, das nur eine Blondine wie sie tragen konnte, ohne dabei wie eine Barbiepuppe auszusehen. »Ich wollte gar nicht zu Adam, sondern zu Ihnen«, sagte sie.

»Zu mir?«, fragte ich verblüfft.

Annika lächelte ein bisschen verlegen. »Ja, ich weiß, es muss Ihnen ein bisschen komisch vorkommen, Sie kennen mich ja eigentlich gar nicht, und sicher finden Sie mich auch ein bisschen aufdringlich, aber wenn ich mir einmal etwas in den Kopf gesetzt habe, dann muss ich das um jeden Preis durchsetzen, dafür bin ich bekannt. Und irgendwie sind Sie mir schon so vertraut von ihren Kolumnen und dem, was Adam mir über sie erzählt hat, na, jedenfalls dachte ich, Sie würden vielleicht bei der Sache mitspielen. Tun Sie mir den Gefallen, Johanna? Ich darf Sie doch Johanna nennen, ja?«

»Hä?«, machte Marianne, und auch ich war ehrlich verwirrt.

»An welche Art Gefallen dachten Sie denn da so?«

»Ach ja!« Annika lachte. »Das habe ich ja noch gar nicht gesagt.«

»Aber dafür jede Menge anderen Mist«, murmelte Marianne. Das heißt, genau genommen sagte sie es völlig tonlos, aber ich kannte sie mittlerweile lange genug, um von ihren Lippen lesen zu können.

»Sie wissen sicher, dass mein Vater im nächsten Monat seinen fünfundsechzigsten Geburtstag feiert, und es wird natürlich eine riesige Feier mit der ganzen Familie und allem, was in Politik und Wirtschaft Rang und Namen hat«, sagte Annika. »Und da meine Mutter die Planung in ihren Händen hält, wird das Ganze eine schrecklich steife Angelegenheit, jede Menge Reden und eine Tischordnung, über der meine Mutter und ich schon seit Monaten brüten. Es ist wirklich ungeheuer kompliziert: Jeder Herr bekommt eine Tischdame zugewiesen, natürlich nicht seine Ehefrau, sonst würde das Ganze keinen Sinn machen. Das bedeutet nicht nur, dass die Zahl der männlichen und der weiblichen Gäste exakt gleich hoch sein muss, sondern die einzelnen

Paare müssen auch noch irgendwie zusammenpassen. Niemand soll sich langweilen, beleidigt fühlen oder gar streiten. Tja, und hier liegt das Problem.« Hier machte Annika eine kurze Pause, in der ich versucht war, mich ratlos am Kopf zu kratzen. Was um Himmels willen wollte sie von mir?

»Sie wissen sicher, wie das ist«, fuhr sie fort. »Man schiebt hunderte von Namenskärtchen hin und her, man plant großartige Paarungen und verwirft sie wieder, und wenn nur ein einziger Gast absagt, dann kann man sozusagen wieder ganz von vorne anfangen.«

»Ja, sicher«, sagte ich, während meine anfängliche Verwirrung einem tiefen Misstrauen wich.

Und richtig, als Annika fortfuhr, bestätigte sich mein Verdacht: »Es ist nun so, dass es definitiv keine adäquate Tischdame für meinen Cousin gibt.«

Sie musste gar nicht weitersprechen, ich ahnte, dass sie – weiß der Himmel warum – mich dazu auserkoren hatte, diese Lücke zu füllen.

Marianne schien ganz ähnliche Gedanken zu hegen. »Ach, da läuft der Hase hin«, sagte sie.

»Wissen Sie, das kommt vielleicht ein bisschen überraschend«, sagte Annika. »Aber ich mochte Ihre Kolumnen schon immer, und jetzt, wo ich Sie kennen gelernt habe und Adam ja auch immer so nett von Ihnen redet, also, der langen Rede kurzer Sinn: Ich möchte Sie gerne zu diesem Event einladen. Ich bin sicher, Sie werden sich trotz der langweiligen Reden ganz vortrefflich unterhalten. Bitte, sagen Sie Ja!«

»Wann genau findet das denn statt, das große Ereignis?«, fragte ich.

»Am 21. April«, sagte Annika und streckte mir einen

mit Seide gefütterten Umschlag entgegen, in dem sich eine Einladungskarte aus feinstem Büttenpapier befand. »Es ist grässlich konservativ, meine Mutter hat es ausgesucht.«

Während ich, um Zeit zu gewinnen, recht umständlich in meinem Kalender den 21. April aufblätterte, dachte ich verzweifelt über eine plausible Ausrede nach. Aber nichts von dem, was mir auf die Schnelle so einfiel, rechtfertigte das Ausschlagen einer Einladung zur Geburtstagsfeier des Verlegers. Der 21. April fiel auf einen Samstag, und seine Kalenderseite war gähnend leer. Annika sah das natürlich auch, und sie klatschte begeistert in die Hände: »Wunderbar! Sie haben Zeit! Mir fällt ein Stein vom Herzen.«

»Ja«, sagte ich. Mir war, als wäre eben jener Stein von Annikas Herzen direkt in meinen Magen geplumpst.

Annika strahlte und freute sich. »Wunderbar! Ich liebe es, wenn meine Pläne funktionieren! Ich werde gleich gehen und es Adam erzählen. Der wird sich sicher auch freuen. Oder, nein, warten Sie. Am besten sagen wir ihm gar nichts, dann wird er bei der Feier vor Überraschung sicher ganz aus dem Häuschen sein! Also, kein Wort darüber, ja? Auch Sie nicht, Frau – äh …«

»Schneider«, sagte Marianne säuerlich. »Aber nein, ich werde schweigen wie ein Grab.«

»Das ist gut. Ach ja, und zerbrechen Sie sich nicht den Kopf über die Kleiderfrage, Johanna. Das ganz normale kleine Schwarze reicht völlig aus.« Mit einem letzten Winken verschwand Annika Fredemann durch die Tür und ließ mich sprachlos zurück.

»So, so«, sagte Marianne. »Du machst aber wirklich rasant Karriere im Hause Fredemann, Hanna. Würde mich nicht wundern, wenn du für deinen selbstlosen Einsatz an der Seite des Fredemannschen Cousins demnächst eine Gehaltserhöhung zu erwarten hast. Ha, da wär ich nur zu gern dabei! Du im kleinen Schwarzen!«

Bei Gott, sie hatte Recht. Ein kleines Schwarzes in meiner Größe hatte diese Bezeichnung wohl kaum noch verdient.

Marianne lachte immer noch. »Es würde mich aber schon nachdenklich stimmen, wieso Annika Fredemann ausgerechnet auf dich verfallen ist. Ich vermute mal, der Cousin ist warzig und hat schrecklichen Mundgeruch.«

»Na ja«, sagte ich, obwohl ich eine ganz ähnliche Vermutung hegte, »was tut man nicht alles für eine Gehaltserhöhung!«

»Bist du noch nicht fertig?« Das war Carla im Mantel und mit geschulterter Handtasche. »Wir dürfen Basti auf keinen Fall warten lassen. Der Mann wird schließlich nach Stunden bezahlt.«

»Himmel, ja!«, sagte ich, um mit einem Seitenblick auf Marianne hinzuzufügen: »Es ist so kompliziert mit den Männern: Entweder, man muss ihnen Geld dafür zahlen, dass sie was mit einem unternehmen, oder man bekommt selber welches, um sich überhaupt dazu durchzuringen.«

»So ist es«, sagte Marianne.

»Basti ist jeden Cent wert, den er verdient«, sagte Carla.

Aber was das betraf, war sie ziemlich verblendet. Gleich, als ich Basti sah, wusste ich, dass er ein Sadist der allerschlimmsten Sorte war. Er war ungefähr so alt wie ich, ein braungebranntes, muskelgestähltes Kerlchen mit hellblondem Igelhaar, stahlblauen Augen und blitzweißen Zähnen, genau die Art Mann, die als Kind auf einer Zwiebacktüte abgebildet wird.

Ich hasste ihn auf den ersten Blick.

Er hatte einen kraftvoll-federnden Gang, zugleich eine gewisse Geschmeidigkeit und Anmut, die keinen Zweifel daran ließen, dass er nicht nur Gewichte stemmen, sondern auch perfekt Salsa tanzen konnte. Ich wusste, dass er zusammen mit Brad Pitt und George Clooney auf einer Liste stand, der Carla die Überschrift »Männer, die ich leider niemals haben kann« gegeben hatte, und war schwer enttäuscht. Von Basti und von Carla.

Schon Bastis gönnerhaftes »Hallo«, begleitet von einem abschätzigen Blick, mit dem er mich von Kopf bis Fuß taxierte, reichte aus, um mir eine Gänsehaut zu verursachen.

»Du bist also die Hanna und an einer Aufnahme in unseren Club interessiert«, sagte Basti. »Die Carla hat mir gesagt, dass du Gewicht reduzieren willst.«

»Hm, ja«, sagte ich.

»Wie viel willst du abspecken?«

»Das weiß sie nicht genau«, sagte Carla dienstfertig. »Sie hat nämlich keine Waage.«

Bastis Blick drückte pure Verachtung aus. »Na ja«, sagte er. »Selbstverleugnung, das kennen wir nur allzu gut. Aber jetzt bist du ja hier. Früher oder später kommen doch alle dahinter, dass man als Dicker nirgendwo eine Chance hat. Nicht mal im Job. Heutzutage ist das Aussehen von immenser Wichtigkeit, wenn man Karriere machen will. Gerade als Frau. Zeig mir eine erfolgreiche Frau im Fernsehen, die ein Doppelkinn oder einen fetten Bauch hat!«

»Ich arbeite ja nicht beim Fernsehen«, sagte ich, aber Basti winkte ab. »Das gilt auch für alle anderen Bereiche. Je besser der Job ist, den du haben willst, desto besser musst du aussehen.« Mit einer lässigen Bewegung fuhr er sich über seine blonde Haarbürste. »Kommt mit nach nebenan. Da werden wir die Hanna wiegen und vermessen.«

In mir schrie alles nach Flucht, aber ich ignorierte diesen Urinstinkt und folgte Carla und Basti nach nebenan, wie ein Schaf, das zur Schlachtbank geführt wird. Schließlich würde ich demnächst in ein kleines Schwarzes passen müssen, das sollte Grund genug sein, einen Urinstinkt zu ignorieren.

Zuerst musste ich auf die Waage steigen, eine Waage, die zugleich das Gewicht und den Körperfettanteil anzeigte. Das Gewicht war höher als ich dachte. Ich weiß nicht wieso, aber ich hatte immer eine andere Zahl im Kopf gehabt.

»Nimm den Fuß von der Waage«, sagte ich zu Carla, aber sie hatte nichts damit zu tun.

Es war eine abscheulich hohe Zahl, die Basti in sein Formular eintrug. Höchstens akzeptabel, wäre ich im neunten Monat schwanger gewesen.

Der Körperfettanteil war ebenfalls zu hoch, auch wenn Basti sagte, für das Gewicht wäre es noch erstaunlich niedrig. Ich war zutiefst deprimiert. Irgendwie hatte ich gehofft, die Woche Kohlsuppenfolter und die abendliche Lauferei hätten mehr gebracht. Auf der anderen Seite: Wer wusste schon, wie viel ich vorher gewogen hatte?

Noch auf der Waage ließ Basti mich ein paar Übungen absolvieren: Ich mußte meine Hände hinter dem

Rücken verschränken, meine Fingerspitzen auf allerlei Arten berühren und mit den Händen auf den Boden klopfen, ohne dabei die Knie einzuknicken. Letzteres war mir leider nicht möglich.

»Tja, da sind wohl meine langen, langen Beine dran schuld«, sagte ich, um die Stimmung ein wenig aufzulockern. Aber weder Carla noch Basti lachten darüber. Basti machte sich Notizen, und Carla kaute besorgt auf ihrer Unterlippe herum.

Dann begann der erniedrigendste Teil der Prozedur: das Vermessen. Basti benutzte dafür ein flexibles Maßband wie es Schneiderinnen haben. Als Erstes stellte sich heraus, dass ich nicht einen Meter sechsundsechzig groß war, wie ich immer gedacht hatte, sondern zwei Zentimeter kleiner. Ich hatte das Maßband sofort im Verdacht, durch zu häufigen Gebrauch überdehnt zu sein. Aber als Nächstes legte Basti mir das Maßband um den Busen, und da war es plötzlich deutlich geschrumpft.

»Ein Meter und zwei«, sagte er, und ich schnappte geschockt nach Luft. Ein Meter und zwei Brustumfang, das war doch sonst nur mit Silicon möglich, oder? Es musste der Pulli sein, den ich trug. Baumwollrippstrick. Da musste Basti doch mindestens fünf Zentimeter für abziehen. Tat er aber nicht. Er schrieb die schreckliche Zahl in sein Formular und warf Carla einen viel sagenden Blick zu.

»Boah ist die dick, Mann«, besagte dieser Blick, da war ich mir ziemlich sicher.

Mein Hüftumfang war natürlich noch gigantischer als der Brustumfang.

»Ein Meter und zwölf!«, rief Basti aus. Er hörte sich an

wie ein Angler, der einen ganz fatalen Karpfen aus dem Wasser gezogen hatte. Carla machte ein ernstes Gesicht. Sicher hatte sie nicht gedacht, dass es so schlecht um mich stünde.

»Diese Hose trägt unheimlich auf«, sagte ich, nur um überhaupt etwas zu sagen.

»Selbstverleugnung«, murmelte Basti und vermaß mit Todesverachtung meinen rechten Oberschenkel.

»Achtundfünfzig«, sagte er. »Wie bei meiner Freundin. Nur da ist es der Taillenumfang.«

Ach, und ich dachte, das sei dein IQ, hätte ich gern gesagt, aber noch war ich nicht so weit.

Basti wollte das Maßband um meine Taille legen. Ich krempelte den Pullover hoch. Wenigstens an meiner Schokoladenseite sollte das Meßergebnis der Wahrheit entsprechen.

Die Taille hatte achtundsechzig Zentimeter. Das erstaunte Basti über alle Maßen. »Sehr eigenartig«, sagte er. »So eine merkwürdige Verteilung der Fettmassen ist mir noch nie untergekommen.«

Fettmassen. Das Wort ist schon als solches nicht besonders schön, aber wenn man es im Zusammenhang mit der eigenen Person hört, klingt es grauenhaft. Ich war kurz davor, in Tränen auszubrechen, und es wurde auch nicht besser, als Basti die Vermessungsaktion beendet hatte und ernst sagte: »Also, der Body-Mass-Index liegt im oberen Teil des so genannten leichten Übergewichtbereiches. Noch ein paar Kilo mehr, und du bist ernstlich adipös. Du hast mit Sport offensichtlich bisher wenig am Hut gehabt, und deine Beweglichkeit ist erschreckend niedrig. Ich kann dir gleich sagen, das wird ein hartes Stück Arbeit, wenn wir deinen Körper in Form bringen wollen. Tja, wie ein Model wirst du wohl nie aussehen, aber für einen anderen Job wird es mit viel Disziplin und Ausdauer vielleicht langen.«

Er hatte den Bogen ja schon eine ganze Zeit lang überspannt, aber das war der Augenblick, in dem es »pling!« machte. Ich zog mir meine Schuhe und meinen Mantel wieder an.

»Wie lange wird es etwa dauern, bis ...?«, fragte Carla. Sie hörte sich an, wie die Ehefrau eines todkranken Patienten, die mit dem behandelnden Arzt spricht.

»Bei diesen Maßen ... – ein Jahr Minimum«, sagte Basti. »Wir haben es hier ja nicht nur mit den klassischen ernährungsbedingten Problemzonen zu tun, sondern ganz offensichtlich mit genetisch festgelegten Fettverteilungsproblemen. Das heißt auf gut deutsch, dass sie immer eine dicke Kiste behalten wird. Sorry, Hanna, aber ich nehme da nun mal kein Blatt vor den Mund. Als der liebe Gott die Fettmassen verteilt hat, hast du einfach ein bisschen zu laut hier geschrien.«

»Tja«, sagte ich. »Ich weiß auch nicht, wie ich es mit den Fettmassen mit meinen sechsundzwanzig Jahren auf ein abgeschlossenes Universitätsstudium, eine journalistische Ausbildung und vierzigtausend Euro im Jahr geschafft habe. Vielleicht ist deine Theorie ja doch noch nicht so ausgereift, Basti, und es gibt am Ende tatsächlich Jobs, für die man Gehirnmasse statt Fettmasse braucht. Aber wenn ich irgendwann doch mal arbeitslos werden sollte, kann ich ja immer noch abspecken und eine Traumkarriere wie du beginnen, in einem Fitnessstudio, wo ich dann Fettmassen vermessen und auch sonst nur Schwachsinn von mir geben darf.«

Basti glotzte blöd, wahrscheinlich hatte er nur die Hälfte von dem verstanden, was ich gesagt hatte. Wie gesagt, ein Problem der ungleichen Gehirnmassenverteilung. Ich drehte ihm recht schwungvoll die Kehrseite meiner 112-Zentimeter-Hüfte zu und ließ die Folterkammer sowie das ganze verdammte Fitnessstudio im Laufschritt hinter mir zurück.

Carla hatte Mühe, mich wieder einzuholen. Erst auf dem Parkplatz griff sie nach meinem Ärmel.

»Versuch gar nicht erst, mich zu überreden«, sagte ich warnend. »Ich werde von mir aus weiter joggen, aber in dieses Scheißstudio setze ich keinen Fuß mehr!«

»Schon gut«, sagte Carla. »Hey, verdienst du wirklich vierzigtausend Euro im Jahr?«

Ich warf meinen Kopf in den Nacken. »Noch nicht. Aber lange wird es nicht mehr dauern. Ich habe jetzt schon knapp fünfunddreißigtausend. Von solchen Gehältern kann dieses erbärmliche Würmchen da drinnen nur träumen.«

»Nein, aber ich«, seufzte Carla. Sie hakte sich bei mir ein. »Ich weiß, dass du das jetzt nicht gerne hörst, Rübe, aber diesem erbärmlichen Würmchen da drinnen gehört das Studio. Und drei andere in dieser Stadt.«

Nun, das schmälerte meinen wortgewaltigen Auftritt natürlich etwas.

»Trotzdem«, sagte ich. »Ich bleibe dabei: Dein Basti hat mehr Ohrenschmalz als Gehirnmasse in seinem Kopf! Und mit so einem würdest du sogar ins Bett gehen! Pfui! Was ist das für eine grässliche Weltanschauung, in der die Menschen auf ihr Äußeres reduziert werden? Ich hab's satt, wie ein Außerirdischer behandelt zu werden, nur weil meine verdammten Fettmassen nicht normgerecht verteilt sind. Überhaupt: Bis vor ein paar Wochen hat das noch niemanden interessiert.«

»Ja, weil es dir selber auch egal war«, sagte Carla. »Du warst die einzige Frau in meinem Bekanntenkreis, die niemals eine Diät gemacht oder sich über ihre Figur beschwert hat. Nie hast du so typische Frauensätze gesagt wie: Kann ich das tragen bei meinem Hintern? Oder: Findest du nicht, dass ich darin dick aussehe? Das war – ein Phänomen. Mir hat man schon mit vierzehn eingeredet, dass ich zu dick sei, und dabei war ich damals ein spilleriges Ding von achtundvierzig Kilo. Mit achtzehn hatte ich einen Freund, der mich Pummelchen genannt hat, ich habe monatelang nur von Äpfeln gelebt und fand mich ekelhaft fett. Jede Frau, die ich kenne, hat Probleme mit ihrer Figur. Ganz gleich wie schlank sie auch sein mag, irgendjemand in ihrem Leben hat sie zu irgendeinem Zeitpunkt für zu dick befunden und damit den Grundstein zu dauerhaften Selbstzweifeln und einer nie endenden Diätkarriere gelegt. Du warst immer die große Ausnahme. Du hast dich so gemocht, wie du warst.«

»Sag ich doch!«, rief ich aus. »Es ist alles eine Frage der eigenen Einstellung.«

Carla schüttelte den Kopf. »Ist es eben nicht. Du hast dich vielleicht so gemocht wie du warst, und niemand hat versucht, dich vom Gegenteil zu überzeugen. Aber deswegen hast du doch kein bisschen anders ausgesehen als jetzt.«

»Na und? Ich habe mich aber weit besser gefühlt.« Grimmig schlug ich mit der Hand auf die Motorhaube von Carlas Fiat. »Meine Welt war völlig in Ordnung bis zu dem Zeitpunkt, an dem ich beschlossen habe abzunehmen.«

»Du hast einen wirklich guten Grund dafür gehabt, schon vergessen? Dreihundertsiebenundneunzig Punkte!«

»Wenn Boris wie dein dämlicher Basti denkt, dann möchte ich ihn gar nicht erst kennen lernen. Und du hast ja gehört, was Basti gesagt hat: Es wird mindestens ein Jahr dauern, bevor meine genetisch bedingten Fettverteilungsprobleme behoben sind. Und dann habe ich immer noch eine dicke Kiste!«

»Ja, aber eine dicke Kiste, die in Größe 38 passt«, sagte Carla. »Alles ist relativ, und Basti hat wirklich einen extrem schlanken Geschmack. Du hast ja gehört, seine Freundin hat eine Taille von achtundfünfzig Zentimetern. Und wahrscheinlich sagt er ihr trotzdem noch jeden Tag, wie fett sie ist. Männer sind so. Je mehr Minderwertigkeitskomplexe sie ihren Frauen machen können, desto sicherer fühlen sie sich.«

»Blödsinn«, sagte ich. »Alex zum Beispiel hat nie ein Wort darüber verloren, dass er mich zu dick findet.« Nachdenklich setzte ich hinzu: »Allerdings sieht er nicht so gut.«

»Tatsächlich? Ist er kurz- oder weitsichtig?«, wollte Carla wissen.

Mein Handy klingelte.

»Hallo«, sagte ich mit Grabesstimme. »Sie sprechen mit einer genetischen Fettverteilungs-Monstrosität, zusätzlich geformt durch sechsundzwanzig Jahre ungebremsten Genuss von Pizza, Pasta und Pfefferminzschokolade. Bitte beleidigen Sie mich nach dem Piepton.«

»Netter Versuch, aber mir geht's es noch viel mieser als dir«, sagte Vivi am anderen Ende der Leitung. Sie hatte heute ihren ersten Arbeitstag in der neuen Firma gehabt.

»Hauptsache, du hast nicht schon wieder gekündigt«, sagte ich. »Das hast du doch auch nicht, oder?«

»Nein«, sagte Vivi. »Aber lange halte ich das nicht durch. Das Demütigendste ist der Spruch, den sie mich zwingen am Telefon zu sagen: *Frölich Heizung und Sanitär, guten Tag, mein Härr, ist Ihr Abfluss mal zu, kommt Frölich im Nu, Sie sprechen mit Vivien Peterle, was kann ich für Sie tun?*«

»Das ist wirklich schlimm«, sagte ich. »Da fallen mir doch auf Anhieb bessere Reime ein.«

»Herr Frölich fand es auch sehr schade, dass mein Nachname sich nicht auf tun reimt. Meine Vorgängerin hieß nämlich Juhn.«

»Ja, aber man kann ja schlecht von dir verlangen, dass du nun losziehst und dir einen Ehemann suchst, der Huhn heißt. Ich bin dafür, dass du Herr Frölich deine Eigeninitiative beweist und ein bisschen von der gewohnten Routine abweichst. Du könntest zum Beispiel sagen: *Abfluss verstopft? Bei Frölich angeklopft!* Und falls eine Frau anruft, kannst du sie ja nicht mit mein Herr anreden. Ich wäre für: *Hier ist das Peterle, meine Dame, ich mache für Frölich Reklame.*«

Vivi fand das überhaupt nicht komisch.

14. Kapitel

Ich hielt also weiter Diät. Das heißt, ich versuchte mich auch in den nächsten Tagen so gut es ging von Süßigkeiten fern zu halten und fettreiche Speisen zu vermeiden. Wenn einer meiner Diätscouts in der Nähe war, hielt ich mich natürlich auch an all die anderen Regeln, die sie aufgestellt hatten. Kein Eiweiß zusammen mit Kohlenhydraten, keine Mahlzeit nach achtzehn Uhr, nie mehr als eine Banane täglich und jeden Bissen dreißigmal kauen – allmählich ging mir das in Fleisch und Blut über.

Am Tag nach dem Desaster im Fitnesstudio kaufte ich mir eine Waage, und sie und ich schlossen Freundschaft, weil sie vier Kilo weniger anzeigte, als Bastis Folterwerkzeug. Ich stellte mich jeden Morgen darauf, und jeden Morgen zeigte sie im Großen und Ganzen dasselbe Gewicht, mal zweihundert Gramm mehr, mal zweihundert Gramm weniger.

»Stagnation«, sagte Carla. »Im Grunde müsstest du jetzt die Kalorienzufuhr noch einmal drosseln. Aber am besten hältst du einfach durch, bis es von alleine wieder runtergeht.«

»Das ist nur, weil du durch das Laufen Muskelmasse aufbaust«, sagte Sonja. »Und Muskeln wiegen mehr als das Fett, das sie verbrennen!«

»So ist es«, sagte Vivi. »Du wiegst zwar nicht weniger, aber dein Umfang reduziert sich trotzdem.«

Ich war so naiv und glaubte ihnen. Ich kaufte mir eine Jeans in Größe 42, ohne Stretchanteil, und schleppte sie voller Stolz nach Hause, um sie dort in Ruhe anzuprobieren. Aber obwohl ich mich flach auf mein Bett legte, bekam ich den Reißverschluss nicht zu. Keine Chance. So viel zum Thema ›dein Umfang reduziert sich trotzdem‹. Aber ich resignierte nicht, sondern hängte das Teil in meinen Kleiderschrank, um es bei gegebener Gelegenheit herauszunehmen und erneut anzuprobieren.

Den ganzen Tag lang, egal wo ich war und was ich gerade tat, beschäftigte ich mich mit Essen: mit dem (wenigen), das ich essen durfte, mit dem, das ich nicht essen durfte und mit dem, was ich alles essen würde, wenn ich endlich, endlich schlank wäre. Aber dann geschah etwas, dass mich das Essen eine Zeit lang vergessen ließ.

Ich hätte auf meinen Instinkt hören und Helena sofort aus dem Haus schmeißen sollen. Stattdessen hatte ich mich von meiner Mutter bequatschen und von meinen eigenen Angelegenheiten ablenken lassen. Mein Versäumnis führte, wie so oft, geradewegs in einen Eklat.

Jost hatte ja bereits den begründeten Verdacht gehegt, Philipp und Helena würden Hasch konsumieren, aber Mama, die selber ab und an ein Pfeifchen rauchte, war der Ansicht, mit verständnisvollem Wohlwollen könne man diesen jugendlich-unschuldigen Experimenten am besten begegnen. Offensichtlich hatte Philipp so viel Verständnis und Wohlwollen als Ermutigung empfunden, auch mal ein paar von den Pillen auszuprobieren, die Helena von ihren Freunden aus der Fabrikhalle bezog. Und das führte zu einem Experiment, das alles andere als jugendlich-unschuldig war.

Es war entsetzlich.

Am Freitagabend zog ich nach dem abendlichen Joggen und dem Wechselduschen noch eine erfreuliche Wochenbilanz: Lauter Sonnen im Kalender, nur eine Wolke für besagten Fitnessstudio-Besuch und eine für die Tatsache, dass die Waage sich nicht abwärtsbewegt hatte. Mit Annika Fredemanns Einladung zur Geburtstagsfeier ihres Vaters hatte ich mich inzwischen, nicht zuletzt dank meiner Freundinnen, positiv arrangiert. Sonja, Vivi und Carla waren nämlich einhellig der Meinung, dass es ein riesengroßes Kompliment sei, als Tischdame für den Fredemannschen Cousin angeheuert zu werden, auch wenn er, was keiner der drei glaubte, tatsächlich warzig wäre und Mundgeruch hätte.

»Allein wegen der ganzen Promis lohnt es sich hinzugehen«, sagte Carla. »Jeder zweite Gast ist entweder aus Funk und Fernsehen bekannt oder stinkreich oder beides.«

»Und dann das Essen«, sagte Vivi. »Sie werden die Hummer bis unter die Decke gestapelt haben, und Champagner nur vom Feinsten ... – und Hummer und Champagner werden wir dir für diesen einen Abend erlauben, nicht wahr, Mädels?«

Sogar die Angst vor dem kleinen Schwarzen nahmen sie mir, indem sie beteuerten, dass genau die Sorte Kleid, die ich benötigen würde, im Augenblick modern und daher in jeder Boutique und jeder Preisklasse zu kaufen sei.

»Knielang, tief ausgeschnitten und dazwischen wallt

und fließt der Stoff im Lagenlook«, sagte Carla. »Das wird dir hervorragend stehen, und du bekommst es in jedem Laden hinterhergeworfen.«

Alles in allem war es eine friedliche Woche gewesen.

Boris und ich hatten einander lustige E-Mails geschrieben, in der Redaktion hatte es keine besonderen Vorkommnisse gegeben, ich war noch zweimal mit Birnbaum und Jakob in und durch den Park gejoggt, Vivi hatte die ganze Woche in ihrer neuen Firma ausgeharrt, und Toni hatte bei meinen letzten Besuchen weder mit den Kindern herumgebrüllt noch geheult.

Die Klippe mit dem Hausverbot im Supermarkt hatten wir geschickt umschifft, indem wir den kostenlosen Lieferservice in Anspruch nahmen. Er war zwar eigentlich für kranke, alte oder behinderte Menschen gedacht, aber ich fand, dass Toni im weitesten Sinne zu dieser Personengruppe gezählt werden konnte. Der Einkauf, wenn man es denn noch so nennen mochte, ging so weit stressfreier und zeitsparender über die Bühne. Einmal am Tag klingelte ein netter Lehrjunge vom Supermarkt an der Tür und brachte eine Kiste mit allem, was Toni telefonisch oder per Fax angefordert hatte. Der Filialleiter wäre wahrscheinlich vor Wut geplatzt, wenn er gewusst hätte, welche Vorteile sein Hausverbot brachte.

Ich hatte den Kindern wider besseres Wissen einen neuen Hamster besorgt, und obwohl ich dem Tier gegenüber ein schlechtes Gewissen hatte, gaben mir die strahlenden Gesichter das Gefühl, das Richtige getan zu haben.

»Wie einfach es doch ist, Kinder glücklich zu machen«, hatte ich gesagt, und Toni hatte geseufzt: »Mich glücklich zu machen, wäre noch viel einfacher. Ich wünsche mir nichts mehr, als nur einmal eine Nacht durchzuschlafen.«

Da sie mittlerweile gewaltige Muttermilchvorräte in ihrer Tiefkühltruhe aufbewahrte und ich noch nichts Besonderes für das Wochenende vorhatte, hatte ich ihr versprochen, in der Nacht von Samstag auf Sonntag die Kinder zu hüten. Mehr noch:

»Ich komme am schon Nachmittag, damit du und Justus euch in aller Ruhe zum Ausgehen fertig machen könnt. Du kannst ein Bad nehmen und eine Haarkur machen, und dann geht ihr händchenhaltend ins Kino und anschließend zum Essen. Und wenn ihr zurückkommt, ist die Wohnung geputzt, und die Kinder liegen in ihren Betten und der Hamster in seinem Käfig«, hatte ich gesagt, und Tonis Augen hatten geleuchtet. »Die ganze Nacht wirst du ungestört schlafen, am besten mit Ohropax, für den Fall, dass die Kleinen aufwachen, und am Morgen kannst du so lange liegen bleiben, wie du willst. Ich werde dir das Frühstück ans Bett bringen.«

»Herrlich«, hatte Toni gesagt. »Von mir aus können wir das mit dem Kino und dem Essen gehen aber auch weglassen und direkt zu der Stelle mit dem Ohropax kommen!«

Aber zu Tonis Ohropaxnacht sollte es nicht kommen.

Gerade als ich meinen Kalender mit den vielen Sonnen zugeklappt hatte und die Nachttischlampe ausknipsen wollte, hörte ich einen merkwürdigen Schrei.

Ich konnte nicht erkennen, ob er von einem Menschen oder einen Tier ausgestoßen wurde, aber er war so unbeschreiblich entsetzlich, dass mein ganzer Körper augenblicklich mit einer Gänsehaut überzogen wurde. Im Schlafanzug stürzte ich aus meinem Zimmer und hinaus in den Garten, von wo der Schrei gekommen war. In der Terrassentüre blieb ich stehen, völlig fassungslos vor dem Anblick, der sich mir bot.

Da, wo früher unser Sandkasten gestanden hatte, war heute ein kleines Rondell, umrahmt von sorgfältig in Form geschnittenen Buchsbaumhecke. Das kreisförmige Beet war mit Narzissenzwiebeln bestückt, die dicht an dicht in der Erde lagen und ein einziges, leuchtend gelbes Blütenmeer bildeten. Später im Jahr pflegte Jost es mit einjährigen Sommerblumen zu bepflanzen, und im Juli blühten dort Ringel- und Sonnenblumen mit Elfenspiegel, Phacelia und weißen Levkojen um die Wette. Unter dieser Blütenpracht, genau in der Mitte der Rasenfläche, befand sich zudem das Grab unseres Katers Kasimir, der vor ein paar Jahren an Altersschwäche gestorben war.

Es war kurz vor Mitternacht und dunkel, aber das Rondell war von dutzenden flackernder Windlichter beleuchtet, und in seiner Mitte standen Philipp und Helena, um sich herum lauter zerdrückte gelbe Blüten. Beide hatten nicht viel an, und ihre nackte Haut leuchtete weiß in der Dunkelheit. Ich wusste sofort, dass es Blut war, was ihnen in dunklen, hässlichen Spuren über Arme und Brust lief, und zuerst dachte ich, Helena habe sich mit dem Messer, das sie in der Hand hielt und hoch in die Luft reckte, geschnitten. Aber dann sah ich, dass das Blut von dem kleinen, schlaffen Gegenstand kam, den sie mit ihrer anderen Hand an ihre Kehle drückte. Es war eine Ratte, Helenas Ratte, wie sich später herausstellte, und mir dämmerte, dass es die Ratte gewesen war, deren Todesschrei ich vernommen hatte. Es dauerte etwa eine Sekunde, bis ich das ganze Bild in mich aufgenommen hatte, mein Bruder, der sich zusammenkauerte und die Augen zuhielt, und Helena mit der blutigen Ratte in der einen und dem Messer in der anderen Hand.

»Aspergo, aspergo, aspergo«, murmelte sie mit geschlossenen Augen, und Philipp neben ihr wimmerte eigenartig.

Grauen, Angst, Ekel und unbeschreibliche Wut ließen mich laut schreien. Ich schrie, während ich auf das Buchsbaumrondell zurannte, und ich schrie noch, als Helena ihre Augen aufriss und mit der Messerhand nach mir stach. Ihre Reaktion war durch das Zeug, das sie geschluckt hatte, so verlangsamt, dass ich sie rückwärts auf den Rasen gepresst hatte, bevor sie mich treffen konnte. Mit aller Kraft und aller Wut drückte ich ihr mageres Handgelenk zusammen, und sie ließ das Messer los.

»Nicht jetzt«, keuchte sie. »Wir sind noch nicht fertig!«

»Doch«, sagte ich. »Das seid ihr!«

Die tote Ratte lag nicht weit von meinem Gesicht, und der Anblick verursachte in mir einen heftigen Würgereiz. Trotzdem hielt ich Helena weiter mit meinem ganzen Gewicht an den Boden gepresst und ließ sie auch nicht los, als sie ihre Augen verdrehte und ihr Körper unter meinem erschlaffte.

»Du bringst sie um«, rief mein Bruder, aber er machte keinerlei Anstalten, Helena zur Hilfe zu kommen. Er sank inmitten der zerdrückten Narzissen zusammen und weinte jämmerlich.

Ich weinte auch, aber ich wagte es nicht, Helena loszulassen. Irgendwie fürchtete ich, sie könne wie Glenn Close in »Eine verhängnisvolle Affäre« wieder zu neuem Leben erwachen und das Messer noch einmal zücken.

Nach einer Ewigkeit – in Wirklichkeit waren es vielleicht zwei Minuten – zog mein Stiefvater mich auf die Beine und untersuchte mich auf Verletzungen. Ich hatte keine, höchstens ein paar blaue Flecken von Helenas spitzen Knochen.

Benommen blinzelte ich in das Kerzenlicht. Meine Mutter hockte neben meinem Bruder in den Narzissen und hatte ihre Strickjacke um seine Schultern gelegt.

»Was ist mit Helena?«, fragte ich, nicht wirklich besorgt, nur neugierig. Wenn ich sie zerquetscht hatte, würde es mir nicht Leid tun.

»Sie ist ohnmächtig, Hanna«, sagte Jost. »Sie kann uns nichts mehr tun.«

»Sie hat ein Messer. Und sie hat die Ratte getötet«, schluchzte ich und verbarg meinen Kopf an seiner Schulter. »Und Philipp hat dabei mitgemacht. Es war irgendeine schreckliche Zeremonie …, und die Ratte hat geschrien.«

»Sie haben Drogen genommen«, sagte Jost. »Ich habe einen Krankenwagen gerufen. Und ich hätte auch die Polizei gerufen, wenn deine Mutter nicht dagegen wäre.«

»Keine Polizei«, sagte meine Mutter. Ihr Gesicht war blass und angespannt, aber sie weinte nicht. »Das gibt nur noch mehr Probleme.«

»Du musst es ja wissen«, sagte Jost. Wir ließen Helena auf der Wiese liegen und brachten Philipp ins Haus, wo er sich völlig apathisch von Mama waschen und ins Bett legen ließ. Sie wollte auch mich waschen, aber ich konnte es nicht ertragen, dass sie mich anfasste.

Gereizt schob ich ihre Hand weg. »Ich kann mich selber waschen, danke.«

Mama machte ein Gesicht, als hätte ich sie geohrfeigt. Niedergeschlagen setzte sie sich auf Philipps Bettkante. Philipp war in einen tiefen Schlaf gesunken.

Von draußen ertönten die Sirenen des Rettungswagens.

»Er gehört auch ins Krankenhaus«, sagte Jost.

»Nein«, sagte meine Mutter aufgeregt. »Er braucht nur ein bisschen Ruhe und Geborgenheit. Glaub mir, wenn sie ihn im Krankenhaus untersuchen und merken, dass er Drogen genommen hat, dann hat er erst recht Ärger am Hals.«

»Du musst es ja wissen, Irmgard«, sagte Jost wieder. Er klang ungewohnt kühl, und der Vorname, den sie schon länger nicht gehört hatte, schien Mama aufzurütteln.

»Es tut mir so Leid«, sagte sie.

»Dafür ist es jetzt wohl zu spät«, sagte Jost. »Dein Jüngster schläft gerade einen Drogenrausch aus, von dem ich annehme, dass es nicht sein erster ist. Und deine Tochter ...« Er brach ab, als er mich ansah. »Geh unter die Dusche, Liebes. Und dann ins Bett. Ich kümmere mich um alles andere.«

Es war ein verlockendes Angebot, aber als ich unter der Dusche stand und das Blaulicht des Krankenwagens durch die Milchglasscheibe blinken sah, brachte ich es nicht über mich, ihn mit der ganzen Sache allein zu lassen. Ich zog mich rasch an und lief wieder hinaus.

Die Sanitäter nahmen Helena mit ins Krankenhaus, und Jost und ich fuhren ebenfalls dorthin, um ihre Eltern zu treffen. Jost hatte sie benachrichtigt.

Die Eltern erlebten so etwas offensichtlich nicht zum ersten Mal, sie nahmen die Nachricht, dass ihre Tochter unter Drogen völlig ausgerastet war, mit einer gewissen traurigen Routine hin. Helena nahm schon seit ihrem vierzehnten Lebensjahr Drogen und fühlte sich von schwarzmagischen Ritualen angezogen. Auf ihren eigenen Wunsch wurde sie am nächsten Morgen in die geschlossene psychiatrische Abteilung gebracht. Auch hier war sie nicht zum ersten Mal. Vor zwei Jahren bereits hatte man bei ihr eine schizoide Persönlichkeitsstörung diagnostiziert. Die Krankheit konnte durchaus durch ihren Drogenkonsum ausgelöst worden sein, aber genau wusste das niemand. Um der Kontrolle ihrer Eltern zu entgehen, war Helena abgehauen, und jeder Tag, den sie bei uns hatte wohnen dürfen, war vergangen, ohne dass sie ihre Medikamente zu sich nahm. Stattdessen konsumierte sie wieder Drogen, und das Ende der Geschichte kannten wir ja.

Mama, der Jost all diese Zusammenhänge am nächsten Tag auseinandersetzte, war ungewohnt kleinlaut. »Ich hätte doch merken müssen, das etwas nicht stimmt«, sagte sie. »Was ist nur mit meinem Mutterinstinkt los? Wer weiß, was passiert wäre, wenn Hanna nicht rechtzeitig eingeschritten wäre.«

»Ich glaube nicht, dass sie Philipp etwas angetan hätte«, sagte Jost. »Aber das kann man nie wissen. Sie ist ernsthaft krank.«

Was Philipp dazu sagte, wusste ich nicht, und es interessierte mich auch nicht. Er blieb in seinem Zimmer, und ich machte keinerlei Anstalten, ihn dort zu besuchen. Meine Mutter, Jost und auch meine Schwester, die nach der Katastrophenmeldung sofort herbeigeeilt war, hingen dagegen den ganzen Tag an seinem Bett herum und redeten unablässig auf ihn ein. Wieder nüchtern hatte er keineswegs vergessen, was passiert war, aber er konnte sich nicht erinnern, wie es dazu gekommen war. Auch welcher Art die Pillen waren, die er geschluckt hatte, wusste er nicht. Aber er versprach unter Tränen, niemals wieder etwas Drogenähnliches zu sich zu nehmen, und aus irgendeinem Grund glaubten ihm alle.

»Er will so gerne mit dir sprechen, Hanna«, sagte meine Mutter.

»Ich aber nicht mit ihm«, erwiderte ich. Zu widerlich war der Anblick gewesen, den er gestern Nacht geboten hatte. »Und was soll das überhaupt? Warum verkriecht er sich in seinem Zimmer wie ein ungezogenes Kind?«

»Er schämt sich«, sagte meine Mutter, und ich sagte: »Da hat er auch allen Grund zu. Und nicht nur er.«

Meine Mutter machte ein zerknirschtes Gesicht. »Ich weiß. Ich war nie ein gutes Vorbild für euch Kinder.«

»Das bist du immer noch nicht«, sagte ich und ließ sie einfach stehen.

»Wie geht es dir?«, erkundigte sich Toni etwas später.

»Ich weiß nicht«, sagte ich. »Zum ersten Mal im Leben

wünsche ich mir eine andere Familie. Diese hier ist einfach zu durchgeknallt.«

»Helena gehört nicht zu unserer Familie«, sagte Toni ruhig. »Sie ist nur eine arme Irre, die zufällig ein paar Wochen hier gewohnt hat.«

»Nein«, sagte ich. »Das ist eben kein Zufall! Mama und Philipp wollten, dass sie hier wohnt. Du hast das gestern Nacht nicht gesehen, Toni, aber ich fühle mich seitdem so – beschmutzt. Verstehst du, das war nicht eine dieser Katastrophen im Leben, denen man irgendwann mal eine komische Seite abgewinnen kann. Nichts, das in einer meiner Kolumnen stehen könnte. Es ist nicht mal so ein Erlebnis, vom dem man später mal sagt: Es war furchtbar, aber es hat mich stark gemacht. Ich weiß, dass Helena krank ist, und damit hat sie wahrscheinlich eine wirklich gute Entschuldigung dafür, dass sie ihre Ratte geschlachtet hat, aber Philipp ist nicht krank, und er hat dabei mitgemacht.«

»Unter Drogen tun die Menschen die seltsamsten Dinge«, sagte Toni.

»Möglich«, sagte ich. »Aber wenn ich daran denke, was die beiden getan haben, dann wird mir ganz übel. Tut mir Leid, Toni, aber heute bin ich ganz sicher nicht der richtige Babysitter für deine Kinder.«

Toni nickte, als habe sie nichts anderes erwartet. »Das macht ja nichts. Vielleicht ein anderes Mal.«

»Hm, ja«, sagte ich geistesabwesend.

Später ging ich hinaus in den Garten. Jost hatte alle Spuren der nächtlichen Szene im Buchsbaumrondell beseitigt. Die Narzissen allerdings hatte er nicht mehr retten können.

»Im Sommer sieht man nichts mehr davon«, sagte er zu mir.

»Ich werde trotzdem immer daran denken«, sagte ich. »Ach Jost, ich will nicht mal mehr hier wohnen.«

Jost nahm mich in seine Arme. »Ich am liebsten auch nicht«, sagte er.

15. Kapitel

Nach der Nacht, in der Helena unser Narzissenbeet ruiniert hatte, war auf einmal nichts mehr wie vorher. Es war, als hätte ihr armseliges Ritual alle Lebensfreude in mir ausgelöscht. Nichts machte mir mehr Spaß, und nichts war mehr wichtig. Meinen Bruder wollte ich nicht mehr sehen, Vivis Gejammer über ihren Job ging mir nur noch auf die Nerven, ebenso wie Tonis Gejammer über ihr schlaffreies Familienleben. Sonja und Carla nervten mit ihren Diättipps, und schon der bloße Anblick meiner Mutter verursachte mir Magenkrämpfe.

Nicht mal Boris interessierte mich noch. Unsere Bekanntschaft kam mir auf einmal nur noch lächerlich und verlogen vor. Etwas, das mit so vielen Lügen begonnen hatte, konnte unmöglich gut enden. Ich zog es vor, auf seine E-Mails nicht mehr zu antworten.

Die Woche kroch dahin, und ich konzentrierte mich so gut es ging auf meine Arbeit. Aber auch hier war ich nicht wie sonst mit dem Herzen dabei. Seit Tagen hatte ich keine gute Kolumne mehr geschrieben. Es war, als habe das Leben plötzlich alle komischen Seiten verloren.

»Heute ist also der Tag, an dem Hanna gewickelt wird«, sagte Marianne auf der Donnerstags-Redaktionskonferenz. »Schaut euch alle noch mal ihren Hintern an! Wenn stimmt, was in diesen Prospekten steht, dann bleibt die Hälfte davon im Zellophan hängen!« Sie lachte, und Cordula lachte mit, die anderen blickten auf meinen Hintern, als sähen sie ihn heute zum ersten Mal. Ich aber wurde nicht mal mehr rot, so abgeklärt war ich. Es gab weiß Gott Schrecklicheres als meinen Hintern.

Marianne ließ noch nicht locker. »Schaut nur genau hin«, sagte sie. »Morgen hat Hanna nämlich einen Hintern wie ich.«

»So schlimm wird es schon nicht werden«, sagte Birnbaum und ging mit einem Stirnrunzeln zum nächsten Tagesordnungspunkt über.

»Was ist los mit Ihnen?«, fragte er, als er mich später auf dem Flur traf. Ich war bereits auf dem Weg zum Parkplatz, wo der Fotograf auf mich wartete, um mit mir zusammen ins Bergische Land zu fahren, und ich hatte es eilig.

Also zuckte ich nur mit den Achseln. Das machte Birnbaum erst recht neugierig.

»Ich hab Sie schon ein paar Tage nicht mehr beim Joggen getroffen, und Sie machen immer so einen bedrückten Eindruck«, sagte er. »Haben Sie Kummer?«

»Eine Frühjahrsdepression möglicherweise«, sagte ich.

Birnbaum grinste. »Ja, ja«, sagte er, in dem Versuch mich aufzuheitern. »Dieser Sonnenschein und das ewige Vogelgezwitscher können einem schon ganz schön auf den Wecker gehen.«

»Sie sagen es«, sagte ich und schlüpfte in den Aufzug. Vorbei waren die Zeiten, in denen ich den Aufzug gemieden und brav die Treppe genommen hatte, nur weil das auf einer meiner Karteikarten stand. Wozu sollte ich mich jetzt noch quälen? Der Tag hielt auch ohne Treppensteigen noch genügend Unannehmlichkeiten für mich bereit.

Der Fotograf, der mich in die Wellness-Farm begleitete, war ein alter Freund von Artdirector Blume, ungefähr genauso alt und genauso geschwätzig. Er hieß Klaus Becker und war allergisch gegen Frühblüher. Auf der etwa halbstündigen Fahrt nieste er ungefähr siebzigmal und erzählte mir alles über Heuschnupfen und Bindehautentzündung, was ich nicht wissen wollte. Die Taschentücher, in die er sich zwischendrin schnäuzte, warf er der Einfachheit halber auf den Rücksitz, und ab und an landete auch mal eine Rotzfahne in meinem Fußraum. Zu allem Überfluss fuhr er erbärmlich schlecht Auto. Er drangsalierte Kupplung, Bremse und Gaspedal, als habe er zwei Holzbeine.

Als wir schließlich ankamen, hatte ich gar nichts dagegen zum Vermessen in einen Raum geführt zu werden, in den Herr Becker mir nicht folgen durfte.

Durch mein Erlebnis bei Basti war ich abgebrüht genug, mich noch einmal einer Vermessungsprozedur zu unterziehen, diesmal sogar splitternackt. Die Wellness-Farm-Chefin persönlich, eine Person unbestimmten Alters mit eigenartig starren Gesichtszügen, nahm diese Vermessung mit dem allergrößten Respekt vor, denn schließlich war ich als Redakteurin von ANNIKA gewissermaßen ein VIP-Kunde.

»Ich verspreche Ihnen, dass dies ein unvergessliches Wellness-Erlebnis für Sie werden wird«, sagte sie mit öliger Stimme. »Und bitte nennen Sie mich Claire.«

Obwohl ich diesmal nackt war, betrug mein Oberschenkelumfang neunundfünfzig Zentimeter, noch einen Zentimeter mehr als bei Basti. Sofort witterte ich Betrug.

»Das erscheint mir aber ein bisschen viel«, sagte ich.

»Sie werden sehen, am Ende der Behandlung werden es einige Zentimeter weniger sein«, sagte Claire.

Ich glaubte ihr aufs Wort. Schließlich zahlten die Kundinnen mehrere hundert Euro für die Prozedur, die mir noch bevorstand, und für so viel Geld wollten die schon ein paar Zentimeter weniger sehen. Birnbaum wollte eine Glosse? Er würde eine Enthüllungsgeschichte bekommen.

Nach der Vermessung wurde ich ohne weiteres Federlesens vom Hals bis zu den Knöcheln mit grünlichgrauen Schlamm eingeschmiert, dessen Zusammensetzung mir Claire partout nicht verraten wollte.

»Das ist unser Betriebsgeheimnis«, sagte sie. »Das müssen Sie verstehen: Wenn Sie die Rezeptur in Ihrer Zeitschrift drucken, werden Nachahmer uns Konkurrenz machen. Denn bisher sind wir die Ersten und Einzigen, die diese besondere Methode anwenden.« Sprach's und wickelte mich in mehrere Lagen Frischhaltefolie. Als sie damit fertig war, sah ich aus wie – nun, wie jemand, den man mit Matsch eingeschmiert und in Frischhaltefolie gewickelt hatte. Ich konnte mich nur noch wie ein Roboter nach nebenan bewegen, wo ich mich auf eine Magnetmatte unter eine Rotlichtlampe legen und einen grünschlammigen Entschlackungsdrink zu mir nehmen sollte. Eine Duftlampe verpestete die Luft mit irgendeinem süßlichen Gestank (»Das ist Ylang-Ylang und trägt zu Ihrer Entspannung bei«, behauptete Claire), und aus versteckten Lautsprechern dudelte fernöstliche Entspannungsmusik, und zwar von der Sorte, bei der es einem am ganzen Körper zu jucken anfängt und das Gewaltpotenzial sich von Harfenton zu Harfenton potenziert.

Herr Becker wusste gar nicht, wie gefährlich er lebte, als er bei meinem Anblick zu lachen anfing.

»Lachen Sie nicht, machen Sie Ihre Fotos«, sagte ich und hielt den hübsch mit einem Stückchen Karambole und einem Strohhalm dekorierten Schlammdrink in die Kamera. Natürlich bedauerte ich es zutiefst, dass Claire es versäumt hatte, auch ein wenig Schlamm in mein Gesicht zu schmieren. So würde auf den Bildern unzweifelhaft zu erkennen sein, wem der wulstige Frischhaltewurstkörper gehörte.

Als Becker genug Fotos von mir, der Liege und dem Drink geschossen hatte, nahm ich ein Schlückchen davon, igäää, und goss den Rest in den Topf der Zimmerlinde neben mir. Da sie wunderbar gesund und entschlackt aussah, nahm ich an, dass ich nicht die erste Kundin war, die auf diesen Gedanken gekommen war.

Als Nächstes führte Claire mich und Herrn Becker zu einem Trampolin.

»Eine halbe Stunde sanftes Hopsen«, ordnete sie an. »Dadurch wird die Durchblutung gefördert, und die Wirkstoffe unseres Präparates können tief in das Fettgewebe eindringen.«

Herr Becker verschoss einen ganzen Film davon, wie die Wirkstoffe des Präparates tief in mein Fettgewebe eindrangen, während ich mich samt meiner matsch- und zellophangewickelten Glieder im roboterhaft-sanften Hopsen übte. Und in Geduld. Selten war eine halbe Stunde so langsam vorbeigegangen wie diese. In Gedanken formulierte ich ein paar bissige Sätze, um Claire die Demütigungen heimzuzahlen, die sie mir zufügte.

»Wunderbar«, sagte sie endlich. »Dann können wir Sie

jetzt auswickeln und für den ersten Saunagang vorbereiten.«

In die Sauna durfte Herr Becker nicht mitkommen, obwohl Claire sagte, dass sie nichts dagegen habe. Nun, ich war zwar meinem Schicksal gegenüber ein wenig gleichgültig geworden, aber so gleichgültig, dass ich Herrn Becker Fotos von mir in der Sauna erlaubt hätte, war ich dann doch noch nicht. Er hatte ohnehin noch genug Gelegenheit, mich in anderen demütigenden Situationen abzulichten: erneut in Schlamm getunkt, von Claire beidhändig mit Bürsten bearbeitet, als Zellophanklops auf dem Ergometer und nur unzulänglich mit einem Handtuch bedeckt in einem Bett aus Eiswürfeln.

Als ich das zweite Mal in der Sauna saß, klingelte mein Handy. Es war Alex, mein Exfreund, den ich mit Carla hatte verkuppeln wollen, bevor mir alles egal geworden war.

»Wo zur Hölle bist du?«, fragte er. »Ich stehe hier auf die Minute pünktlich in deinem Büro, aber du bist nicht da. Deine Kollegin sagt, du unternimmst gerade etwas gegen deinen Hintern. Was soll das heißen?«

»Oh, unsere Verabredung hab ich total vergessen«, sagte ich, aber im Grunde war es mir natürlich egal, weil mir zur Zeit eben einfach alles egal war. »Tut mir so Leid!«

»Das nutzt mir auch nichts«, sagte Alex verstimmt. »Wer soll denn jetzt mit mir Mittag essen?«

»Wie wäre es mit Carla? Ihr Büro ist nur zwei Türen weiter.«

»Nein, ich habe keine Lust, mit jemandem essen zu gehen, der die ganze Zeit zum Nachbartisch rüberschaut.«

Na ja, dann eben nicht. Ging mich doch alles nichts an. Sollten die Leute sich gefälligst selber um ihr Liebesleben kümmern. »Alex, bist du noch dran? Der Empfang ist hier so schlecht. Muss an der Temperatur liegen.«

Claire klopfte an die Saunatür. Es war wieder Zeit für das Eisbett.

»Ich bin noch dran«, sagte Alex. »Du, das Problem hat sich gerade gelöst. Deine Kollegin Marianne ist so lieb, mir ein nettes Restaurant in der Nähe zu zeigen.«

»Nein!«, schrie ich auf, und für kurze Zeit kehrten meine Lebensgeister zu mir zurück. So egal war Alex mir dann doch nicht. »Nicht Marianne!«, schrie ich, ohne mich darum zu scheren, dass sie wahrscheinlich jedes Wort mitbekam. »Sie hat Herpes. Und Syphillis. Und Aids. Und einen abartigen Hängebusen. Sie kann ihn sich locker über die Schulter werfen.«

»Ich wollte eigentlich nur mit ihr essen gehen«, erinnerte mich Alex.

»Der Letzte, der mit ihr essen war, zahlt heute noch Unmengen an Unterhalt«, sagte ich. »Alex, vertrau mir, sie ist eine Anakonda. Frag Carla.«

»Okay«, sagte Alex. »Du hast gewonnen. Ich frage also deine Freundin Carla. Aber wenn sie diesmal wieder mit dem Typ am Nachbartisch flirtet, stehe ich auf und gehe.«

Einigermaßen erleichtert stolperte ich aus der Sauna, auch wenn ich es mir mit Marianne nun auf immer verscherzt hatte.

Claire bestand darauf, dass ich das Handy für den Rest der Behandlung ausgeschaltet ließ.

»Wir wollen doch, dass Sie sich hier entspannen«, sagte sie. »Nichts ist der Cellulite förderlicher als Stress.«

Das Trampolin, der Ergometer, die Sauna, das Eisbett und die ständige Ein- und Auswickelei entspannten mich zwar nicht, aber sie erschöpften mich zunehmend, so dass ich am Ende in Unmengen von weißen Handtüchern gewickelt auf der Magnetmatte einschlief.

Als ich wieder zu mir kam, vermaß Claire mich erneut. Und siehe da, diesmal hatten meine Oberschenkel nur noch einen Umfang von zweiundfünfzig Zentimetern. Und meine Hüfte war gar auf hundertvier Zentimeter geschrumpft. Wenn das nicht sensationell war! Claire jedenfalls war vor Freude und Überraschung ganz aus dem Häuschen.

»Sieben Zentimeter weniger«, rief sie. »Ich bin sicher, das wird Ihre Leserinnen ebenso verblüffen wie Sie!«

»Ja, ganz bestimmt«, sagte ich. Und wie verblüfft würde erst mal Claire sein, wenn sie lesen würde, dass ich mich vor diesem Termin höchstselbst vermessen hatte, und dass meine Messergebnisse sich von ihren ersten doch ziemlich unterschieden hatten.

Noch aber ahnte sie nichts davon, und wir schieden in freundschaftlichster Stimmung.

»Empfehlen Sie uns weiter«, sagte Claire, und ich sagte: »Aber sicher doch«, ganz wie eine verlogene Schlange.

Zurück in der Stadt beschloss ich, das abendliche Joggen noch einmal ausfallen zu lassen und mir stattdessen eine große Portion Pommes mit Mayonnaise von der Imbissbude zu gönnen. Ich fand, dass ich mir das redlich verdient hatte. Außerdem kaute ich jeden Bissen dreißigmal.

Als ich schließlich zu Hause ankam und leise durch den Flur schlich, stieg mir der Geruch der Räucherstäbchen, die Mama hier täglich abbrannte, um die Atmosphäre zu reinigen, in die Nase. Sie gab sich wirklich alle Mühe, Helenas Spuren auf ihre Weise zu beseitigen: Sie brannte Räucherstäbchen ab, stellte überall Rosenquarze und Bergkristalle auf, beleuchtete die Räume mit Salzkristalllampen, und wahrscheinlich hatte sie auch Weihwasser in alle Ecken gesprengt. Aber das half nun alles nichts mehr. Die Atmosphäre war hoffnungslos vergiftet, und zum ersten Mal in meinem Leben fühlte ich mich nicht dazu berufen, die Harmonie wieder herzustellen. Dass es in der Ehe zwischen Mama und Jost zum ersten Mal in zwanzig Jahren kriselte, ließ mich weitgehend kalt. Und dass Philipp seit dem Ereignis am letzten Freitag voller Selbstmitleid und Reue in seinem Zimmer hockte und sich von Mama rundherum versorgen und bedauern ließ, machte mich nur wütend.

Ich hatte es satt, das reinigende Räucherstäbchen der Familie zu sein, immer schlichtend, immer alle Probleme lösend, die dicke, patente Hanna – damit war jetzt Schluss. Mit meiner Mutter hatte ich all die Tage nur das Nötigste gesprochen, und mit Philipp gar nichts. Seine Zimmertür stand offen, als ich vorbeischleichen wollte, und ich warf einen widerwilligen Blick hinein. Das war ein Fehler, denn man schien nur darauf gewartet zu haben: Vom Bett aus sahen meine Mutter und mein Bruder mich mit großen, traurigen Augen an.

Aus irgendeinem Grund platzte mir der Kragen.

»Wieder einen erbaulichen Tag im Bett verbracht, Philipp? Hast du es geschafft, dich mit Mamas Hilfe aufs Klo zu schleppen? Und dürfen wir dich loben, weil du dir die Zähne geputzt hast? Aber – oh! Was sehe ich da? Du hast dich tatsächlich überwunden und ein Stückchen Schokolade in dich hineingezwängt. Wie wunderbar! Mama ist bestimmt schrecklich stolz auf dich.«

Philipps Blick wurde, wenn möglich, noch trauriger, und meine Mutter streckte mir in einer dramatischen Geste die Hände entgegen.

»Hanna«, sagte sie. »Nun warte doch ...«, aber ich war schon weitergegangen und hatte meine Zimmertür hinter mir zugeknallt.

An meinem Schreibtisch saß Jost vor meinem Computer. Ab und an surfte er von hier aus im Internet. Er hatte selbst keinen Computer, weil »diese Teufelsapparate« laut Mama das Raumklima mit ihren Strahlen belasteten. Haha, welch ein Witz!

»Na, einen schönen Tag gehabt?«

»Einen besseren als du, vermutlich«, sagte ich. »Aber er war immer noch ziemlich beschissen.«

»In drei Wochen fangen die Abiturprüfungen an«, sagte Jost. »Ich hab ihnen gesagt, wenn mein Sohn bis zum Wochenende nicht aus dem Bett raus ist und zu lernen angefangen hat, ziehe ich ins Hotel.«

»Na prima, dann haben sie ja noch einen Grund mehr, sich selbst zu bemitleiden.«

»Ich mein's ernst, Hanna. Das mache ich nicht mehr mit.« Jost erhob sich. »Diesmal geht sie einfach zu weit. Übrigens, du hast eine E-Mail von einem gewissen Boris bekommen. Ich hab's natürlich nicht gelesen.«

»Hättest du aber ruhig.« In Boris' E-Mails stand im Großen und Ganzen immer dasselbe: Dass er sich Sorgen mache, weil ich schon seit Tagen nicht mehr zurückgeschrieben hatte, und ob etwas passiert sei. Ich antwortete nie. War doch schön, dass sich zur Abwechslung mal jemand um mich Sorgen machte.

»Wenn du ausziehst, dann suche ich mir auch eine Wohnung«, sagte ich. »Wie wär's? Gründen wir eine WG?«

Jost lächelte. »Ich hoffe immer noch, dass es nicht so weit kommt.«

Als er gegangen war, setzte ich mich an den Schreibtisch und öffnete Boris' E-Mail.

Datum: 03.04. 13.29 Uhr
Empfänger: <fairy33a>
Absender: <Boris68>
Betreff: Kein Aprilscherz

Fairy,
  es ist etwas passiert, und ich muss dich unbedingt persönlich sprechen. Bitte melde dich, wenn du noch lebst.

Irgendetwas an der Art wie er schrieb, rührte meine hart gewordenes, zellophangewickeltes Herz. Armer Boris. Er konnte ja nun wirklich nichts für all die schrecklichen Sachen, die geschehen waren. Seufzend klickte ich auf »Beantworten«.

Datum: 03.04. 20.15 Uhr
Empfänger: <Boris68>
Absender: <fairy33a>
Betreff: Re: Kein Aprilscherz

Ich lebe noch, Boris, tut mir Leid, dass ich so lange nichts von mir habe hören lassen. Aber ich hatte wirklich gute Gründe. Was ist denn passiert?

Datum: 03.04. 20.18 Uhr
Empfänger: <fairy33a>
Absender: <Boris68>
Betreff: Re:Re: Kein Aprilscherz

Ich habe mich in dich verliebt, das ist passiert!

Ich muss dich dringend treffen, um ein paar grundlegende Dinge zu klären. So bald wie möglich.

B.

Ich starrte eine Weile Löcher in den Bildschirm. Schon wieder ein Problem, das ich nicht lösen konnte. Aber sollte ich deswegen Schuldgefühle bekommen? Nein, damit war jetzt ein für alle Mal Schluss.

16. Kapitel

Diesmal hat Alex nach meiner Telefonnummer gefragt«, sagte Carla. »Aber heißt das auch, dass er anrufen wird?«

»Keine Ahnung«, sagte ich, und es war mir im Grunde auch egal. Ich wollte an meiner Enthüllungsstory über Claires zweifelhafte Machenschaften in Zellophan arbeiten, aber Carla störte mich dabei. Sie saß auf meinem Schreibtisch und baumelte mit den Beinen.

»Weißt du, diesmal war er eigentlich überhaupt nicht mehr langweilig«, sagte sie. »Es ist merkwürdig, aber ich musste die ganze Zeit daran denken, dass er ja auf Sex an ausgefallenen Orten steht. Im Aufzug hatte ich richtige Schweißausbrüche deswegen.«

Ich hätte ein schlechtes Gewissen bekommen sollen, wegen der völlig abwegigen Vorstellungen, die ich Carla von Alex' sexuellen Vorlieben vermittelt hatte, aber ich spürte nichts dergleichen. Mit meiner Lebensfreude hatten sich auch meine Schuldgefühle verflüchtigt. Ich trauerte ihnen nicht nach. Wäre ich noch die alte Hanna gewesen, hätte es mir sicher zu schaffen gemacht, dass Marianne am Schreibtisch schon den ganzen Morgen über den gesammelten Zeitungsausschnitten brütete, die Cordula vom Kosmetikressort zum Thema Schönheitschirurgie gesammelt hatte, dabei geistesabwesend an einem Marsriegel lutschte und sich von

Zeit zu Zeit prüfend an den Busen griff. Sie hatte wahrscheinlich gehört, was ich Alex über ihren Hängebusen Modell Postsack gesagt hatte, aber wenn sie sich meinetwegen operieren ließ, bitteschön! Jeder konnte doch sein Geld nach seinem Gutdünken aus dem Fenster werfen, oder etwa nicht? Ohne Schuldgefühle konnte ich auch eine wunderbar-sarkastische Geschichte über Claires Wellness-Farm schreiben, nach deren Erscheinen sie sich vermutlich einen neuen Job suchen konnte. Das hatte sie sich selber eingebrockt. Hätte sie besser mal nicht beim Vermessen geschummelt, konnte ich nur sagen.

Carla ließ mich schließlich allein, aber ich konnte fünf Minuten an meinem Artikel schreiben, da rief Alex an.

»Ich habe die Telefonnummer von deiner Freundin Carla«, sagte er.

»Ich weiß.«

»Soll ich anrufen?«

»Was solltest du sonst damit anfangen?«

»Ich weiß nicht, Mäuschen, du kennst mich doch. Warum sollte ich ein gebrochenes Herz riskieren. Ich meine es immer sofort so ernst, und Carla scheint mir eher der lockere, bindungsscheue Typ zu sein. Ich kenne das. Wenn man diesem Typ Frau nach der ersten Nacht mit einer Liebeserklärung kommt, dann suchen sie sofort das Weite.«

Selten hatte ich eine unwahrere Behauptung vernommen, aber ich hatte keine Lust auf tief schürfende, analytische Gespräche. Also sagte ich: »Aber sie hat tolle Titten.«

»Das stimmt auch wieder«, sagte Alex und legte auf.

Fünf Minuten später kam Carla wieder ins Büro gestürmt. »Er hat angerufen«, rief sie aus. »Er hat tatsächlich angerufen.«

»Wie schön für dich«, sagte ich.

»Wir gehen morgen Abend zusammen weg«, sagte Carla. »Ins Kino. Oh, Herrgott, Hanna! Er will doch wohl etwa nicht im Kino …?«

»Alex ist sehr sensibel«, sagte ich. »Beim ersten Mal wird er dich sicher nicht überfordern. Wahrscheinlich werdet ihr ganz normal miteinander im Bett landen.« Wenn überhaupt.

»Ach so«, sagte Carla. »Dann wollen wir das mal hoffen. Ach, Hanna, da ist noch etwas – ähm, du sagtest doch, dass er schlecht sieht, oder?«

»Ja. Ohne Brille ist er blind wie ein Maulwurf«, versicherte ich ihr. »Da nimmt er sozusagen nur noch Konturen wahr.«

»Großartig«, rief Carla, und setzte, nach einem Seitenblick auf Marianne, in gedämpfterem Ton hinzu: »Ich meine, da fühlt man sich doch gleich ein bisschen ungezwungener. Die Cellulite, die Falten, die kleinen Pölsterchen – alles verschwommen. Trotzdem, ich muss morgen früh unbedingt noch einen Termin beim Friseur ergattern. Hast du einen gemacht?«

»Einen was?«

»Einen Friseurtermin! Du gehst doch morgen Abend zu Fredemanns Geburtstagsfeier.«

»Das ist schon morgen?« Diese verdammte Feier hatte ich ja völlig vergessen. Und einen Friseurtermin hatte ich natürlich auch keinen.

Ach, egal! Würde ich mir die Haare halt irgendwie auf dem Kopf zusammenwurschteln. Für den warzigen Cousin würde es allemal reichen.

»Hast du denn ein Kleid?«, fragte Carla.

Nein, hatte ich nicht. Ach, egal! Würde ich halt irgendeinen Fetzen aus dem Schrank ziehen und überwerfen.

»Bist du irre? Was wirst du denn jetzt anziehen?«, rief Carla aus.

»Ach, Carla, da interessiert sich doch kein Schwein dafür, was ich anhabe«, sagte ich wegwerfend. »Aber keine Angst, ich werde schon nicht im Jogginganzug hingehen.«

Carla sah mich kopfschüttelnd an. »Du bist wirklich seltsam, seit die Freundin deines Bruders diese ekelhafte Sache mit der Ratte gemacht hat. Vielleicht hast du ein Trauma oder so etwas. Du hörst gar nicht mehr richtig zu, und ich habe den Verdacht, dass du auch deine Diät irgendwie vernachlässigst. Vivi sagt, sie ist nicht sicher, aber sie hat gestern Abend von der Straßenbahn aus eine Frau gesehen, die genauso aussah wie du und eine riesige Portion Fritten gegessen hat. Mal ehrlich, warst du das?«

»Und wenn schon«, sagte ich. »Ich hatte ja vorher meinen halben Hintern auf dieser Wellness-Farm gelassen.«

»Hanna! Denkst du denn gar nicht mehr an Boris?«

Ich zuckte mit den Schultern. »Nur manchmal«, sagte ich. »Und jetzt lass mich bitte allein, sonst wird dieser verdammte Artikel nie fertig.«

Carla verließ mich mit sorgenzerfurchter Stirn, und ich widmete mich wieder Claire und dem Schlamm. Aber ich hatte noch keinen vollständigen Satz geschrieben, da wurde ich vom Klingeln des Telefons unterbrochen.

»Redaktion ANNIKA, Rübenstrunck«, bellte ich hinein.

Schluß mit den freundlichen Floskeln. Wir waren hier ja schließlich nicht bei Frölich Heizung und Sanitär, guten Tag, mein Härr.

Es war Toni, und sie weinte fast, wie immer. Diesmal weinte sie fast, weil der Filialleiter, der böse, dahintergekommen war, dass Toni weder krank noch schwanger noch alt und gebrechlich war und daher den kostenlosen Lieferservice des Supermarktes nicht in Anspruch nehmen durfte. Der Lehrjunge hatte gepetzt, und als der Filialleiter hörte, dass die scharfe Braut, die die Lieferungen immer entgegennahm und bezahlte, rote Haare hatte, war er hellhörig geworden. »Das ist Betrug«, hatte er Toni am Telefon angebrüllt. »Aber mit mir können Sie das nicht machen!«

»Das verstehe ich nicht«, sagte ich. »Er macht mit dir doch einen Wahnsinnsumsatz! All die Windeln und Gläschen und der viele Tiefkühlspinat.«

»Das ist ihm aber egal«, sagte Toni. »Ihm gehört der Supermarkt ja nicht, und Hauptsache, er kann mir eins reinwürgen. Ich hätte gute Lust, ihm heute Abend noch einen Besuch abzustatten und ihm mal so richtig meine Meinung zu sagen. Es würde mir guttun, meine Faust mitten in seiner widerwärtigen, arroganten Visage landen zu lassen ...«

»Ja, ja«, sagte ich. »Es gibt aber auch immer noch die Möglichkeit, in einem anderen Laden einzukaufen. Glücklicherweise gibt es in dieser Stadt ja nicht nur den einen Supermarkt.«

»Ich dachte, du könntest vielleicht ...?«, sagte Toni.

»Nee, tut mir Leid. Ich habe keine Zeit. Ich muss heute lange arbeiten, und danach treffe ich mich mit meinen Mädels, wie immer freitags. Frag Mama.«

»Die läßt Philipp doch keine Minute allein.«

»Und was ist mit deinem Mann?«

»Der ist bis Sonntagabend auf Fortbildung«, sagte Toni. »Schon seit vorgestern. Ich bin wieder mal ein Wochenende allein. Na ja, allein bin ich ja leider nicht, die Kinder sind ja auch noch da.«

»Merkwürdig, wie oft Justus auf Fortbildung ist«, sagte ich. »So viel wird sich doch an diesem Paragraphenmist nicht ständig ändern, oder? Vielleicht hat er ja eine Geliebte, hm?«

»Möglicherweise«, sagte Toni. »Hoffentlich mag sie Kinder und nimmt sie mir ab und an mal ab. Nur eine Nacht würde mir vorerst reichen. Einmal zwölf Stunden am Stück schlafen. Heute Nacht habe ich so gut wie gar nicht geschlafen. Der Dings, äh, das Baby ...«

»Leander.«

»Genau, Leander hat Durchfall, und alles, was ich oben einfülle, kommt unten wieder raus. Und Finn hat Albträume von den Teletubbies, und Henriette ...«

»Hör mal, Toni, da kommt mein Chef«, zischte ich, obwohl von Birnbaum weit und breit nichts zu sehen war. »Ich muss Schluss machen, mein Artikel ist noch nicht fertig und in zwei Stunden ist Redaktionsschluss ...«

»Owei«, hörte ich Toni noch erschreckt sagen, aber dann hatte ich auch schon aufgelegt. Ohne Schuldgefühle. Davon, dass sie mir ständig die Ohren volljammerte, wurde es für Toni auch nicht besser.

Ich schrieb meinen Artikel fertig und legte ihn unserer Textchefin nebenan auf den Schreibtisch. Sie selber war nicht im Büro, aber weitweg konnte sie auch nicht sein, denn Paule lag in seinem Körbchen und keuchte asthmatisch. Sein Anblick erinnerte mich – warum auch immer – an Jakob, den ich nun schon eine Woche nicht mehr gesehen hatte, weil ich mir mit der Diät auch das Joggen an den Hut gesteckt hatte. Es war komisch, aber obwohl ich mich nicht mehr an die Diätvorschriften hielt, war mein Gewicht bisher noch jeden Tag dasselbe geblieben, plus-minus zweihundert Gramm, wie gehabt. Wen wunderte es da, dass ich nicht die geringste Reue empfand? Aber das tägliche Joggen fehlte mir nun allmählich doch.

Vielleicht sollte ich mich ja heute noch einmal dazu aufraffen. Dafür musste ich mich ja nicht mit Vivi, Sonja und Carla treffen, deren Geschwätz über Cellulite, Kalorien und doofe Chefs ging mir sowieso ungeheuer auf die Nerven. Ich ging also zu Carla und sagte, ich habe meine Tage bekommen und schreckliche Bauchschmerzen.

»Sie Ärmste«, sagte Birnbaum, der im gleichen Augenblick aus seinem Büro trat. »Wieso sind Sie denn dann nicht früher gegangen?«

»Tja, das nennt man wohl übertriebenes Pflichtgefühl«, sagte ich. So ein Mist! Wenn Birnbaum mich krank wähnte, konnte ich heute Abend schlecht joggen gehen, zu groß war die Wahrscheinlichkeit, dass ich ihm und Jakob dabei über den Weg liefe. Na, auch egal, dann würde ich mich eben mit einer Familienpackung Karamelleis vor den Fernseher setzen und mich selbst bemitleiden. Was mein Bruder konnte, konnte ich schon lange.

Carla war voller Mitgefühl. Sie gab mir drei von ihren verschreibungspflichtigen Schmerztablettten mit und empfahl mir, Frauenmanteltee zu trinken, damit ich morgen nur ja wieder auf dem Damm wäre.

»Ich ruf dich dann am Nachmittag an, dann können

wir uns gegenseitig noch ein paar Tipps geben«, sagte sie mit einem verschwörerischen Augenklimpern.

»Wofür denn Tipps?«, fragte Birnbaum.

»Ach, nur was man tun, damit man sich mit Warzen und Mundgeruch arrangiert, vorausgesetzt, der Typ verdient genug«, sagte ich.

»Sie sollten sich wirklich ins Bett legen, Johanna.« Aus Birnbaums Blick sprach so viel ehrliche Sorge, dass ich ihm nicht standhalten konnte, sondern auf seine Füße sah. Und was soll ich Ihnen sagen? Er hatte tatsächlich wieder zwei verschiedene Socken an, einen mit hellgrauen und einen mit dunkelgrauen Rauten. Aber egal! Was ging's mich an?

»Gute Besserung«, sagte Birnbaum.

»Danke«, sagte ich, und für einen Augenblick fühlte ich mich tatsächlich so elend, dass ich beinahe eine von Carlas Tabletten geschluckt hätte. Aber auf dem Nachhauseweg fiel mir ein, dass ich ja gar nicht meine Tage hatte, und wenn ich sie hatte, dann litt ich niemals unter Bauchschmerzen. Das wäre ein Grund gewesen, um meine Laune etwas zu verbessern, aber natürlich geschah nichts dergleichen.

Zu Hause fand ich alles unverändert vor: meinen Bruder in seinem Zimmer, meine Mutter ihre Rosenquarze wässernd und meinen Stiefvater wild entschlossen, auszuziehen.

Ich traf ihn im Garten.

»Mein Koffer ist schon gepackt«, sagte er. »Und das Hotelzimmer gebucht. Wenn dieser Knabe von Sohnemann bis morgen früh nicht seinen faulen Hintern aus dem Bett geschält und sich hinter seine Bücher gesetzt hat, bin ich weg.«

»Was sagt Mama denn dazu?«

Jost zuckte mit den Schultern. »Sie glaubt mir nicht. Sie sagt, mit solchen Drohungen mache ich alles nur noch schlimmer. Philipp stehe gewissermaßen unter Schock, und so ein autoritäres Vaterverhalten setze seine sensible Seele unter Druck, und überhaupt, das Abitur könne doch unmöglich wichtiger sein als Philipps seelisches Gleichgewicht.«

»Aha«, sagte ich. »Sie redet also Blödsinn, wie immer.«

»Ich weiß nicht«, sagte Jost. »Vielleicht hat sie ja auch Recht. Aber dann gehört Philipp nicht ins Bett, sondern zu Helena in die Psychiatrie. Übrigens, Toni hat angerufen, du sollst sie zurückrufen, es ist dringend.«

Ich hatte wirklich vor, Toni zurückzurufen, aber ich vergaß es bereits auf dem Weg zurück ins Haus. Da nämlich kreuzte eine Weinbergschnecke meinen Weg, auf deren Rücken das Wort »blood« stand. Augenblicklich kochte Wut in mir hoch wie Milch in einem Topf. Ich schnappte mir die Schnecke und nahm sie mit ins Badezimmer, wo ich sie gründlich mit der Wurzelbürste und Seife bearbeitete. Es half nichts, die schwarze Lackschrift verblasste nur unwesentlich. Ich ging zurück zu Jost.

»Wie bekommt man schwarzen Lackstift wieder runter?«, fragte ich.

»Mit Verdünner«, sagte Jost. »Deine Mutter hat das Zeug im Atelier, aber ich habe auch noch was im Gartenschuppen. Wozu brauchst du es?«

»Ich muss eine Schweinerei wieder rückgängig machen«, sagte ich. Es war noch zu hell, als dass die Schnecken schon auf Nahrungssuche unterwegs waren, aber ich kannte die Stellen, an denen sie sich tagsüber im Kies eingruben oder zwischen den Pflanzen versteckten. Die meisten wohnten im Vorgarten. Es dauerte nicht lange, da hatte ich eine ganze Menge von ihnen in einem alten Blumentopf gesammelt. Ich setzte mich im Schneidersitz auf den Rasen und tunkte einen alten Lappen in die streng riechende Verdünnungslösung.

Als Erstes musste die Schnecke mit der Aufschrift »devil« dran glauben. Die Lösung löschte die Buchstaben auf dem Schneckenhaus tatsächlich aus, aber der Schnecke schien das gar nicht zu gefallen, sie rollte sich in ihrem Häuschen zusammen und machte einen unglücklichen Eindruck.

»Glaub mir, es ist besser so«, sagte ich zu ihr.

In diesem Augenblick schaute Birnbaum über die Kirschlorbeerhecke. »Was um Himmels Willen treiben Sie denn da, Johanna?«, fragte er.

Ich war mir durchaus darüber im Klaren, dass ich einen merkwürdigen Eindruck machen musste, im Schneidersitz auf dem Rasen sitzend, neben mir einen Blumentopf voller beschrifteter Schnecken und einen Kanister mit Verdünner. Ich machte daher gar nicht erst den Versuch, Birnbaum die Sache zu erklären.

»Das sehen Sie doch«, sagte ich nur. »Ich mache die Schnecken sauber.«

Birnbaum öffnete das Gartentor und kam näher. »Himmel, das ist ja Verdünner!«, rief er aus. »Damit töten Sie die armen Viecher ja.«

»Nein, ich mache nur die Worte auf ihrem Rücken weg«, beharrte ich.

»Die Schneckenhäuser bestehen zum größten Teil aus

Kalk, und den ätzen Sie mit dem Zeug weg. Schauen Sie doch, die arme Schnecke!« Er nahm die ehemalige »devil«-Schnecke hoch und sah sich um. »Vielleicht hilft es, wenn wir sie ein bisschen wässern«, sagte er und tunkte die Schnecke in das Wasserfass an der Hausecke.

Ich fing an zu heulen. Da waren sie plötzlich wieder, meine guten alten Schuldgefühle. Wegen der armen unschuldigen Schnecke, die ich jetzt auf dem Gewissen hatte.

»Das wollte ich nicht«, schluchzte ich.

Birnbaum hockte sich neben mich ins Gras und drehte den Deckel der Verdünnungslösung zu. Dann nahm er eine weitere Schnecke in die Hand – es war die mit der Aufschrift »blood« und fragte freundlich: »Was soll denn das Ganze?«

Vor Schluchzen konnte ich kaum sprechen, aber ich brachte immerhin ein paar klärende Sätze zustande: »Diese schreckliche Helena hat lauter hässliche Worte auf die Schnecken geschrieben« – schnief – »und sie bilden zusammen mit den anderen Schnecken unheimliche Sätze« – schnief – »und es ist, als ob sie den ganzen Garten damit verseucht hätte« – schnief – »wie ein Fluch, der nun auf uns liegt.«

»Ich verstehe«, sagte Birnbaum, der mit Sicherheit überhaupt nichts verstand. »Und warum macht Helena die Schweinerei nicht selber wieder weg?«

»Sie ist in der Psychiatrie«, sagte ich. »Sie ist nicht wirklich böse, nur verrückt. Aber wenn Sie das gesehen hätten, die tote Ratte und das ganze Blut ...« Wieder fing ich bitterlich zu schluchzen an, ich konnte gar nichts dagegen machen, und je mehr ich weinte, umso mehr wurde mir klar, wie viel Grund ich doch dazu hatte. Ich weinte wegen der Ratte, die Helena umgebracht hatte, und ich weinte wegen des entsetzlichen Anblicks, der sich mir in dieser Nacht geboten hatte. Ich weinte, weil meine Mutter nicht einsehen wollte, dass sie Philipp nicht half, indem sie ihn wie ein rohes Ei behandelte, und ich weinte, weil Jost uns morgen verlassen würde. Ich weinte, weil meine Familie nicht mehr nur verrückt, sondern auseinander gebrochen war, und ich weinte, weil ich nicht die Kraft und die Macht hatte, etwas dagegen zu unternehmen. Und weil ich schon mal dabei war, weinte ich auch wegen all der anderen Dinge:

Weil meine Schwester immer müde war und keinen hatte, der für sie einkaufte.

Weil der Hamster in meinem Putzwasser ertrunken war.

Weil mein dicker Hintern sich eben nicht in Claires Zellophanpapier aufgelöst hatte.

Weil Basti bei mir genetische Fettverteilungsprobleme diagnostiziert hatte.

Weil Boris sich in mich verliebt hatte, aber im festen Glauben, dass ich in Größe 36 passte.

Weil Vivi immer nur miese Jobs bekam und diesem Versager Max auch noch ständig Geld lieh.

Und weil Birnbaum mit Annika Fredemann zusammen war.

Ja, Letzteres schien mir, während ich so vor mich hinweinte, der traurigste aller Gründe zu sein. Birnbaum und Annika Fredemann, die perfekte Blondine und das George-Clooney-Double – das war absolut und kolossal zum Heulen.

Ich hatte es bisher nur nicht gewusst.

Birnbaum legte zögerlich einen Arm um meine Schulter. Mit seinem Handrücken begann er meine Wange zu streicheln, und das irritierte mich so, dass meine Tränen allmählich versiegten. Nur meine Schultern zuckten noch von Zeit zu Zeit in die Höhe, wenn sich ein Schluchzer vom tiefsten Grund meines Zwerchfells nach oben drängte.

Zu diesem Zeitpunkt – tränenverschmiert zwischen Schnecken auf der Wiese sitzend, ein paar wirre Sätze über tote Ratten stammelnd – war ich weit davon entfernt, auch nur noch eine Spur von Peinlichkeit zu empfinden. Sie kennen das sicher: Ab einem bestimmten Zeitpunkt, nämlich wenn man sich schon längst bis auf die Knochen blamiert hat, ist einem einfach nichts mehr peinlich. Ich sah Birnbaum an, als sähe ich ihn zum ersten Mal. Seine kantige Stirn, die buschigen Augenbrauen, die gerade römische Nase und das energische Kinn, das wie immer um diese Tageszeit von einem dichten Dreitagebart überzogen war.

Seit wann war ich in ihn verliebt?

Vermutlich, seit er das erste Mal das Wort an mich gerichtet hatte. Ich war nur viel zu vernünftig gewesen, um es zu bemerken.

»Ich habe eine Idee«, sagte Birnbaum, der nicht aufgehört hatte, meine Wange zu streicheln. »Haben Sie diese Lackstifte noch?«

Ich blinzelte ihn durch einen Schleier von Resttränen an. »Keine Ahnung. Möglicherweise sind sie noch bei meinem Bruder im Zimmer. Warum?«

»Wir können die Wörter einfach übermalen.« Er nahm eine Schnecke auf und hielt sie mir entgegen. »Geben

Sie mir so einen Stift, und aus bitch wird bliss«, sagte er. »Das ist doch besser, als sie mit Verdünner zu tränken, oder, Johanna?«

Keiner verstand es meinen Namen so schön auszusprechen wie er.

»Das ist eine wunderbare Idee!« Begeistert sprang ich auf meine Füße. »Ich bin gleich wieder da. Gehen Sie nicht weg, ja? Und passen Sie auf, dass die Schnecken nicht abhauen.«

Ohne Birnbaums Antwort abzuwarten, flitzte ich ins Haus, geradewegs in Philipps Zimmer.

»Pssssst«, machte meine Mutter, die auf einem Stuhl am Fenster saß. »Er schläft gerade.«

»Das ist mir so was von scheißegal«, sagte ich und durchwühlte Philipps Schreibtisch, ohne mich weiter um meine Mutter zu kümmern. Da, gleich neben dem unberührten Biobuch fand ich die Lackstifte, alle beide. Ich rannte so schnell ich konnte zurück in den Vorgarten. Birnbaum war brav auf dem Rasen sitzen geblieben und hatte die Schnecken sortiert.

»Aus ›blood‹ machen wir einfach ›bloom‹«, sagte er und nahm mir einen Stift aus der Hand. »Das heißt *blühen* und ist als solches nicht verwerflich.«

Ich machte aus der »bitch«-Schnecke wie er vorgeschlagen hatte eine glückliche »bliss«-Schnecke, mit zwei besonders dicken und großen S am Schluss, und Birnbaum sorgte mit einem fetten Schnörkel dafür, dass aus »demon« »lemon« wurde.

Beide waren wir uns einig, dass »night« und »black« Worte waren, die man als neutral durchgehen lassen konnte, und alle Schnecken, die Philipp beschrieben hatten, »heart«, »her«, »him«, »day«, »light« und »happy«

konnten ebenfalls unbehelligt den Blumentopf verlassen.

Unschlüssig hielt Birnbaum die »lumbago«-Schnecke in die Höhe. »Mit etwas Geschick kann man aus dem Hexenschuss ein Wiegenlied machen«, sagte er. »Soll ich?«

Ich nickte, während ich »break« kurzerhand in »bread« verwandelte. Eine friedliche Stimmung breitete sich aus, ähnlich wie früher, wenn die ganze Familie zum Ostereierbemalen in der Küche zusammengekommen war. Ich versuchte, meine wirren Gedanken zu ordnen.

»Warum sind Sie eigentlich hergekommen?«, fragte ich. »Und woher wussten Sie, wo ich wohne?«

»Das habe ich aus Ihrer Personalakte. Dass es nicht weit von mir weg war, wusste ich ja schon.« Birnbaum setzte seine Schnecke ins Gras. »Ich wollte einfach nur nach Ihnen sehen. Sie sahen heute Nachmittag so elend aus, eigentlich sind Sie schon die ganze Woche so verändert. Heute Morgen in der Redaktionssitzung, als Becker die Fotos von der Wellness-Farm gezeigt hat, da waren Sie mit den Gedanken ganz woanders.«

Allerdings. Ich hatte nur einen kurzen Blick auf die farbenfrohen Bilder werfen müssen, die Becker von mir in Zellophan geschossen hatte, und schon war ich mit meinen Gedanken woanders gewesen: Vor meinem inneren Auge waren ein halbes Dutzend andere Bilder erschienen: Becker mit all den Pflanzen, auf die er allergisch reagierte, in eine Sauna gesperrt, Becker blaugefroren im Eisbett vergessen, Becker in Zellophan gewickelt auf dem Trampolin, Becker elendig an einem Schlammdrink erstickt …

»Ich dachte, Sie könnten vielleicht krank sein, aber jetzt weiß ich ja, dass Ihnen etwas anderes so nahe gegangen ist«, sagte Birnbaum. »Auch wenn ich noch nicht so ganz verstanden habe, was eigentlich passiert ist.«

Ja, das konnte ich ihm nicht verdenken.

»Mein kleiner Bruder hat mit Drogen experimentiert und ruht sich seither in seinem Zimmer aus, seine Freundin hat ihre Ratte geschlachtet und musste zur Strafe in die Psychiatrie, ich habe meine Diät abgebrochen und aufgehört, an das Gute im Menschen zu glauben, meine Mutter versucht vergeblich, die Atmosphäre mit Räucherstäbchen zu reinigen, und mein Stiefvater zieht morgen früh ins Hotel«, fasste ich die Ergebnisse der vergangenen Woche flüssig zusammen. »Ach ja, und meine Schwester ist vermutlich gerade dabei, dem Filialleiter vom Supermarkt die Nase zu brechen. Aber keine Sorge, ihr Mann ist Anwalt, und ich nehme an, vier Jahre Schlafentzug sind auf jeden Fall als mindernde Umstände anzusehen.«

»Warum haben Sie überhaupt mit der Diät angefangen?«, fragte Birnbaum.

Ich machte eine wegwerfende Handbewegung. »Ach, ich dachte, ich müsste mal etwas gegen diese Fettverteilungsprobleme unternehmen. Und dann gibt es da noch einen gewissen Boris, der auf Frauen mit Größe 36 steht. Das ist jedenfalls zu vermuten.«

Birnbaum rieb sich mit dem Lackstift die Nase. Offensichtlich wusste er nicht, was er sagen sollte.

»Sie müssen denken, dass ich komplett verrückt bin«, sagte ich voller Zuneigung. »Wie der Rest meiner Familie. Wegen uns könnte man eine eigene geschlossene Abteilung eröffnen.«

»Na ja, wer kann schon von sich sagen, dass er normal ist?« sagte Birnbaum. »Hey! Kann es sein, dass die Schnecken auf Schuhcreme stehen? Sehen Sie nur!« Tatsächlich, auf seinen Schuhen hatten es sich zwei Schnecken bequem gemacht. Auf dem linken Schuh klebte die Schnecke mit der Aufschrift »kiss«, und die Schnecke auf dem rechten Schuh trug die Aufschrift »her«.

»Tja, dann«, sagte Birnbaum, legte die Hand um meinen Nacken und küsste mich mitten auf den Mund.

Ich war so überrumpelt, dass ich stillhielt, und gerade, als ich begriff, was hier überhaupt vor sich ging, ließ er mich abrupt los und stand auf.

»Ich muss gehen«, sagte er brüsk.

Ich sagte nichts, fasste mir aber, mit einer Geste, die einer holden Jungfrau in einer Hedwig-Courths-Mahler-Verfilmung würdig gewesen wäre, an die Lippen, ganz so, als wäre dies der erste Kuss meines Lebens gewesen.

Birnbaum grinste. Es war ein ganz neues Grinsen, weder wölfisch noch perfide noch lausbubenhaft. Es war ein zufriedenes Grinsen.

»Bis dann«, sagte er und ging. Offensichtlich war er der Ansicht, für heute genug Verwirrung angerichtet zu haben. Am Gartentor drehte er sich aber noch einmal um, als warte er auf eine Reaktion von mir.

Ich tat ihm den Gefallen. Grob grabschte ich nach der letzten im Blumentopf verbliebenen Schnecke und hielt sie ihm entgegen.

»Was hätten Sie denn gemacht, wenn Ihnen diese hier auf dem Schuh geklebt hätte?«, fragte ich.

Zu meiner allergrößten Zufriedenheit errötete Birnbaum. Offensichtlich konnte man die Aufschrift bis zum Törchen hin lesen.

»Da wäre mir schon etwas eingefallen«, sagte er und ging.

17. Kapitel

Ein paar Minuten lang fühlte ich mich richtig gut und hatte im Wesentlichen nur zwei Gedanken, immer abwechselnd: »Birnbaum hat mich geküsst« und »Birnbaum hat mich geküsst«.

Aber dann, so ganz allmählich, begann auch der Rest meines Gehirns wieder zu arbeiten. Zuerst nur ganz schwach (»Sein Bart hat gar nicht gekratzt«), dann aber immer mehr (»Moment mal, ist Birnbaum nicht dein Chef? Der, der mit dieser umwerfend schönen Fredemann-Tochter zusammen ist?«), bis es schließlich förmlich in nur einer einzigen Frage explodierte: »Oh Gott! Was soll ich denn jetzt nur tun?« Und dann fing es wieder von vorne an: »Birnbaum hat mich geküsst, Birnbaum hat mich geküsst …«

Eine wirkliche Hilfe war mein Gehirn an diesem Abend nicht mehr. Ich wusste einfach nicht, ob ich mich zu Tode betrübt oder himmelhoch jauchzend fühlen sollte, und nachdem ich die Verdünnungslösung in den Schuppen zurückgebracht und einen Abstecher an der Tiefkühltruhe vorbeigemacht hatte, ging ich in mein Zimmer und schloss die Tür hinter mir ab.

Boris hatte wieder eine E-Mail geschickt. Ich löschte sie direkt vom Server. Ich hatte wahrhaftig schon genug Probleme.

Und dann tat ich, was jeder in meiner Situation getan hätte: Ich wickelte mich in meine Bettdecke und schaltete den Fernseher ein. Und während ich stieren Blicks »Wer wird Millionär?« verfolgte, löffelte ich Karamelleis direkt aus der Packung und versuchte, meinen Kopf genauso öde und leer werden zu lassen wie den des Kandidaten.

Es funktionierte. Um viertel nach neun legte ich den Löffel beiseite und schlief ein.

Am nächsten Morgen, noch bevor ich irgendeinen Gedanken fassen konnte, rüttelte meine Mutter heftig an meiner Türklinke.

»Hanna! Hanna!«, rief sie. »Mach auf!«

Durch das Fenster schien die Sonne herein, es war einer dieser herrlichen Frühlingstage, an denen man das Leben nur so in sich kribbeln fühlt. Jedenfalls unter normalen Umständen.

Ich rollte mich aus dem Bett und schloss die Tür auf.

»Gott sei Dank«, sagte Mama. »Ich dachte schon …«

»Was denn? Dass ich mich eingeschlossen habe, um in Ruhe ein paar Pillen einzuwerfen und meine Haustiere zu massakrieren?«, fragte ich. »Oder hast du gedacht, ich hätte meine Pulsadern aufgeschnitten, weil ich es vor lauter Sorgen um meine Familie nicht mehr aushalte? Keine Angst, eher würde ich ins Hotel ziehen.«

Mama biss sich auf die Lippen. »Genau das hat Jost getan. Er ist gerade weggefahren. Er meinte das doch nicht ernst, oder, Hanna?«

»Natürlich meint er es ernst«, sagte ich.

»Du kennst Jost nicht«, sagte Mama. »Er ist nicht der Mann, der wegläuft, wenn es Probleme gibt. So etwas würde er nie tun.«

»Wenn du mich fragst, ist es das Einzige, das er noch

tun kann«, sagte ich. »Und jetzt entschuldige mich bitte, ich habe einen schweren Tag vor mir und muss noch eine Menge erledigen.«

»Warum versteht ihr nicht, du und Jost, dass es ganz allein meine Schuld ist, was passiert ist?«, fragte meine Mutter, wobei sie in einer bühnenreifen Geste ihre Hände rang. »Nur weil ich meine Aufgabe als Mutter vernachlässigt habe, und mehr noch, diese Helena in unserem Leben willkommen geheißen habe, ist der Junge überhaupt in diese Situation geraten. Ich will das wieder gutmachen, das ist alles, was ich will, warum könnt ihr das nicht verstehen?«

»Was soll daran gut sein, wenn du Philipp den ganzen Tag im abgedunkelten Zimmer herumliegen lässt und ihn bedauerst? Hat Helena ihn gebissen und zu einem Vampir gemacht?«

»Er braucht Zeit, um seine Gedanken und seine Gefühle zu ordnen! Und ich helfe ihm dabei.«

»Du hilfst ihm einen Dreck«, sagte ich. »Während du ihn daran hinderst, selber Verantwortung für sich und seine Taten zu übernehmen, lässt du es zu, dass deine Ehe den Bach runter geht.«

»Jost will nur ein bisschen mit den Ketten rasseln. Dabei weiß er genau, wie sehr ich diese Art von Autoritätsgehabe ablehne.«

»Was ist denn daran autoritär, wenn jemand seine Koffer packt und auszieht? Ich würde sagen, es ist das genaue Gegenteil.«

»Er will mich damit unter Druck setzen.«

Ich schüttelte den Kopf. »Er hat dich vorher unter Druck gesetzt, aber als er gemerkt hat, wie wenig dir an ihm und Philipp liegt, ist er gegangen.«

Mama sah betroffen aus. Das konnte sie gut. »Wie kannst du so etwas sagen? Ich liebe Jost, und ich liebe Philipp! Warum sonst würde ich das alles wohl für ihn tun?«

»Was tust du denn?«, fragte ich kalt. »Glaubst du, es ist ein Liebesbeweis, dass du ihm das Abitur ersparst?«

Mama traten die Tränen in die Augen. »Ihr wollt das einfach nicht verstehen.«

»Möglicherweise.« Ich zuckte mit den Schultern. »Aber vielleicht bist es ja auch du, die hier nichts verstehen will. Ich glaube jedenfalls nicht, dass Jost wiederkommen wird. Ich wünsche ihm ganz ehrlich, dass er eine neue Frau findet, eine, die in der Lage ist, ihm die Liebe zurückzugeben, die er verdient.«

Mama fing an zu weinen. Sie weinte oft und gerne. Je pathetischer man wurde, desto eher weinte sie. Es ließ mich gänzlich kalt. Ich schob mich an ihr vorbei ins Badezimmer, ohne mich um ihr Geschluchze zu kümmern. Mehr konnte ich nicht für sie tun.

Ich hatte lange geschlafen, es war schon halb elf, als ich wieder aus dem Bad kam und begann, mich mit ernsthaften Überlegungen zum Thema »kleines Schwarzes« herumzuschlagen. Ich hatte keins. Und ich kannte keinen, der eins in meiner Größe hatte.

Es blieben mir also nur zwei Möglichkeiten: Entweder ich zog los und versuchte noch ein Kleid zu kaufen, oder aber ich zog etwas anderes an. Ich entschied mich für Letzteres. Ich besaß einen sehr hübschen schwarzen Hosenanzug, einer von denen, die immer passten, egal ob Firmenjubiläum, Theaterbesuch, Party, Vorstellungsgespräch, Dinner für zwei oder Beerdigung. Es war auch anzunehmen, dass mich Fredemanns Türsteher einlassen würden, wenn ich ihn trüge. Beinahe schon hätte ich mir wegen dieser ebenso einfachen wie genialen Lösung auf die Schulter geklopft, als mir ein weiteres Versäumnis in den Sinn kam: Ich hatte nicht an ein Geschenk gedacht. Was, um Himmels Willen, schenkt man seinem Verleger zum fünfundsechzigsten, wenn der einen nicht mal persönlich kennt? Gut, er hatte mir zwei- oder dreimal die Hand geschüttelt, aber ich bezweifelte stark, dass er meinen Namen kannte.

Was also sollte ich ihm schenken? Ein Paar Golfsocken? Ein After Shave? Eine Flasche Portwein?

»Bist du irre?«, rief Carla aus, als ich am Telefon sie danach fragte. »Auf der Einladung stand doch ausdrücklich, dass er sich eine Spende wünscht. Du kannst wählen zwischen der Peter-Ustinov-Stiftung und der Loos-Inititative.«

»Was ist das denn?«, fragte ich.

»Die fördern therapeutische Wohngruppen für psychisch Kranke«, sagte Carla. »Um die Krankenhäuser zu entlasten.«

Ich entschied mich selbstredend für die Peter-Ustinov-Stiftung. Das war ein netter Zug von Fredemann, dass er sich nicht selbstsüchtig mit Golfsocken und Portwein beschenken ließ, sondern an die armen Kinder in Afrika dachte. Auf meinem Girokonto war ohnehin viel zu viel Geld – endlich hatte ich mal ein Problem, das keines war.

Auf dem Rückweg von der Bank und der Parfümerie, bei der ich ein kleines Vermögen gelassen hatte, machte ich einen Schlenker bei Toni vorbei. Bei dem schönen Wetter waren alle im Garten, Leander in seinem Kinderwagen, Henriette und Finn im Sandkasten.

Toni saß gegen ein aufblasbares Hüpfpferd gelehnt in der Sonne und hatte die Augen geschlossen.

»Schläfst du?«, fragte ich.

Toni öffnete die Augen. »Machst du Witze? Was suchst du eigentlich hier, ich denke, du bist so wahnsinnig vielbeschäftigt!«

»Ich wollte nur mal hören, ob du alles hast, was du brauchst«, sagte ich.

»Na klar«, sagte Toni. »Ein Baby mit Durchfall, zwei Kleinkinder, die sich gegenseitig Sand in die Augen werfen und einen Ehemann auf Fortbildung, was braucht man denn mehr?«

»Ich dachte eigentlich an Windeln, Obstgläschen und Spinat«, sagte ich.

»Ist alles da«, sagte Toni. »Wir haben gestern Abend einen anderen Supermarkt heimgesucht, stimmt's, Kinder? Hat auch alles ganz prima geklappt. Finn hat zwar einer alten Dame seine Wurstscheibe auf den Regenmantel geklebt, aber das hat sie gar nicht gemerkt.«

»Na, siehst du«, sagte ich und gab Finn einen anerkennenden Klaps auf den Windelpopo. »Es geht doch!«

»Oh ja«, sagte Toni ironisch. »Vor lauter Freude hätte ich sicher tief und sorgenfrei geschlafen, wahrscheinlich zwölf Stunden am Stück, aber irgendwie waren es wieder nur drei. Zusammengenommen. Und was gibt's bei dir Neues?«

»Jost ist heute Morgen ausgezogen.«

»Tatsächlich? Wohin?«

»Ins Hotel«, sagte ich. »Jedenfalls fürs Erste.«

Toni kaute nachdenklich auf ihrer Unterlippe. »Und was sagt Mama dazu?«

»Irgendwas von autoritären Drohgebärden«, sagte ich

achselzuckend. »Sie glaubt nicht, dass er's lange im Hotel aushält.«

»Wieso sollte er nicht?«, fragte Toni. »Man hat dort doch alles, was man braucht: ein Klo, ein Bett und viel, viel Ruhe …«

»Spielst du was mit uns, Hanna?«, fragte Henriette.

»Au ja«, sagte Finn. »Bitte, bitte.«

»Au ja«, sagte Toni. »Bitte, bitte! Ich könnte mich dann einfach ein Stündchen aufs Sofa legen …«

»Tut mir Leid, aber ich habe keine Zeit«, sagte ich. »Ich bin heute Abend auf dieser Feier eingeladen, und ich muss mich noch geistig, körperlich und seelisch darauf vorbereiten.«

»Verstehe«, sagte Toni. »Na ja, macht nichts. Es klappt sicher ein anderes Mal.«

Für einen Augenblick wollten sich meine altbekannten Schuldgefühle wieder melden, aber ich unterdrückte sie energisch. Diesmal hatte ich wirklich genug eigene Probleme – und die ließen sich nicht mit einer durchgeschlafenen Nacht aus der Welt schaffen.

Zu Hause ignorierte ich meine Mutter, Philipp und ihre Trauermienen so gut es ging und nahm den ganzen Nachmittag das Badezimmer in Beschlag. Ich wusch meine Haare, verpasste ihnen eine Kurpackung für Extraglanz und bearbeitete sie stundenlang mit dem Lockenstab. Ich machte ein Gesichtspeeling, legte eine beruhigende Maske auf und zupfte meine Augenbrauen in Form. Ich rasierte, pedikürte, manikürte, zupfte, cremte, bügelte, parfümierte, malte und puderte an mir herum.

Anschließend posierte ich vor dem Spiegel, um zu klären, was ich unter dem Blazer meines Hosenanzugs tragen sollte. Am besten sah es aus, wenn ich nichts darunter trug, das heißt nichts, außer dem schlichten, schwarzen Minimizer-BH. Man konnte zwar ein ganz kleines Stückchen davon sehen, wenn man sich anstrengte, aber ein Laie (und welcher Mann kannte sich schon bei Miederwaren aus?) würde schon wissen, was für einen wenig erotischen Namen meine Unterwäsche hatte? Das tiefe Dekolleté verzierte ich mit dem Collier aus Sarowski-Kristallen, das ich von Carla, Vivi und Sonja zum letzten Geburtstag geschenkt bekommen hatte. Ich tuschte mir viermal die Wimpern, benutzte drei verschiedene Schattierungen von Lidschatten und musste meinen Lippenkonturenstift mehrmals neu anspitzen, bis ich mit dem Endergebnis zufrieden war.

Als ich endlich fertig war, war es beinahe schon Zeit zu gehen. Ich sah mich im Spiegel an und war mit dem Ergebnis meiner Bemühungen sehr zufrieden. Es war klar, sogar mir selber in meinem dauerverwirrten Zustand, dass ich diesen Aufwand nicht für den warzigen Cousin von Annika Fredemann betrieben hatte, sondern ganz allein für Birnbaum, der mit Sicherheit auch anwesend sein würde.

Der warzige Cousin würde aus seinen Latschen kippen, und was Birnbaum anging: Er würde bei meinem Anblick auf der Stelle vergessen, wie ich in Schlamm und Zellophan gewickelt ausgesehen hatte.

Ehe ich das Haus verließ, rief Carla noch einmal an.

»Wie siehst du aus?«, fragte sie.

»Großartig«, antwortete ich selbstbewusst. »Ich habe einen Blazer an, der meine Fettverteilungsprobleme perfekt zur Geltung bringt. Und wie ist es bei dir?«

»Auch großartig«, sagte Carla. »Jetzt, wo ich weiß, dass Alex ohne seine Brille praktisch blind ist, muss ich mir keine Sorgen machen wegen dieser unschönen Striemen und Abdrücke, die bestimmte Kleidungsstücke auf der Haut hinterlassen. Ich habe sogar einen Stringtanga an, das habe ich mich schon ewig nicht mehr getraut, genauer gesagt, seit Raimund gesagt hat, das erinnere ihn an diese Linien, die ein Schönheitschirurg vor der OP auf seine Patienten zu malen pflegt. Aber ich bin trotzdem aufgeregt. Möglicherweise habe ich mich ja tatsächlich in diesen Langeweiler verliebt.«

»Manchmal verliebt man sich in die unmöglichsten Typen«, sagte ich. »Aber wer weiß, bei dir und Alex könnte es vielleicht ein Happy End geben.«

»Fürs Erste würde mir ein glücklicher Anfang schon reichen«, sagte Carla bescheiden. »Dir wünsch ich auch viel Glück, Rübe. Trink ruhig Champagner, wenn es sein muss, und lass diesen Cousin nicht ohne deine Telefonnummer ziehen. Selbst wenn er Warzen haben sollte, was ich nicht glaube.«

Sie sollte Recht behalten. Der Cousin hatte wirklich keine Warzen.

Es gab auch keinen Türsteher, nur eine freundliche Dame, die im Foyer des feinen Hotels, das die Fredemanns zu diesem Anlass exklusiv gemietet hatten, meine Einladung entgegennahm und meinen Namen auf einer endlos langen Liste mit einem Häkchen versah.

Ich hatte gerade noch Zeit, ein Glas Champagner von einem der uniformierten Kellner entgegenzunehmen, da stürzte sich auch schon Annika Fredemann auf mich.

»Johanna!« Sie hatte mir zwei Küsschen links und rechts auf die Wange geknallt, ehe ich wusste, wie mir geschah. »Wie schön, dass Sie gekommen sind. Kommen Sie, ich führe Sie zu meinem Vater, damit Sie die Gratulation hinter sich bringen können, und dann suchen wir Adam.«

Die Art und Weise, wie sie Birnbaums Vornamen aussprach, so vertraut und intim, zwang mich, mein Sektglas in einem Zug zu leeren, während ich hinter Annika herdackelte. Überflüssig zu sagen, dass sie fantastisch aussah, in irgend so einem schwarzen, geschlitzten und dekolletierten Designerfummel, den nur Gwyneth Paltrow und sie tragen konnten, ohne sich lächerlich zu machen. Ich stellte das leere Glas im Vorbeigehen auf dem Tablett eines anderen Kellners ab und griff nach einem vollen.

Ich hatte Recht gehabt mit meiner Vermutung, Fredemann hatte keinen Schimmer, wer ich war, aber er schüttelte mir mit dem allerherzlichsten Lächeln die Hand und bedankte sich vielmals, dass ich zu seiner Feier erschienen war.

Ich bedankte mich ebenso vielmals für die überaus freundliche Einladung. Ein Fotograf schoss ein Bild davon, wie wir einander die Hand schüttelten, und ein weiteres, wie ich auch Frau Fredemann die Hand schüttelte, einer eleganten Erscheinung, die wie eine dreißig Jahre ältere Ausgabe von Annika aussah.

»Dann wünsche ich Ihnen viel Vergnügen mit dem Programm und unserem Sumsebienchen«, sagte Frau Fredemann leutselig. Offensichtlich hatte auch sie schon einige Gläschen Champagner intus – wer konnte es ihr verdenken? Was war Sumsebienchen? Die Band, die man für den Abend engagiert hatte, oder die Champagnermarke? Egal!

»Ich werde mich auf jeden Fall bestens unterhalten«, versicherte ich lächelnd.

Damit waren die Formalitäten erledigt, und Annika griff nach meinem Arm.

»Kommen Sie, Johanna«, sagte sie drängend. »Ich kann es gar nicht erwarten, sein Gesicht zu sehen.«

Oh ja, natürlich, jetzt wurde es ja erst richtig spannend. Birnbaum und Annikas warziger Cousin warteten hier irgendwo im Gedränge. Ich leerte hastig das zweite Sektglas.

Annika führte mich durch den riesigen Saal, vorbei an unzähligen lang gestreckten Tischen mit blinkenden Gläsern, edlen Blumengestecken und Tischkarten aus grauem Bütten, auf denen ich im Vorbeigehen so manchen bekannten Namen entzifferte. Vielleicht würde ich ja gegenüber dieser Eisschnellläuferin sitzen oder da, beim Landrat?

»Sie sitzen natürlich am Familientisch«, sagte Annika.

Natürlich. Am Familientisch (der noch gähnend leer war, die meisten Gäste tummelten sich noch draußen im Foyer) saß auch Birnbaum. Auch er durfte als zukünftiger Schwiegersohn selbstverständlich am Familientisch sitzen. Allerdings schien diese Aussicht ihn nicht gerade in Hochstimmung zu versetzen. Er schaute geistesabwesend vor sich hin und spielte mit einer echt silbernen Gabel.

Annika bedeutete mir pantomimisch, den Mund zu halten und hielt ihm von hinten die Augen zu. Sie hatte ihm wohl wirklich nichts davon erzählt, dass sie mich auch eingeladen hatte, denn als er sich zu uns umdrehte und mich erblickte, starrte er mich an wie man jemanden anstarrt, der gerade aus einem außerirdischen Raumschiff gestiegen ist.

»Sieh mal, wen ich dir hier bringe, Adam«, sagte Annika, und die Freude in ihrer Stimme war dabei nicht zu überhören.

Ja, sieh nur her, hier bringe ich dir die Irre, mit der du gestern Abend Weinbergschnecken bemalt und herumgeknutscht hast. Wenn Annika das gewusst hätte. Ich erlaubte mir ein feines Lächeln.

Birnbaum starrte mich immer noch sprachlos an. Seine Verwirrung tat mir aus irgendeinem Grund richtig gut.

»Sei ge-grüßt, Erd-ling«, sagte ich und wackelte dazu nach Art der Außerirdischen mit dem Kopf. »Bidibidibidi.«

»Johanna«, brachte Birnbaum immerhin hervor.

»Da bin ich aber froh, dass Sie mich erkennen«, sagte ich. »Also habe ich doch nicht zuviel Make-up aufgetragen.«

Annika brach in haltloses Gekicher aus. »Da bist du baff, was, Adam? Ich wusste, dass die Überraschung gelingen würde.« Immer noch kichernd nahm sie die Tischkarte neben Birnbaums Platz auf. »Frieda Fredemann«, las sie. »Was hast du geglaubt, wer das ist, Adam? Eine alte, angeheiratete Tante, von der du noch nie gehört hast und die dich den ganzen Abend mit Geschichten von ihren Enkelkindern langweilen wird? Ha, da habe ich dich aber ganz schön an der Nase herumgeführt, was? Es gibt keine Tante Frieda in unserer Familie.« Aus ihrem Handtäschchen holte sie eine andere Karte aus grauem Büttenpapier hervor und stellte sie auf Tante Friedas Platz. »Ich hab wirklich an alles gedacht, oder?«

Auf der neuen Tischkarte stand mein Name, Johanna Rübenstrunck, in goldener Druckschrift. Das verwirrte mich zugegebenermaßen.

»Ich soll hier sitzen?«, fragte ich. »Ich dachte, Sie hätten mich als Tischdame für Ihren Cousin enga- äh – eingeladen.«

Annika kicherte wieder. »Ist sie nicht witzig, Adam? Ich bin sicher, dass sie dich weit besser unterhalten wird, als eine Tante Frieda das je gekonnt hätte. Verzeih mir bitte meinen Überfall, aber ich konnte einfach nicht widerstehen. Du weißt ja, Verkuppeln ist mein liebstes Hobby. So, jetzt muss ich euch leider wieder alleine lassen, da sind noch eine Menge Gäste zu begrüßen, aber wir haben sicher später noch Gelegenheit, miteinander zu reden. Viel Spaß, ihr beiden.«

Ich verfluchte mich dafür, dass ich den Sekt so haltlos in mich hineingekippt hatte. Als ob ich nicht schon verwirrt genug gewesen wäre.

»Aber wo ist denn jetzt Ihr Cousin?«, fragte ich. Aber Annika war schon auf ihren beeindruckend hohen Absätzen davongeklappert.

»Ich bin der Cousin, Johanna«, sagte Birnbaum.

»Sie?«

»Natürlich.« Birnbaum zog mich am Ärmel. »Setzen Sie sich.«

Ich blieb lieber stehen. »Sie wollen also der warzige Cousin sein?«, fragte ich begriffstutzig.

Birnbaum seufzte. »Nicht warzig, nur Cousin. Haben Sie das nicht gewusst? Fredemann ist doch mein Onkel. Mein Patenonkel, um genau zu sein. Ergo muss seine Tochter meine Cousine sein. Jetzt setzen Sie sich doch endlich!«

»Fredemann ist Ihr Onkel?« Nun ließ ich mich doch besser auf meinen Stuhl plumpsen, bevor meine Beine unter mir nachgaben.

»Ja, natürlich. Haben Sie das nicht gewusst? Ich dachte, die ganze Redaktion zerreißt sich das Maul darüber, dass ich mit dem Chef verwandt bin.«

Nein, so war es nicht! Die ganze Redaktion zerriss sich das Maul darüber, dass er die Tochter vom Chef bumste. Aber das entsprach offensichtlich nicht der Wahrheit. Wenn Annika seine Cousine war, durfte er dergleichen definitiv nicht tun, denn das wäre sonst so was wie Inzest gewesen, oder?

Cousine.

Sie war seine Cousine.

Dumpf brütend starrte ich vor mich hin.

»Jetzt sagen Sie doch mal etwas«, forderte mich Birnbaum auf.

»Ich finde, hier fehlen ein paar Luftballons«, sagte ich. Ich hielt einen vorbeieilenden Kellner an und nahm mir noch ein Glas Champagner vom Tablett. Aber obwohl ich es genauso schnell hinunterspülte wie die anderen, widerfuhr mir keine Erleuchtung.

Birnbaum seufzte wieder. »Wirklich, Johanna, ich bin genauso überrascht wie Sie.«

»Ach, Sie wussten bisher auch noch nicht, dass Annika Ihre Cousine ist?« Allmählich wich meine dumpfe Verwirrtheit einer unbestimmten Wut. Ja, ich war stinkwütend auf Birnbaum, weil er mich hatte glauben lassen, dass er mit einer Superblondine zusammen war.

»Was ist denn daran so schlimm?«, wollte er wissen. »Ich habe einen ganzen Haufen Cousinen.«

»Was daran so schlimm ist? Das kann ich Ihnen gerne

sagen, Birnbaum«, rief ich aus. »Es ist die billigste und klischeehafteste Erklärung, die mir jemals untergekommen ist. Wir sind doch hier nicht in einem billigen Roman!«

»Also, das müssen Sie mir jetzt aber mal näher erläutern«, sagte Birnbaum.

»Herrgott, Birnbaum! Wir alle waren der Ansicht, Annika sei Ihre Geliebte«, sagte ich ungeduldig. »Jeder dachte das! Ich natürlich auch. Und jetzt sagen Sie mir, Sie ist Ihre Cousine! Bis hierhin können Sie mir doch folgen, oder?«

Birnbaum nickte.

»Gut. Und was bitte passiert in einem Kitschroman, wenn die Heldin sich gerade wegen ihrer schönen Rivalin von der Brücke stürzen will? Hm? Hm? Richtig: Es stellt sich heraus, dass die schöne Rivalin a) seine Schwester oder b) eine Lesbe oder c) seine Cousine ersten Grades ist. Das nenne ich billig!«

Zum ersten Mal an diesem Abend lächelte Birnbaum. »Aha! Höre ich da heraus, dass Sie sich mit der Heldin in diesem Kitschroman identifizieren?«

»Himmel, nein! Das hier ist der reinste Horrorroman!« Auf einmal war ich wieder den Tränen nahe. Irgendwie war das alles zu viel für mich.

»Aber ist es denn nicht schön, dass Sie sich nicht von der Brücke stürzen müssen?«, fragte Birnbaum.

»Das hatte ich niemals vor, Sie eingebildeter …«, rief ich aus, aber Birnbaum legte mir die Hand auf den Mund.

»Vorsicht! Ich bin immer noch dein Chefredakteur«, sagte er. Offensichtlich hielt er es für angebracht, zu einer weniger förmlichen Anrede überzugehen. »Ich wusste nicht, dass ich dich heute Abend hier treffen würde, Johanna, aber wo du schon mal hier bist, können wir gleich ein paar entscheidende Dinge klären.«

»Von mir aus! Ich hätte mich schon nicht von der Brücke gestürzt«, sagte ich. »Nicht Ihretwegen und auch nicht wegen all der anderen Probleme, die sich vor und hinter mir auftürmen wie Wolkenkratzer. Ich bin nicht der Typ, der sich von der Brücke stürzt. Nicht mal Vivi würde das tun, obwohl sie seit Jahren davon redet. Fräulein? Noch einen Champagner bitte.«

Die uniformierte Kellnerin stellte mir ein Glas auf den Tisch.

»Ach, geben Sie mir ruhig gleich noch eins«, sagte ich und stürzte den Champus durstig meine Kehle hinunter.

»Ich möchte gerne mal wissen, wann das Zeug endlich in meinem Gehirn ankommt«, sagte ich zu Birnbaum.

»Jeden Augenblick, da bin ich sicher«, sagte Birnbaum.

»Ja, dann wollen wir das mal hoffen.« Ich leerte zuerst das eine, dann das andere Glas, und Birnbaum sah mir dabei zu. Allmählich füllten sich die Sitzplätze an den Tischen, auch um uns herum gab es immer weniger freie Stühle. Uns gegenüber nahmen ein Mann im Smoking und eine ebenso elegante Frau Platz. Beide lächelten erst Birnbaum und dann mich an.

Genau in diesem Augenblick fühlte ich den Alkohol in meinem Gehirn ankommen.

»Angenehm, Anselm Fredemann«, schnarrte der Mann, und die Frau sagte: »Fröschlein.«

»Gesundheit«, sagte ich. Huihui, was war das doch für ein herrliches Gefühl, wenn fünf Gläser Champus auf einmal im Großhirn anlangten!

»Ich liebe dich«, sagte Birnbaum.

Ich sah ihn verschwommen an. Die Gedanken, die in meinem Kopf herumturnten, hatten allesamt Schluckauf. »Seit wann das denn?«

»Ich glaube schon ziemlich lange«, antwortete er ernst. »Zuerst war es nur ein Spiel, und Neugier natürlich, aber dann hat's mich voll erwischt.«

»Wirklich? Obwohl Sie die Fotos von mir im Eiswürfelbett gesehen haben?«

Birnbaum lachte. »Du sahst toll aus.«

»Kann es sein, dass Sie vielleicht auch kurzsichtig sind? Ich fürchte, alle Männer, die sich in mich verlieben, haben was auf den Augen.«

»Ich habe Augen wie ein Luchs«, sagte Birnbaum.

Prüfend schaute ich ihn an. Er hatte überhaupt keine Augen wie ein Luchs, eher solche wie sein Hund Jakob, braun, treu und gutmütig. Viel, viel schöner, als die von George Clooney. George Clooney war überhaupt ein Dreck gegen Birnbaum.

»Das wäre jetzt der Augenblick, in dem du sagen könntest, dass es dir genauso geht wie mir«, sagte Birnbaum schließlich.

»Mir geht es aber nicht wie Ihnen«, sagte ich. »Ich stecke gerade mitten in einer tiefen persönlichen Krise. Meine Familie fällt auseinander, und ich habe mich in meinen Chef verliebt. Gut, seine vermeintliche Geliebte hat sich soeben als seine Cousine entpuppt, aber ich sage Ihnen, meine Probleme sind immer noch ausgesprochen vielfältig. Zu allem Überfluss gibt es da noch einen anderen Mann. Zufälligerweise ist er auch in mich verliebt. Er heißt Boris.«

»Was genau willst du mir eigentlich sagen?«, fragte Birnbaum.

Ja, was genau wollte ich ihm eigentlich sagen? Ich war viel zu betrunken, um eine vernünftige Antwort zu geben.

»Ich glaube, ich brauche einfach noch ein bisschen Zeit, um meine Probleme zu ordnen«, sagte ich. »Außerdem bin ich stockbesoffen.«

Birnbaum schwieg eine Weile.

»In Ordnung«, sagte er dann. »Ich gebe dir die Zeit. Bis morgen Abend. Alle Probleme, die du bis dahin nicht gelöst hast, schaffen wir gemeinsam aus der Welt.«

18. Kapitel

Als ich am nächsten Morgen aufwachte, brummte mir der Schädel. Das war verständlich: Dem vielen Sekt war eine Menge Wein gefolgt, den die Kellner während des erstklassigen Abendessens unablässig aus- und nachgeschenkt hatten, einen Grauburgunder zur Suppe, einen Riesling zum Fisch und einen Dornfelder zum Geflügel.

Das Erste, was ich sah, war das Gesicht meines kleinen Neffen direkt vor meinem Kopf. Daneben erschien das Gesicht meiner kleinen Nichte.

»Pik, pik, in dein Auge«, sagte sie, aber ehe ihr spitzer, kleiner Finger mein Auge erreicht hatte, setzte ich mich schwankend auf.

»Was macht ihr denn hier?«

»Dich besuchen«, sagte Henriette. »Leander ist auch dabei.«

»Und wo ist eure Mama?«

»Weg«, sagte Philipp. Er saß auf meinem Schreibtischstuhl und hatte Leander auf dem Schoß.

»Nanu«, sagte ich. »Was ist passiert? Hat jemand dein Bett angezündet, oder warum hast du es verlassen?«

»Es hatte geklingelt, und weil du geschlafen hast wie ein Murmeltier, musste ich ja wohl oder übel die Tür aufmachen«, sagte Philipp. Finn und Henriette kletterten auf mein Bett und versuchten, sich gegenseitig ins Auge zu piken. »Die Kinder standen vor der Tür, alle drei. Und eine Menge Gepäck im Kinderwagen. Nur von Toni war keine Spur zu sehen.«

»Merkwürdig. Und wo ist Mama?«, fragte ich.

»Die heult sich seit gestern die Augen aus dem Kopf. Wegen Papa. Sie hat heute Nacht im Atelier geschlafen, weil sie die leere Seite vom Ehebett nicht ertragen kann. Das ist alles meine Schuld.«

»So ist es«, sagte ich. »Aber Mama trägt auch ihren Teil daran. Und nicht zu vergessen, die arme Helena.«

»Ich habe meinen eigenen Vater aus dem Haus getrieben«, sagte Philipp mit Grabesstimme. Leander strampelte in seinen Armen und ließ ein ungnädiges Krähen hören.

»Ihm ist heiß«, sagte ich. »Zieh ihm die warmen Übersachen aus.«

Philipp streifte dem Baby ungeschickt den Overall ab. Auf dem Strampler darunter war mit Tesafilm ein Zettel befestigt.

»*Ich schlafe. Bitte kümmert euch um die Kinder, falls ich nicht wieder aufwache. Toni*«, las Philipp laut. »*P.S. Versucht gar nicht erst, mich zu finden.* Oh mein Gott! Hanna!«

»Pik, Pik, in dein Auge!«, schrie Finn, und Henriette schrie: »Aua, du verdammter Bastard.«

Ich packte alle beide im Nacken und setzte sie auf den Teppich, wo sie sich sofort weiterbalgten. Sie waren wie junge Katzen.

»Tja!«, sagte ich zu Philipp. »Dann wollen wir mal.« Obwohl sich mein Kopf anfühlte, als würde ein Sinfonieorchester darin seine Instrumente stimmen, sprang ich aus dem Bett wie jemand, der ausschließlich frisches Quellwasser zu sich genommen hat.

Ich hatte viel vor.

Mir war sozusagen über Nacht klar geworden, dass niemandem, am wenigsten mir selbst, damit geholfen war, wenn ich weiterhin versuchte, meine Probleme einfach zu ignorieren oder die Verantwortung dafür jemand anderem zuzuschieben. Das Gleiche galt auch für die Probleme, die genau genommen gar nicht meine Probleme waren: Es war nun einmal so, dass ich nicht dafür gemacht war, tatenlos zuzusehen, wie die anderen in ihr Unglück rannten. Ich war einer dieser Menschen, die nur glücklich sind, wenn alle anderen um sie herum auch glücklich sind. (Ausnahmen bestätigten die Regel.)

»Oh Gott, oh Gott«, jammerte Philipp. »Die arme Toni. Wir müssen Sie finden, bevor sie sich …« Mit einem Blick auf die Kinder brach er ab.

Ich sah ihn kopfschüttelnd an. »Jetzt hör mir mal gut zu, Philipp. Es gibt Menschen, die Probleme haben. Es gibt Menschen, die Probleme verursachen. Und es gibt Menschen, die Probleme beseitigen. Zeit meines Lebens habe ich, ohne angeben zu wollen, zu der letzten Sorte von Menschen gehört. Ich war das Räucherstäbchen dieser Familie, ich war die dicke, patente Hanna. Nein, unterbrich mich nicht. Eine Zeit lang habe ich versucht, meine Bestimmung zu leugnen, aber jetzt bin ich wieder ganz die Alte. Und du hast jetzt die Wahl: Willst du ein Mensch bleiben, der ausschließlich Probleme verursacht und nicht mal seine eigene Scheiße wegmachen kann, oder willst du mir helfen, diese vom Aussterben bedrohte Familie zu retten?«

Das Wort »Aussterben« schien Philipp Angst zu machen.

»Ich helfe dir«, sagte er hastig. »Und, Hanna, als ich gesagt habe, du seist dick und patent, da meinte ich damit nicht, dass du dick und patent bist. Ich meinte nur, dass du dick und patent bist, aber in einem anderen Sinn als dick und patent.«

Ich kniff meine Augen zusammen. »Ach, weißt du Philipp, vielleicht sollten wir uns solch tief schürfende Gespräche noch für später aufheben. Du musst dein Gehirn auch erst mal ganz langsam wieder an die ungewohnte Denkerei gewöhnen. Okay, jetzt gehst du als Allererstes mal mit Leander rüber ins Atelier und weckst Mama. Zeig ihr Tonis Zettel und guck traurig. Das kannst du doch so gut.« Ich lächelte Henriette und Finn an. »Und wir kleinen Racker gehen in die Küche. Habt ihr schon gefrühstückt?«

Leanders Kinderwagenuntergestell war randvoll gepackt mit Windeln und Anziehsachen und einer Kühltasche, die unzählige Beutelchen mit abgepumpter Muttermilch enthielt. Danach zu urteilen hatte Toni offenbar vor, ein ganzes Jahr lang wegzubleiben. Ich packte die Muttermilchbeutel sofort in die Tiefkühltruhe.

Philipp und Leander kamen zurück, mit Mama im Schlepptau. Sie hatte verheulte Augen, machte aber ein gezwungen fröhliches Gesicht und umarmte die Kinder, die sich gerade guter Dinge über Marmeladenbrote hermachten.

Dann flüsterte sie mir zu: »Wir dürfen die armen Kinder auf keinen Fall aufregen! Das Unglück in dieser Familie nimmt einfach kein Ende. Wie sollen wir Toni nur finden? Und wo ist dieser verdammte Justus? Ich sage es nur ungern, aber wir müssen die Polizei einschalten.«

»Ja«, sagte Philipp. »Die können vielleicht mit Such-hunden …«

»Ach, papperlapapp«, sagte ich. »Versteht ihr denn nicht? Toni möchte einfach mal in Ruhe schlafen. Sie hat uns schließlich lange genug die Ohren damit voll-gejammert, und jetzt war sie offenbar an einem Punkt angekommen, an dem sie einfach nicht mehr konnte. Also hat sie das Nötigste zusammengepackt, uns die Kinder vor die Tür gestellt und sich ein gemütliches Bett zum Schlafen gesucht.«

»Du meinst, sie ist einfach wieder nach Hause gefah-ren?«, fragte Mama.

»Nein, das denke ich nicht. Da könnte sie ja gestört werden. Nein, sie hat sich irgendwo verkrochen. Und wenn sie ausgeschlafen hat, dann wird sie schon wie-der kommen.«

»Aber sie hat doch geschrieben, falls ich nicht wie-der aufwache, kümmert euch um die Kinder«, sagte Phi-lipp.

»Weißt du, jemand, der seit vier Jahren nie mehr als zwei Stunden am Stück geschlafen hat, der glaubt, wenn er erst einmal in den Tiefschlaf gefallen ist, wird er nie wieder wach«, sagte ich. »Vertraut mir, Toni geht es gut. Wahrscheinlich streckt sie sich gerade selig in einem Bett aus, stöpselt sich Ohropax in die Gehör-gänge und gähnt voller Vorfreude.«

Meine Mutter atmete tief durch. »Also sollten wir bes-ser gar kein solches Theater darum veranstalten?«

»Im Gegenteil«, rief ich. »Im Gegenteil! Je mehr Thea-ter wir veranstalten, desto besser. Damit schlagen wir gleich zwei Fliegen mit einer Klappe. Ich werde jetzt bei Jost im Hotel anrufen und ihm vorlesen, was Toni geschrieben hat. Er wird sich furchtbar aufregen, aber Gott sei Dank hat er ja kein schwaches Herz. Wenn er herkommt – und das wird er – sollte hier nichts mehr an die vergangene Woche erinnern. Also, weg mit den Salzkristalllampen, den Rosenquarzen und den Räucherstäbchen. Zieht die Rolläden hoch und reißt alle Fenster auf. Und keiner darf traurig gucken oder gar weinen! Alles, was ich von euch sehen will, ist ein tapferes Lächeln. Dazwischen müssen wir irgendwie herausfinden, wo Justus' Fortbildung stattfindet, und wenn wir ihn am Telefon haben, werden wir ihm unsere allerschlimmsten Befürchtungen mitteilen. Es würde mich sehr wundern, wenn er nicht hier wäre, noch bevor Toni ausgeschlafen hat. Und dann müssen wir ihn weichklopfen: Keine Überstunden mehr und keine Fortbildungen, außer im Notfall, außerdem ein Au-pair-Mädchen und einmal die Woche eine Putzfrau. Sonst bekommt er Toni nicht zurück.«

Mama und Philipp schienen allmählich zu begreifen, was ich vorhatte.

»Ich könnte mit den beiden Großen den Rasen mähen«, schlug Philipp vor. »Das findet Papa gut.«

Und Mama sagte: »Ich werde bei meiner Freundin Ute anrufen und sie nach der Nummer der Au-pair-Organisation fragen, von der sie ihr wunderbares lettisches Mädchen hat. Und das Ehebett frisch überziehen.«

»Wenn das klappt, dann werde ich ab jetzt jeden Tag vierundzwanzig Stunden lang lernen«, sagte Philipp. »Ich mein's ernst! Wenn Jost und Toni wieder nach Hause kommen, dann setz ich mich hin und mache ein besseres Abi als du, Hanna. Ich schwör's.«

»Das wird aber sehr schwer werden«, sagte meine Mutter. »Hanna hatte nämlich das drittbeste Abitur von ganz Nordrhein-Westfalen. Was ist eigentlich mit dir los, Hanna? Gestern fandest du noch, dass wir unser Unglück nicht besser verdient hätten. Warum plötzlich dieser Stimmungswechsel?«

»Eigentlich gibt es dafür zwei Gründe«, sagte ich. »Erstens: Sie ist seine Cousine, und zweitens, er liebt mich.«

Die Saat meiner Ränkeschmiede ging auf. Um 9.00 Uhr sprach ich mit Jost am Telefon, um 9.15 waren sämtliche Rosenquarze, Räucherstäbchen und indianischen Albtraumfänger aus unserer Wohnung verschwunden, um 9.20 kam Jost nach Hause und klemmte sich hinter das Telefon, um sämtliche Hotels der Stadt nach einer gewissen Antonia Knobloch abzutelefonieren. Um 9.30 hörten wir den Anrufbeantworter von Justus' Kanzlei ab, um 9.32 Uhr erreichten wir Justus' Chef am zweiten Loch, und um 9.45 Uhr schließlich hatten wir das Tagungshotel an der Strippe, in dem Justus' Fortbildung stattfand. Er war am Telefon so aufgeregt, dass er sich unverzüglich und mit zweihundert Sachen pro Stunde auf den Heimweg machte, so dass ich Angst bekam, bei diesem Tempo könne ihm am Ende noch etwas zustoßen.

Als es um 11.30 Uhr klingelte, stürzte ich erleichtert zur Tür. Aber es war nicht Justus, der davor stand, sondern Carla.

»Du hast mein Leben zerstört«, sagte sie.

»Auf eins mehr oder weniger kommt es jetzt auch nicht mehr an«, sagte ich und ließ sie an mir vorbei in den Flur. »Du magst doch Kinder, oder? Wie wär's, wenn du einem davon eine Windel wechselst, während

272

ich dem anderen ein Fläschchen gebe? Oder lieber umgekehrt?«

Carla war völlig überrumpelt, als ich ihr Leander in den Arm legte. »Och, ist der aber süß. Wem gehört er? Kann man den adoptieren?«, rief sie aus. Erst als Leander sein Fläschchen Muttermilch ausgetrunken und sein Bäuerchen gemacht hatte, fiel ihr wieder ein, dass ich ihr Leben zerstört hatte.

»Ich war mit Alex im Bett«, sagte sie. »Es war eine Katastrophe.«

Na gut, ich hatte Alex vielleicht in einem etwas besseren Licht erscheinen lassen, als es der Wahrheit entsprach, aber so schlimm war er nun auch wieder nicht.

»Was hat er denn falsch gemacht?«

»Falsch? Er hat überhaupt nichts falsch gemacht. Es war fantastisch! Der beste Sex meines Lebens«, sagte Carla, wobei sie ihre Stimme nur deshalb nicht erhob, weil Leander an ihrer Schulter eingeschlafen war. »Nie habe ich mich mit einem Mann im Bett so gut gefühlt.«

»Ja, äh«, sagte ich etwas verwirrt.

»Ja, äh«, äffte Carla mich nach. »Alles nur, weil du mir gesagt hast, dass er blind wie ein Maulwurf ist. Er hatte eine Brille auf seinem Nachttisch liegen, und um auf Nummer Sicher zu gehen, habe ich sie verschwinden lassen. Ach, Hanna, wir hatten so eine wunderbare Nacht. Wir haben miteinander geschlafen und uns die allerschönsten Komplimente und Liebeserklärungen gemacht, und schließlich sind wir in der Löffelchenstellung eingeschlafen! Davon hatte ich bis jetzt immer nur gelesen.«

»Und äh?« Ich war immer noch nicht schlauer geworden.

»Und äh!«, äffte Carla mich wieder nach. »Und äh heute Morgen, als ich neben ihm aufwachte, schien die Sonne zum Fenster herein, und ich räkelte mich wohlig splitternackt in ihrem grausamen, unerbittlichen Licht. Und lächelte Alex an, träge und sinnlich, wie Michelle Pfeiffer, weißt du. Ich bin wirklich richtig in ihn verknallt. Richtig heftig.«

»Hm, ja.« Ich war kurz davor, die Geduld zu verlieren.

»Tja, und Alex lächelte zurück, wie Brad Pitt, du weißt schon, und dann stand er auf und sagte, dass er dringend ins Bad müsse.«

»Hör mal, Carla, was ist denn daran so schrecklich?«, platzte es aus mir heraus.

»Das Schreckliche kommt doch erst: Er sagte, dass er gestern Abend im Eifer des Gefechts nicht dazu gekommen sei, seine Kontaktlinsen herauszunehmen, und dass es jetzt höchste Zeit dafür sei!« Carla knirschte mit den Zähnen. »Kontaktlinsen! Er hatte die ganze Zeit Kontaktlinsen an, und das heißt, dass er alles, einfach alles gesehen hat!«

»Da bin ich aber selber ganz baff«, sagte ich. »Ich wusste gar nicht, dass Alex Kontaktlinsen hat! Tut mir Leid, Carla.«

»Was nutzt mir das jetzt noch«, sagte Carla. »Ich habe das einzig Richtige getan und mich aus seiner Wohnung geschlichen, als er im Bad war. Ich wollte mir und ihm die Demütigung ersparen …«

»Welche Demütigung?«, fragte ich, aber da war es 11.45 Uhr, und das Telefon klingelte.

Es war Alex. »Du hast mein Leben zerstört«, sagte er.

»Oh, hallo, Tante Frieda«, sagte ich. »Das tut mir aber Leid, dass es dir nicht gut geht.«

»Du hast mich mit dieser Frau bekannt gemacht«, fuhr Alex fort. »Ich habe gleich gesagt, sie ist der bindungsscheue Typ, und sie wird mir das Herz brechen. Das habe ich doch gesagt, oder?«

»Ja, das hast du, Tante Frieda. Was ist denn genau passiert?«

»Wir hatten eine wunderbare Nacht, eine wirklich tolle Nacht, jedenfalls dachte ich das, aber Carla hat das wohl anders gesehen. Als ich heute Morgen aus dem Badezimmer kam, war sie einfach abgehauen. Ohne ein Wort, ohne einen Zettel, ohne irgendein Zeichen.«

»Tja, das ist wirklich traurig, Tante Frieda. Aber vielleicht ist dein Hündchen ja nur weggelaufen, weil es Angst hatte. Wie wär's denn, wenn du herkämst? Dann könnten wir es vielleicht alle zusammen suchen.«

»Warum nennst du mich eigentlich die ganze Zeit Tante Frieda? Mir geht es wirklich beschissen. Ich habe mein Herz an diese Frau verloren.«

»Na, vielleicht findest du es ja hier wieder, Tante Frieda«, sagte ich, »du weißt doch, dass es schon ein paarmal alleine hergekommen ist.« Endlich kapierte Alex, was ich meinte.

»Ich bin sofort da«, sagte er.

Als ich auflegte, lächelte ich Carla entschuldigend an: »Unserer Tante Frieda ist schon wieder der Hund abgehauen. Das macht er einmal im Monat, und die arme alte Dame regt sich immer schrecklich auf.«

»Hm«, machte Carla, strich Leander über das flaumige Köpfchen und sah schrecklich traurig aus. Bis 12.01 Uhr, als nämlich Alex im Zimmer stand und sie das Baby vor lauter Schreck beinahe fallen gelassen hätte. Ich nahm es ihr sicherheitshalber aus den Armen und ging aus dem Zimmer.

»Ihr beiden habt jetzt sicher eine Menge zu besprechen«, sagte ich.

Um 12.30 Uhr kam Justus, und er hatte ein tränenreiches Gespräch mit Jost, Mama und mir, in dessen Verlauf er versprach, sich von nun an viel besser um Toni zu kümmern, sie an den Wochenenden nicht mehr allein zu lassen und nachts auch mal aufzustehen, wenn die Kinder wach wurden. Außerdem schwor er, den Filialleiter zu verklagen, ja, wenn es sein musste, die ganze Supermarktkette. Und wenn Toni unbedingt ein Au-pair-Mädchen haben wollte, sollte sie es auch bekommen. Wenn sie doch nur wieder wohlbehalten nach Hause zurückkehrte.

Um 12.59 sagte Mama, dass sie sich dasselbe von Jost wünsche. Jost neigte den Kopf und sagte, dass er darüber nachdenke. Draußen vor dem Fenster mähten Philipp und Henriette den Rasen. Finn hielt in meinem Bett ein Mittagsschläfchen. In der Küche saßen Alex und Carla mit dem Baby und sahen sich verliebt in die Augen.

Um 13.45 Uhr stellte Philipp den Rasenmäher aus (es war Mittagspause und überdies Sonntag, aber er hatte den ganzen Rasen gemäht, ohne sich um das Gemecker der Nachbarn zu scheren) und verkündete aller Welt, dass er vorhabe, ein besseres Abitur zu machen als ich. Wenn nur Jost zurück nach Hause käme.

Jost sagte, er denke darüber nach.

Um 14.34 kam meine Mutter mit einem riesigen Paket Kuchen vom Bäcker. Es war das erste Mal, dass sie den Sonntagskuchen nicht selber gebacken hatte, und es war das erste Mal, dass er schmeckte.

Da sagte Jost, er wolle losfahren und seine Sachen aus dem Hotel holen.

Um 16.30 Uhr erreichten wir endlich ein Hotel, in dem sich eine gewisse Antonia Knobloch angemeldet hatte. Natürlich ging sie nicht ans Telefon.

Justus wollte sofort hinfahren und die Tür aufbrechen.

»Immer langsam mit den jungen Pferden«, sagte ich. »Wie wäre es denn, wenn du vorher noch einen Strauß Blumen besorgst und ganz vorsichtig anklopfst, hm?«

»Du könntest dich als Zimmerservice ausgeben«, schlug meine Mutter vor. »Und lass dir nur Zeit. Wir können die Kinder die ganze Nacht hierbehalten.«

Um 16.35 fuhr Justus zu Toni, und Carla und Alex brachen mit Leander und dem Kinderwagen zu einem längeren Spaziergang auf. Finn und Henriette spielten mit Philipp Memory, und Mama und Jost sahen einander verliebt an, und Mama nannte Jost ihren Yogibär, und Jost nannte Mama wieder Keilash.

Da wusste ich, dass nun die Zeit gekommen war, mich einem weiteren Problem zuzuwenden.

```
Datum:      07.04. 16.49 Uhr
Empfänger:  <Boris68>
Absender:   <fairy33a>
Betreff:    Re:Re:Re: Kein Aprilscherz
```

```
Du hast dich also in Fairy verliebt,
Boris? Wie kann das sein? Du kennst
sie doch gar nicht. Sie könnte dich
angelogen haben. Sie könnte in Wirklich-
keit ein Mann sein, ein übergewichtiger
```

Transvestit, eine verheiratete Flei-
schereifachverkäuferin oder eine pensio-
nierte Schullehrerin. Oder sie könnte
einfach nur einen anderen Mann lieben.

Datum: 07.04. 17.10 Uhr
Empfänger: \<fairy33a\>
Absender: \<Boris68\>
Betreff: Alle Lügen auf den Tisch

Dann lass uns uns endlich treffen, um
all diese Dinge und noch mehr zu klären.
Ich warte um 18.00 Uhr bei Rosito auf
dich.
  B.

Ich überlegte. Birnbaum wollte um 20.00 Uhr kommen,
hatte er gesagt, und ich war sicher, dass er das auch
tun würde. Wenn ich mich um achtzehn Uhr mit Boris
bei Rosito traf, dann konnte ich um zwanzig Uhr wieder hier sein. Birnbaum würde nicht schlecht staunen,
wenn er hörte, dass ich alle meine Probleme allein gelöst hatte, und die Probleme der anderen gleich mit. Ich
schrieb Boris also zurück, dass ich um achtzehn Uhr
zu Rosito käme. Das Erkennungszeichen konnten wir
uns diesmal sparen. Ich werde mit Sicherheit die einzige Frau mit langen roten Haaren und Sommersprossen sein, schrieb ich. Und wenn nicht, dann geh zu der
mit dickerem Hintern.
  Um 17.35 Uhr klingelte es an der Tür. Ich dachte es
wären Carla und Alex mit dem Baby, aber es war Birnbaum.

»Du kommst zu früh«, sagte ich.

»Nein«, sagte er. »Man kann von mir sagen, was man will, aber ich bin bis jetzt immer genau richtig gekommen.« Er machte keinerlei Anstalten, ins Haus zu kommen. Vielmehr begann er, auf dem Hausstein hin und her zu gehen. »Bist du wieder nüchtern, Johanna?«

Ich nickte.

»Weißt du noch, was ich dir gestern gesagt habe?«

Ich nickte wieder.

»Und was ist deine Antwort?«

»Ich liebe dich auch, Birnbaum«, sagte ich. Es war verblüffend, wie dieser kleine Satz sein ernstes Gesicht verwandelte. Er lächelte sein allerschönstes Drei-Tage-Bart-Lächeln.

»Da fällt mir aber ein Stein vom Herzen«, sagte er, und dann küsste er mich, mitten auf der Türschwelle und mindestens eine Minute lang.

»Ich bin aber nicht gekommen, um dich zu küssen, sondern um deine Probleme zu lösen«, sagte er, als er mich wieder losließ.

»Ich habe bereits alle Probleme gelöst«, erwiderte ich etwas atemlos. »Bis auf eins.« Ich sah auf die Uhr. Wenn ich mich beeilte, konnte ich es noch pünktlich zu Rosito schaffen.

»Du willst dich mit diesem Boris treffen«, sagte Birnbaum. Es war keine Frage, sondern eine Feststellung.

»Ja. Er wartet in zwanzig Minuten bei Rosito auf mich. Hatte ich dir gesagt, dass er und ich dreihundertsiebenundneunzig von vierhundert Punkten in diesem Partnerschaftstest erreicht haben? Das bedeutet, rein statistisch gesehen ist er die Nadel im Heuhaufen.«

»Ich will nicht, dass du dahin gehst«, sagte Birnbaum.

Ich musste lachen. »Du musst wirklich nicht eifersüchtig sein, Birnbaum. Ich hab den Kerl noch nie gesehen. Es ist einfach ein Typ, den ich im Testchat kennen gelernt habe, und zwar, als ich für unsere Liebe-online-Story recherchiert habe, weißt du noch? Er ist nett, er schreibt witzige E-Mails, aber mehr nicht. Wenn ich mich beeile, bin ich in spätestens anderthalb Stunden wieder hier. Willst du so lange warten? Du brauchst keine Angst zu haben: Hier herrscht wieder Friede, Freude und Eierkuchen. Du hättest dir gar keinen besseren Tag aussuchen können, um meiner Familie vorgestellt zu werden.«

Birnbaum nahm mich wieder in seine Arme. »Du musst da nicht hingehen, Johanna.«

»Doch, das muss ich«, murmelte ich in seine Jacke. »Es wäre sonst nicht fair Boris gegenüber. Er hat sich nämlich angeblich in mich verliebt, und ich hoffe, mein Anblick wird ihn ein für alle Mal von mir kurieren.«

»Warum sollte er das tun?« Birnbaum schob mich ein Stückchen von sich weg, hielt mich aber mit beiden Händen an den Schultern gepackt.

»Du weißt schon«, sagte ich augenzwinkernd. »Ich habe eingangs ein bisschen geflunkert, und er erwartet eine zarte Fee. Ein Mädchen in Größe 36.«

»Was bist du doch für ein Schaf«, sagte er. »Ich bin sicher, wenn Boris dich heute zum ersten Mal sehen würde, wäre er dir für immer verfallen.«

»Es ist richtig, dass du so denkst«, sagte ich voller Zuneigung, während ich an der Garderobe nach meiner Jacke suchte.

Birnbaum fing wieder an, auf dem Hausstein hin und her zu gehen. »Es gibt so viele Dinge, die wir noch nicht voneinander wissen. Wusstest du zum Beispiel, dass mein zweiter Vorname Boris lautet?«

»Es gibt schlimmere Namen«, sagte ich. Wo war denn nur wieder dieser verdammte Haustürschlüssel? »Carla hat eine ganze Liste mit schrecklichen Namen ...«

»Am Abend meines ersten Arbeitstages bei ANNIKA, nachdem ich euch die Aufgabe erteilt hatte, im Internet nach Liebesgeschichten zu suchen, bin ich selber das erste Mal in einen Chat gegangen«, fuhr Birnbaum unbeirrt fort. »In einen Testchat, um genau zu sein. Und da traf ich dann eine gewisse Fairy33a.«

Ich hatte den Schlüsselbund endlich gefunden, aber nun glitt er mir aus den Fingern. »Was?«

»Ich wusste gleich, dass es nur jemand aus der ANNIKA-Redaktion sein konnte«, sagte Birnbaum. »Und bei der Redaktionskonferenz am nächsten Morgen wusste ich auch, dass du es warst. Wie gesagt, am Anfang war es nur ein Spiel und reine Neugierde, aber dann ... Ich wollte dir sofort sagen, dass Boris und ich ein und derselbe waren, deshalb habe ich das Treffen bei Rosito vorgeschlagen. Aber als ich durch das Fenster sah, dass du mit all deinen Freundinnen dort aufgekreuzt warst, wusste ich, dass du noch nicht bereit warst, Boris zu treffen. Ich habe dann versucht, dir allerlei Hinweise zu geben, damit du von allein draufkommst, aber du warst so mit deiner merkwürdigen Diät und deiner Familie beschäftigt, dass du es nicht gemerkt hast. Nicht mal gestern Abend.«

»Moment mal.« Ich war zwar nüchtern und voll konzentriert, aber es dauerte noch eine Weile, bis der Groschen fiel.

Birnbaum war Boris. Und Boris war Birnbaum.

Es war unwahrscheinlich, aber durchaus möglich. Das bedeutete, dass ich mir den Partnerschaftstest mit Birnbaum sparen konnte: Er hatte ja bereits dreihundertsiebenundneunzig von vierhundert Punkten erreicht. Er war meine Nadel im Heuhaufen.

»Das hättest du aber wirklich merken müssen«, sagte er. »Ich hatte dir doch geschrieben, dass sich bei uns alle mit Tiernamen anreden. Und gestern, beim Geburtstag meines lieben Onkels Panther, da waren sie alle da. Meine Cousine Fröschlein saß uns sogar direkt gegenüber. Aber du hattest nur Augen für mich.«

»Fröschlein«, wiederholte ich. »Und ich dachte, das wäre ihr Nachname, oder sie hätte sich verschluckt oder beides. Aber klar! Wie dumm ich war! Annika ist deine Cousine Sumsebienchen, stimmt's?«

Birnbaum nickte. »Jetzt hast du's, mein Liebling.«

»Ja, wenn das so ist«, sagte ich und griff nach seiner Hand, um ihn über die Schwelle zu ziehen. »Dann komm mal rein, damit ich dich meiner Familie vorstellen kann – Biber.«

Danksagung

Wie immer hätte ich das Buch nicht schreiben können, wenn ich keine Unterstützung gehabt hätte.

Ich danke allen, die mir bei den Internet-Recherchen geholfen haben, denen, die sich in meinem Auftrag in Chatrooms herumgetrieben haben ebenso wie denen, die mir ohne es zu wissen, eine Menge Material geliefert haben.

Ganz besonders möchte ich wie immer meinem Mann danken, der zu jedem Opfer bereit war und mich mit Rückenmassagen, leckerem Essen und selbst gebackenen Kuchen vorwärtsgetrieben hat. (Das mit den Rückenmassagen ist natürlich völlig frei erfunden, aber wenn er's liest, klappt's ja vielleicht beim nächsten Mal?)

Nach dem SuperGAU in Sachen Kinderfrau haben sich auch meine liebe Mama und meine Freundin Biggi selbstlos eingesetzt, Letztere allerdings nicht ganz so selbstlos, weil sie bereits die Flugtickets für unseren Urlaub in der Tasche hatte, Abflug vier Tage nach dem offiziellen Abgabetermin. Mögen wir die verdiente Erholung genießen.

Auch meinem Sohn Lennart möchte ich danken, dass er sich mit dem angebotenen Mama-Ersatz so gut arrangiert hat: So eine geballte Ladung Abenteuerspielplatz, Zoobesuch, Wildparkwanderungen und »Kleiner-König«-

Videos wird es wohl nie wieder geben. Zumal das dichte Programm offensichtlich zu Albträumen führte, die er dann gleich nach dem Aufwachen zum Besten gab: »Mama, der Osterhase hat alle Eier wieder abgeholt.« Und – besonders bedenklich – »Die Teletubbies haben keine Zähne.«

Kerstin Gier, Ostern 2002

Deutschland sucht die Super-Mami

Kerstin Gier
DIE MÜTTER-MAFIA
Roman
320 Seiten
ISBN 978-3-404-19096-6

Constanze ist Anfang dreißig, bildhübsch, chaotisch – und frisch geschieden. In der adretten Vorstadtsiedlung, in die sie mit ihren beiden Kindern nun zieht, um ein neues Leben zu beginnen, scheint es hingegen nur Vorzeigefamilien zu geben, Bilderbuch-Ehen, Bilderbuch-Kinder und Bilderbuch-Mütter. Allerdings merkt Constanze, dass dieser Eindruck trügt, und schneller als ihr lieb ist, steckt sie mittendrin in einem Verwirrspiel aus Konkurrenz, Intrigen und Seitensprüngen. Hier überlebt nur, wer Mitglied der streng geheimen Mütter-Mafia wird. Wenn Frauen zusammenhalten, können sie tatsächlich die Welt verändern – zumindest in einer kleinen Vorstadtsiedlung.

Lübbe

»*Dieses Buch gehört in den Haushalt wie ins Reisegepäck als Notfallmedizin gegen schlechte Laune.*« ALINA BRONSKY

Kerstin Gier
IN WAHRHEIT WIRD
VIEL MEHR GELOGEN
Roman

272 Seiten
ISBN 978-3-404-17875-9

Carolin ist 26 – und ihre große Liebe gerade gestorben. Wirklich gestorben, nicht nur im übertragenen Sinne tot. In ihrer Trauer muss sie sich nun mit ihrem spießigen Exfreund um ein nicht gerade kleines Erbe streiten. Kein Wunder also, dass Caro sich erstmals in ihrem Leben betrinkt, zu einer Therapeutin geht und ein kleines Vermögen für Schuhe ausgibt. Und sich von Idioten umzingelt fühlt. Zum Glück ist Carolin in ihren schwärzesten Stunden nicht allein. Ihre besorgte Familie und ein ausgestopfter Foxterrier mit Namen »Nummer zweihundertdreiundvierzig« helfen ihr bei einem Neuanfang ...

Ein Roman gegen die Schwerkraft

Lübbe

Was wäre, wenn Ihre Familie, Freunde und Bekannte wüssten, was Sie wirklich über sie denken ...

Kerstin Gier
FÜR JEDE LÖSUNG EIN
PROBLEM
Roman
304 Seiten
ISBN 978-3-404-15614-6

Gerri schreibt Abschiedsbriefe an alle, die sie kennt, und sie geht nicht gerade zimperlich mit der Wahrheit um. Nur dummerweise klappt es dann nicht mit den Schlaftabletten und dem Wodka – und Gerris Leben wird von einem Tag auf den anderen so richtig spannend. Denn es ist so eine Sache, mit seinen Mitmenschen klarzukommen, wenn sie wissen, was man wirklich von ihnen hält!

Eine Lach-Therapie für alle Schwarzseher!

Bastei Lübbe Taschenbuch